彭庭松　著

中国文学史歌

先秦至两宋卷

ZHEJIANG UNIVERSITY PRESS
浙江大学出版社

序

肖瑞峰

在从我问学的几十位弟子中，彭庭松博士的特点是很明显的，我可以不假思索地列举出若干条来。但其中最显著的特点该是笔耕特别勤勉、文思格外敏捷吧？这也是他的同门十分欣羡的。工作之余，他几乎把全部时间与精力都用来吟诗作文，仿佛所有的生活乐趣都蕴蓄在字里行间，舍此便迷失，甚至泯灭了自我，至少无法凸显自我、展示自我。即使去食堂的路上，他也不废吟哦，往往买好饭菜、未待坐定而一诗已成。不知当时是否曾“手之舞之，足之蹈之”，口占之作却是必定会发到朋友圈与大家分享的。于是，我也常常有幸得到佐餐的调料。这类无暇推敲的急就章是不必以工拙论的，我赞赏的是作者从不衰歇的创作激情以及如泉涌般“不择地而出”的诗思。贾岛说：“一日不作诗，心源如废井。”我想，这移用到庭松身上也是合适的，尽管他没有公开做过类似的表达。不过，贾岛“二句三年得，一吟双泪流”的感慨，他大概是无从体验的，因为他似乎更倾向于“短平快”式的创作，作诗方式与贾岛一类苦吟诗人是轨辙殊异的。

庭松的博士论文题目是《杨万里与南宋诗坛》,主持答辩的复旦大学文科资深教授王水照先生颇为嘉许,认定他是深具学术潜力的。但他的学术潜力却未能觅得适宜释放的学术环境。当时,杭州高校已一职难求,而他又有爱人及女儿的户籍等需要连带解决,这就益增其难了。最后他在杭州城郊的浙江林学院安身立命至今。浙江林学院早已更名为浙江农林大学,而他也已由当年不谙世事的"青椒"成长为举止有度、世事洞明的文法学院副院长,中文学科的边缘化地位却迟迟未见改变,《大学语文》《大学写作》等公共课取代了他所期望的专业化教学,迫使他的教学与研究长期处于割裂状态,而应接不暇的课务及种种杂务又使得他无法像读博时那样心无旁骛地在专业领域里深耕厚植,这样,他在学术上的进境与自己的预期就不尽吻合了。我们无法忽略环境对一个人的学术发展的制约作用,设若庭松毕业后便被投放到更高的学术平台上,融入同气相求、砥砺前行的学术团队,那么,以他的资质与勤勉,他今天的学术成就将不会淹留于现在的刻度。换言之,他就不会是以博通见长的杂家,而是囿于一域、精于一技的专家了。杂家与专家各有所长,亦各有其现实需求,社会形态与学术生态本来就是多元化的,不必执一而求,更无须妄加轩轾,但庭松自己却似乎是意有所憾的。

庭松同时打理着几个微信公众号,他极用心地经营和维护它们,更新的速度很快,关注者也越来越多,其中有不少成为他的铁杆粉丝。每篇网文都能得到很多点赞,而这又进一步激发了他的写作积极性,乐此不疲,欲罢不能。这牵制与耗费了他大量的精力。而他对行政管理工作又从不懈怠,为推进《大学写作》课程改革,他数度赴清华大学等校学习交流,并身体力行,多次撰文表达自己的改革思路与创新理念。此外,对高校理应承担的社会服务使命,他亦在学院内率先垂范,为提升临安、余杭等地的乡村文化建设而建言献策、殚精竭虑。如此多的事务加诸一身,可以想见他的忙碌,焚膏继晷、挑灯夜战也就成为他生活中的常态了。

多歧亡羊,这本是一般规律,但庭松却似乎是个例外。这些年,他在古代文学研究领域依然不失为一位力耕者,收获或不能以“灿然可观”来形容,提交给多个国际学术研讨会的论文却颇有可圈可点之处。而他不断圈粉的网文,有不少也以古代诗人诗作为话题,在宽泛的意义上,仍不脱古代文学研究的范畴,只是行文风格为之一变而已。在对中国诗歌发展流程进行考察与梳理的过程中,他萌生了创作《中国文学史歌》的想法并付诸实施,于是便形成了这个别具风貌的读本。

对这些诗歌本身,尤其是它的艺术层面,作为他当年的导师,我不便评说,读者诸君自有明鉴。我想说的是,以歌行体(或曰准歌行体)的形式逐一评说由先秦迄两宋的 80 余位古代诗人,要言不烦地揭示其生平概况及创作风貌,锱铢累积,都于一集,此前尚未见有人尝试。因而这不失为一种挑战,至少是检验自己的解读与概括能力的一种挑战。从创作的角度看,写成一篇或几篇也许不难,要写成 80 多篇就绝非易事了。从中足以见出作者攻坚克难、坚韧不拔的毅力。可以想象,在写作过程中,他肯定会遇到诸多棘手的问题,比如如何避免结构及语言的重复?如何删繁就简、举重若轻?我不知他是否想到过放弃,但事实上他却没有放弃。

“驽马十驾,功在不舍”,他本来就不是驽马,又有着锲而不舍的精神,终得了结心愿,对中国文学史进行了一种有别于传统方式的评述。这至少也是一种新的探索。

恕我妄加揣测,庭松写作本书,绝对不是出于闲情逸致,也不会是为了自娱自乐。他当然希望自己的作品能雅俗共赏,但他期待的读者对象肯定不是熟谙文学史实的专业人士,更不会是引领学术风尚的名家硕儒,而是尚未步入学术殿堂的文学史爱好者与学习者,尤其是准备考研的大学生朋友。对于这些读者来说,一卷在手,或可对中国文学史上的重要作家的创作风貌了然于胸,明其梗概,察其特征,进而连点成线、扩线成面,全面掌握中国文学的发展历程。这样易记易诵的“辅导书”,可为他们认识与把握中国文学的历史脉络指引津梁,不失为他们入门的拐杖,所以应该是深受他们欢迎的。从他诸多粉丝不胜推崇的留言可以明了这一点。唯其如此,我觉得撇开其学术性姑置不论,仅就普及功用而言,其价值也是毋庸置疑的。

这也是我乐意为其撰序的原因。

2020 年 9 月 15 日于青海德令哈

目 录

早期神话歌

早在上古时期,中国神话就已出现。神话与宗教、民间传说、文学等融合紧密。神话通过超自然力和幻想形式来进行艺术表现,融入文学,便会带来诗性与浪漫。关于中国神话的最初文字记载可以在《尚书》《列子》《庄子》《楚辞》《吕氏春秋》《山海经》《楚帛书》《淮南子》《史记》《水经注》等典籍中发现。神话如钥匙,可以打开人类童年生活和心灵的大门。

上古神话虽辽远,
流传至今未断裂。
盘古劈地创世界①,
中国神话开扉页。

① 徐整《三五历记》:"天地混沌如鸡子,盘古生其中。万八千岁,天地开辟,阳清为天,阴浊为地。盘古在其中,一日九变,神于天,圣于地。"袁珂《古神话选释》,人民出版社,1982年,第1页。

燧人取火生光焰①，
从此告别茹毛血。
伏羲俯仰观变化②，
画卦之日西风烈。
共工怒触不周山③，
英雄男儿心如铁。
女娲炼就五色石④，
修补苍天洪水灭。
抟土造人分贵贱，
几家忧愁几家悦。
简狄吞卵生商契⑤，
姜嫄弃稷鸟兽侧⑥。
神农无畏尝百草，

---

① 尸佼《尸子》:"燧人上观星辰,下察五木以为火。"武文主编《中国民间文学古典文献辑论》,民族出版社,2006年,第246页。

② 《易传·系辞》:"古者包牺氏之王天下也,仰则观象于天,俯则观法于地。观鸟兽之文与地之宜,近取诸身,远取诸物,于是始作八卦,以通神明之德,以类万物之情。"周国芳《周易象解》,西泠印社出版社,2018年,第111页。

③ 刘安《淮南子》:"昔者,共工与颛顼争为帝,怒而触不周之山,天柱折,地维绝。天倾西北,故日月星辰移焉;地不满东南,故水潦尘埃归焉。"许匡一《淮南子全译》,贵州人民出版社,1993年,第104页。

④ 列御寇《列子·汤问》:"然则天地亦物也。物有不足,故昔者女娲氏炼五色石以补其阙;断鳌之足以立四极。"杨伯峻《列子集释》,中华书局,1979年,第150页。

⑤ 司马迁《史记·殷本纪》:"三人行浴,见玄鸟堕其卵,简狄取吞之,因孕生契。"袁珂《神话选译百题》,上海古籍出版社,1980年,第117页。

⑥ 刘向《列女传》诗云:"颂曰:弃母姜嫄,清静专一,履迹而孕,惧弃于野,鸟兽覆翼,乃复收恤,卒为帝佐,母道既毕。"张涛《列女传译注》,山东大学出版社,1990年,第1页。

发明五谷与农业。
鲧盗息壤身被杀，
大禹治水疏通彻①。
三过其门而不入，
一生注定长跋涉。
凸额金睛无支祁②，
悟空原型向此借。

黄帝炎帝战阪泉，
熊罴猛兽恣杀劫③。
炎黄汇合斗蚩尤，
风伯雨师未曾歇④。
文字经由何人造，

---

① 《山海经》："洪水滔天，鲧窃帝之息壤以堙洪水，不待帝命。帝令祝融杀鲧于羽郊。鲧复生禹，帝乃命禹卒布土以定九州。"马兰注选《古代志怪小说选》，湖南文艺出版社，1989 年，第 23 页。

② 《山海经》："水兽好为害，禹锁于军山之下，其名曰无支奇（无支祁）"、"其形若猿猴，金目雪牙，轻利倏忽"。袁珂《中国神话传说词典》，上海辞书出版社，1985 年，第 58 页。

③ 司马迁《史记·五帝本纪》："炎帝欲侵陵诸侯，诸侯咸归轩辕。轩辕乃修德振兵，治五气，蓺五种，抚万民，度四方，教熊罴貔貅貙虎，以与炎帝战于阪泉之野，三战，然后得其志。"王晓红整理《史记抄》，商务印书馆，2013 年，第 1 页。

④ 《山海经》："蚩尤作兵，伐黄帝……请风伯雨师，纵大风雨。"袁珂《山海经全译》，贵州人民出版社，1991 年，第 319 页。

双瞳四目名仓颉①。
羲和御日乘六龙②,
六龙踏云步相协。
嫦娥应悔偷灵药③,
后羿射日纷纷跌④。
夸父追日道渴死,
杖化邓林万千叠⑤。
精卫填海志复仇⑥,
刑天舞戚壮心结⑦。
火正祝融号赤帝,

---

① 《春秋元命苞》:"仓帝史皇氏,姓侯冈,名颉。实有睿德,生而能书;龙颜侈侈,四目灵光……仰观奎星圆曲之势,俯察龟文、鸟羽、山川、指掌而创文字……天为雨粟,鬼为夜哭,龙乃潜藏。"袁珂、周明编纂《中国神话资料萃编》,四川省社会科学院出版社,1985年,第30页。

② 徐坚《初学记》卷一引《淮南子·天文训》:"爰止羲和,爰息六螭,是谓悬车。"原注:"日乘车,驾以六龙,羲和御之。"(清)崔弼辑,闫晓青校注《波罗外纪》,广东人民出版社,2017年,第303页。

③ 李商隐《嫦娥》:"云母屏风烛影深,长河渐落晓星沉。嫦娥应悔偷灵药,碧海青天夜夜心。"上海古籍出版社编辑部《唐诗一百首》,上海古籍出版社,1986年,第137页。

④ 王逸《楚辞章句》:"尧时,十日并出,草木焦枯,尧命羿射十日,中其九日,日中九乌皆死,堕其羽翼,故留其一日也。"范之麟、吴庚舜《全唐诗典故辞典》,湖北辞书出版社,2001年,第1559页。

⑤ 《山海经》:"夸父与日逐走,入日。渴欲得饮,饮于河渭,河渭不足,北饮大泽。未至,道渴而死。弃其杖,化为邓林。"袁珂《山海经全译》,贵州人民出版社,1991年,第214页。

⑥ 《山海经》:"有鸟焉,其状如乌,文首、白喙、赤足,名曰精卫,其鸣自詨。是炎帝之少女名曰女娃,女娃游于东海,溺而不返,故为精卫。常衔西山之木石,以堙于东海。"袁珂《山海经全译》,贵州人民出版社,1991年,第81页。

⑦ 《山海经》:"刑天与帝至此争神,帝断其首,葬之常羊之山。乃以乳为目,以脐为口,操干戚以舞。"袁珂《山海经全译》,贵州人民出版社,1991年,第203页。

金正蓐收掌秋节。
水正玄冥北方神，
木正句芒春祭接。
土正后土群物主，
五官五行真妥帖[1]。
神话保存惜分散，
《山海经》书最瑰杰。
《楚辞》《庄子》《淮南子》，
也有资料利后学。

① 左丘明《左传·昭公二十九年》："故有五行之官，是谓五官，实列受姓氏，封为上公，祀为贵神……木正曰句芒，火正曰祝融，金正曰蓐收，水正曰玄冥，土正曰后土。"王守谦等译注《左传全译》，贵州人民出版社，1990年，第1389页。

先秦散文歌

秦代之前的春秋战国时期,“百家竞作,九流并起”。伴随着思想界的百家争鸣,历史观念的确立,中国散文也蓬勃发展。先秦散文分为历史散文和诸子散文两大类。先秦散文影响后世极为深远,“《春秋》笔法”、“《左传》义法”实为文之准绳,后世以复古为革新,莫不高举先秦诸子旗帜。即便是先秦散文本身,也为后世小说、戏曲等提供了丰富素材。

散文一体何时立?
殷商时代开其端。
甲骨卜辞鼎盘铭,
文体雏形窥一斑。
上古文献萃《尚书》,
最早文集出史官。
自此文分史和子,
或论或述成大观。
诸子名高是《论语》,

孔与弟子言行刊①。

儒家思想语录体，

辞约义富二十篇。

李耳留下五千字，

《老子》道法玄又玄②。

逻辑缜密语质朴，

《墨子》广博科学传。

气势充沛锋芒显，

《孟子》论辩妙毫颠③。

寓言十九恣浪漫，

《庄子》汪洋聚百川④。

浑厚繁富句警炼，

《荀子》王霸两相兼。

精辟峭拔重分析，

《韩非》法家执文鞭。

天地万物任驳杂，

---

① 班固《汉书·艺文志》："《论语》者，孔子应答弟子、时人及弟子相与言而接闻于夫子之语也。当时弟子各有所记，夫子既卒，门人相与辑而论纂，故谓之《论语》。"转引自赵传仁等主编《中国书名释义大辞典》，山东友谊出版社，2008年，第455页。

② 司马迁《史记·老子韩非列传》："居周久之，见周之衰，乃遂去。至关，关令尹喜曰：'子将隐矣，强为我著书。'于是老子乃著书上下篇，言道德之意五千余言而去。"清宁子《老子道德经通解》，宗教文化出版社，2010年，第167页。

③ 孟轲《孟子》："公都子曰：'外人皆称夫子好辩，敢问何也？'孟子曰：'予岂好辩哉？予不得已也！'"杨伯峻《孟子译注》，中华书局，1960年，第154页。

④ 司马迁《史记·老子韩非列传》："其学无所不窥，然其要本归于老子之言。其著述十余万言，大抵率寓言也。"清宁子《老子道德经通解》，宗教文化出版社，2010年，第167页。

《吕览》囊括大而全①。
历史散文始《春秋》,
概括纪事略简单。
后有《左传》详其事,
体例一仍是编年。
善写战争与辞令,
剪裁运化艺非凡。
《国语》乃为国别史,
二十一卷偏记言。
作者一直存争论,
左丘一说源史迁②。
纵横捭阖《战国策》
刘向编订供人研。
机变之巧坏心术,
文章之奇开心颜③。
先秦散文后世范,
笔法义法功无边。
经史诸子立文统,

---

① 司马迁《报任少卿书》:“不韦迁蜀,世传《吕览》。”周啸天《古文鉴赏》,四川辞书出版社,2019 年,第 556 页。

② 司马迁《报任少卿书》:“左丘失明,厥有《国语》。”周啸天《古文鉴赏》,四川辞书出版社,2019 年,第 556 页。

③ 纪昀《四库全书总目提要·战国策去毒》:“《战国策》一书,其文章之奇,足以悦人耳目;而其机变之巧,足以坏人心术,如厚味之中有大毒焉。”(清)纪昀总纂《四库全书总目提要》,河北人民出版社,2000 年,第 1423 页。

担负不坠有铁肩。

形神契合风韵远，

至今读来卷横澜。

《诗经》歌

《诗经》是中国古代诗歌的肇端，是我国最早的一部诗歌总集，收集了西周初年至春秋中叶大约五百年间的诗歌，共 305 篇。《诗经》原名《诗》，后至汉代将其奉为儒家经典，遂有《诗经》之名。《诗经》内容丰富，生活气息浓厚，反映了不同阶层之生活，其民歌篇章尤为珍贵。《诗经》开创了中国现实主义诗歌的传统，这一传统后来成为中国文学创作的主流。

我国最早诗总集，
饮水思源享至评。
《诗经》原名本为《诗》，
汉尊儒术奉为经。
春秋中叶溯周初，
五百年间有据凭。
一共三百零五首，
风雅颂里响先声。

一言蔽之思无邪①，
奠定写法赋比兴。
十五国风诗官采②，
百六十篇最动情。
雅分大雅与小雅，
百零五章贵族听。
颂诗三分商周鲁，
宗庙祭祀歌祖灵。
敷陈直言谓之赋，
《七月》《生民》堪典型。
比者彼物比此物，
如月之恒如日升。
兴者言他引所咏③，
《黄鸟》《采薇》传心灯。
赋比兴乃《诗》之用，
风雅颂曰《诗》成形④。

---

① 《论语》："《诗》三百，一言以蔽之，曰：'思无邪'。"金良年《论语译注》，上海古籍出版社，1995年，第9页。

② 班固《汉书·艺文志》曰："哀乐之心感而歌咏之声发，诵其言谓之诗，咏其声谓之歌。故古有采诗之官，王者所以观风俗、知得失、自考政也。"（宋）郭茂倩编撰，聂世美，仓阳卿校点《乐府诗集》，上海古籍出版社，第1044页。

③ 朱熹《朱熹论赋比兴》："赋者，敷也，敷陈其事而直言之者也。比者，以彼物比此物也。兴者，先言他物以引起所咏之词也。"北京师范大学中文系文艺理论教研室编《文学理论学习参考资料》，春风文艺出版社，1982年，第282页。

④ 郑樵《通志·昆虫草木略序》："风土之音曰风，朝廷之音曰雅，宗庙之音曰颂。"郑樵《通志》卷七十五，中华书局，1987年，第865页。

六义之说传千古①，
题材艺术类分明。
重章叠句往而复，
舒卷徐缓如风铃。
语言传神意多彩，
驱遣妙用似挪腾。

齐鲁韩毛四家诗，
毛诗独传未曾停。
《毛诗传笺》宗毛论②，
《毛诗正义》旨止争③。
《诗集传》成权威本，
科举句论从此征。
清人解诗兴汉学，

---

① 卫宏《毛诗序》："故诗有六义焉：一曰风，二曰赋，三曰比，四曰兴，五曰雅，六曰颂。"楼沪光、孙琇主编《中国序跋鉴赏辞典》，河北教育出版社，2003 年，第 19 页。

② 《郑学七则》："注诗宗毛为主，毛义若隐略则更表明。如有不同，即下己意，使可识别。"张文治编，陈恕重校《国学治要》第 1 册《经传治要》，南海出版公司，2015 年，第 197 页。

③ 《毛诗正义四十卷》："其书以刘焯《毛诗义疏》、刘炫《毛诗述义》为稿本，故能融贯群言，包罗古义，终唐之世，人无异词。"(清)纪昀总纂《四库全书总目提要》，河北人民出版社，2000 年，第 414 页。

名家玉润姚际恒①。
现代学者闻一多，
《歌与诗》里新法旌。
今日研究竞争艳，
屡有异说使人惊。
孔子赞诗堪教化②，
孟子颂诗作准绳③。
史迁称《诗》以达意④，
诗无达诂董子鸣⑤。
男女怨恨相从歌，
何休此论不可更⑥。
朱熹说《风》出里巷，

---

① 方玉润《诗经原始》："舍却《序》《传》，直探古人作诗本旨，庶有以得其真耳。"转引自张洪海《〈诗经〉评点史》，上海社会科学院出版社，2018 年，第 285 页。姚际恒《诗经通论·自序》："惟是涵泳篇章，寻绎文义，辨别前说，以从其是而黜其非，庶使诗意不致大歧，埋没于若固、若妄、若凿之中。"转引自赵传仁等《中国书名释义大辞典》，山东友谊出版社，2007 年，第 712 页。

② 《论语》："不学《诗》，无以言。"林定川编撰《孔子语录》，浙江工商大学出版社，2015 年，第 133 页。

③ 《孟子》："颂其诗，读其书，不知其人，可乎？是以论其世也。"杨伯峻《孟子译注》，中华书局，1960 年，第 251 页。

④ 司马迁《史记·太史公自序》："《礼》以节人，《乐》以发和，《书》以道事，《诗》以达意，《易》以道化，《春秋》以道义。"蔡仲德《中国音乐美学史资料注译》，人民音乐出版社，2007 年，354 页。

⑤ 董仲舒《春秋繁露》："所闻'《诗》无达诂，《易》无达占，《春秋》无达辞'，从变从义，而一以奉人。"程郁导读、注译《春秋繁露》，岳麓书社，2019 年，第 69 页。

⑥ 何休《春秋公羊经传解诂》："男女有所怨恨，相从而歌。饥者歌其食，劳者歌其事。"郭丹主编《先秦两汉文论全编》，上海远东出版社，2012 年，第 820 页。

拨开云雾见天青①。
真金美玉任公赏,
字字可信为之倾②。
不过是部歌谣集,
胡适否定《诗》为经。
三经三纬释六义,
鲁迅该论前说仍③。
《诗经》千年说不尽,
上述海山一角冰。
君若有志细探讨,
穷尔一生或可精。

---

① 朱熹《诗集传·序》:"吾闻之,凡诗之所谓《风》者,多出于里巷歌谣之作。所谓男女相与咏歌,各言其情者也。"张文治编,陈恕重校《国学治要》第1册《经传治要》,南海出版公司,2015年,第164页。

② 梁启超(字任公)《要籍解题及其读法》:"其真金美玉,字字可信者,《诗经》其首也。"陈引驰编校《梁启超国学讲录二种》,中国社会科学出版社,1997年,第70页。

③ 鲁迅《汉文学史纲要》:"风雅颂以性质言:风者,闾巷之情诗;雅者,朝廷之乐歌;颂者,宗庙之乐歌也。是为《诗》之三经。赋、比、兴以体制言:赋者直抒其情;比者借物言志;兴者托物兴辞也。是为《诗》之三纬。"鲁迅《汉文学史纲要》,北京联合出版公司,2014年,第8页。朱熹《朱子语类》:"'三经'是赋、比、兴,是做诗底骨子……如《风》《雅》《颂》,却是里面横串底,都有赋、比、兴,故谓之'三纬'。"(宋)黎靖德编,杨绳其、周娴君校点《朱子语类》第3卷,岳麓书社,1997年,第1858—1859页。

孔子歌

孔子是儒家学派的创始人，伟大的思想家、教育家和政治家。其言论主要记载在由弟子及再传弟子编撰而成的《论语》中。孔子晚年尤其重视教育，他亲自整理《诗》《书》《礼》《乐》等文献典籍，有教无类，桃李遍天下，据记载有“弟子三千，贤者七十二”。孔子的学说和实践，对中国产生了极为深刻的影响。长期以来，人们对孔子推崇备至，称他是“天纵之圣”“天之木铎”。朱熹说“天不生仲尼，万古长如夜”，此语至今还屡被征引。

至圣先师鲁国人①，

夫子名丘字仲尼。

三岁而孤历艰苦，

---

① 孙承泽《春明梦余录》：“嘉靖九年，张璁请正祀典，从之。《国朝祀典说》曰：‘孔子之道，王者之道也，特其位非王者之位耳。孔子当时，诸侯有僭窃者，皆口诛而笔伐之。其生也如此。今乃不体其志，而竟加以王乎？岂善于尊崇者哉！于是通行天下，改大成至圣文宣王为至圣先师。”陈登原《国史旧闻》，辽宁教育出版社，2000 年，344 页。

母亲颜氏教所宜。
小设礼容陈俎豆①,
老成少年世称奇。
十五志学识高远②,
发愤忘食志不移。
十九迎娶丌官氏,
次年生子字伯鱼。
出仕管仓理畜牧,
政治才干显端倪。
开办私学育弟子,
儒家此后举大旗。
三十而立识景公,
鲁国内乱迫奔齐。
在齐闻《韶》肉无味,
乐礼在心甘如饴③。
转眼不惑悄然过,
退修《诗》《书》研礼仪。
司寇任上诛少正,

---

① 司马迁《史记·孔子世家》:"孔子为儿嬉戏,常陈俎豆,设礼容。"(汉)司马迁撰,李伯钦主编,崇贤书院整理《汇评精注史记》第3册,北京联合出版公司,2018年,第959页。

② 《论语》:"吾十有五而志于学,三十而立,四十而不惑,五十而知天命,六十而耳顺,七十而从心所欲,不逾矩。"傅杰《论语百句》,复旦大学出版社,2014年,第11页。

③ 《论语》:"子在齐闻《韶》,三月不知肉味。曰:'不图为乐之至于斯也。'"林定川编撰《孔子语录》,浙江工商大学出版社,2015年,第69页。

摄行相权民欢愉①。
齐国使用美人计，
离间君臣远别离。
周游列国屡遭厄，
道遇豺虎与熊罴。
累累然如丧家犬②，
不改初心德嶷嶷。
十四年后再返鲁，
民心所向尊宿耆。
眼看孔鲤颜回去，
又闻子路成肉泥③。
泰山将崩何由道，
哲人其萎空悲啼④。
享年七十又三岁，
泗水岸边将身遗。

---

① 司马迁《史记·孔子世家》："孔子年五十六，由大司寇行摄相事……于是诛鲁大夫乱政者少正卯。与闻国政三月，粥羔豚者弗饰贾；男女行者别于途，途不拾遗，四方之客至乎邑者不求有司，皆予之以归。"(汉)司马迁撰，李伯钦主编，崇贤书院整理《汇评精注史记》第3册，北京联合出版公司，2018年，第961页。

② 司马迁《史记·孔子世家》："东门有人，其颡似尧，其项类皋陶，其肩类子产，然自要以下不及禹三寸，累累若丧家之狗。"(汉)司马迁撰，李伯钦主编，崇贤书院整理《汇评精注史记》第3册，北京联合出版公司，2018年，第962页。

③ 司马迁《史记·仲尼弟子列传》："蒉聩惧，乃下石乞、壶黡攻子路，击断子路之缨。子路曰：'君子死而冠不免'。遂结缨而死。"陈润斌《论语注译》，海峡文艺出版社，2000年，第358页。

④ 《礼记》："孔子蚤作，负手曳杖，消摇于门。歌曰：'泰山其颓乎？梁木其坏乎？哲人其萎乎？'既歌而入，当户而坐。"

弟子守丧如父礼，
墓边筑庐连街闾①。
儒家之道贯日月，
万世师表青史题。

亲作《春秋》编年史，
为击乱贼笔擂鼙②。
整理六经教六艺，
刚健精神不萎靡。
学而不厌作典则，
诲人不倦沁心脾③。
三千桃李遍天下，
七十二贤真玮琦。
门生递相纂《论语》，
成书约在战国期。
对话成就语录体，
字字句句皆珠玑。
言必仁义礼智信，

① 司马迁《史记·孔子世家》:“孔子葬鲁城北泗上，弟子皆服三年。三年心丧毕，相诀而去，则哭，各复尽哀；或复留。唯子赣庐于冢上，凡六年，然后去。”(汉)司马迁撰，李伯钦主编，崇贤书院整理《汇评精注史记》第3册，北京联合出版公司，2018年，第970页。

② 孟轲《孟子》:“孔子成《春秋》而乱臣贼子惧。”杨伯峻《孟子译注》，中华书局，1960年，第155页。

③ 《论语》:“默而识之，学而不厌，诲人不倦，何有于我哉?”金良年《论语译注》，上海古籍出版社，1995年，第67页。

忠勇孝悌人所需。

己所不欲勿施人①，

成人之美君子希②。

见贤思齐内自省③，

知行合一心毋迷。

隽永有味细细品，

文字虽简意丰腴。

形象生动富诗意，

浴乎沂兮咏舞雩④。

感情一到激愤处，

朽木斗筲将人批⑤。

人物鲜活有个性，

试看子路笑师迂⑥。

---

① 《论语》:“己所不欲,勿施于人。在邦无怨,在家无怨。”金良年《论语译注》,上海古籍出版社,1995 年,第 132 页。

② 《论语》:“君子成人之美,不成人之恶,小人反是。”金良年《论语译注》,上海古籍出版社,1995 年,第 139 页。

③ 《论语》:“见贤思齐焉,见不贤而内自省也。”金良年《论语译注》,上海古籍出版社,1995 年,第 36 页。

④ 《论语》:“暮春者,春服既成,冠者五六人,童子六七人,浴乎沂,风乎舞雩,咏而归。”金良年《论语译注》,上海古籍出版社,1995 年,第 128 页。

⑤ 《论语》:“朽木不可雕也,粪土之墙不可圬也!”“斗筲之人,何足算也。”金良年《论语译注》,上海古籍出版社,1995 年,第 43、155 页。

⑥ 《论语》:“子路曰:‘卫君待子而为政,子将奚先?’子曰:‘必也正名乎!’子路曰:‘有是哉,子之迂也! 奚其正?’”金良年《论语译注》,上海古籍出版社,1995 年,第 146 页。

半部《论语》治天下[1]，
熟读深得能医愚。
注疏历代有高手，
最是权威数朱熹。
好书不厌百回读，
知音千载何曾稀？
圣人教导言在耳，
风动心澜起涟漪。

① 罗大经《鹤林玉露》:“赵普再相，人言普山东人，所读者止《论语》……太宗尝以此语问普，普略不隐，对曰:‘臣平生所知，诚不出此。昔以其半辅太祖定天下，今欲以其半辅陛下致太平。’”(宋)罗大经撰，田松青校点《鹤林玉露》，上海古籍出版社，2012年，第81页。

庄子歌

庄子，名周，故里在何处，至今有争论。庄子是战国时期道家学派最重要的代表，历来老庄并称。《史记》说“庄子著书十万余言”，今存有著作《庄子》。《庄子》一书，不全是庄子所写，有的是弟子以及庄子学派中人的手笔。《庄子》将文学与哲学交融无间，特别擅长运用寓言生动说理，是诸子中文学成就最高的。后世文学家如李白、苏轼、龚自珍等无不深深留有庄子的烙印。《庄子》体现出来的真实和旷达，无论对作文还是人生，都具有崇高的美学价值。

老子衣钵庄周继①，
道家战国续流传。

① 司马迁《史记·老子韩非子列传》：“（庄周）其学无所不闚，然其要本归于老子之言。”（汉）司马迁撰，李伯钦主编，崇贤书院整理《汇评精注史记》第 3 册，北京联合出版公司，2018 年，第 1030 页。

庄子史载生蒙地①,
故里之争起波澜。
蒙城东明各有说,
商丘民权人最谙②。
曾守漆园为傲吏,
不做牺牛供祭瞻。
游戏污渎以自快,
终身不仕志所甘③。
其学广大无不窥,
其要本归在老聃。
万物一齐等生死,
鼓盆而歌大道参④。

---

① 司马迁《史记·老子韩非子列传》:"庄子者,蒙人也,名周。周尝为蒙漆园吏,与梁惠王、齐宣王同时。"(汉)司马迁撰,李伯钦主编,崇贤书院整理《汇评精注史记》第3册,北京联合出版公司,2018年,第1030页。

② 成玄英《庄子序》:"其人姓庄,名周,字子休,生宋国睢阳蒙县。"陈志坚主编《诸子集成》第二册,北京燕山出版社,2008年,第474页。清代段长基《历代疆域表》卷上:"今归德府东北四十里即庄周故里。"李可亭等著《商丘通史》,河南大学出版社,2000年,第46页。

③ 司马迁《史记·老子韩非子列传》:"庄周笑谓楚使者曰:'千金,重利;卿相,尊位也。子独不见郊祭之牺牛乎?养食之数岁,衣以文绣,以入大庙。当是之时,虽欲为孤豚,岂可得乎?子亟去,无污我。我宁游戏污渎之中自快,无为有国者所羁,终身不仕,以快吾志焉。'"(汉)司马迁撰,李伯钦主编,崇贤书院整理《汇评精注史记》第3册,北京联合出版公司,2018年,第1032页。

④ 庄周《庄子》:"庄子妻死,惠子吊之,庄子则方箕踞鼓盆而歌。惠子曰:'与人居,长子、老、身死,不哭亦足矣,又鼓盆而歌,不亦甚乎!'"方勇译注《庄子》,中华书局,2010年,第285页。

天地棺椁万物葬[①]，

逆旅过客度暑寒[②]。

道本天真且无限，

人为则伪陷泥潭。

乘物游心不凝滞，

时空皆作超越观。

绝圣弃智摒仁义，

民复孝慈盗贼完[③]。

焚符破玺民朴鄙[④]，

至德之世任自然。

安时处顺听天命，

红尘一眼便望穿。

大而无用众同去，

蔽于天而人不还[⑤]。

《庄子》成书战国末，

---

① 庄周《庄子》:“吾以天地为棺椁,以日月为连璧,星辰为珠玑,万物为赍送。吾葬具岂不备邪!”方勇译注《庄子》,中华书局,2010年,第564页。

② 庄周《庄子》:“悲夫!世人直为物逆旅耳!夫知遇而不知所不遇,知能能而不能所不能。”方勇译注《庄子》,中华书局,2010年,第378页。

③ 李耳《老子》:“绝圣弃智,民利百倍;绝仁弃义,民复孝慈;绝巧弃利,盗贼无有。”冯达甫《老子译注》,上海古籍出版社,1991年,第44页。

④ 庄周《庄子》:“故绝圣弃知,大盗乃止;擿玉毁珠,小盗不起;焚符破玺,而民朴鄙;掊斗折衡,而民不争。”方勇译注《庄子》,中华书局,2010年,第150页。

⑤ 荀况《荀子》:“惠子蔽于辞而不知实,庄子蔽于天而不知人。”蒋南华等著《荀子全译》,贵州人民出版社,1995年,第442页。

三十三篇今所刊。
内外杂篇分三类，
郭象作注称精专。
之后注家如泉涌，
各有胜论在笔端。
文学成就冠诸子，
英文伟词读者欢①。
荒诞奇妙成浪漫，
极度夸张骇心肝。
大鹏同风九万里②，
蜗角之国战正酣③。
洸洋自恣以适己④，
长啸短吟风雨船。
寓言十九寄哲理，
刺世伪态情难堪。

---

① 郭象《南华真经序》："庄子闳才命世，诚多英文伟词。"刘文典撰，赵锋，诸伟奇点校《庄子补正》，安徽大学出版社、云南大学出版社，1999 年，第 899 页。

② 庄周《庄子》："鹏之徙于南冥也，水击三千里，抟扶摇而上者九万里，去以六月息者也。"方勇译注《庄子》，中华书局，2010 年，第 2 页。

③ 庄周《庄子》："有国于蜗之左角者，曰触氏，有国于蜗之右角者，曰蛮氏，时相与争地而战，伏尸数万，逐北，旬有五日而后反。"方勇译注《庄子》，中华书局，2010 年，第 439 页。

④ 司马迁《史记·老子韩非列传》："其言洸洋自恣以适己，故自王公大人不能器之。"(汉)司马迁撰，李伯钦主编，崇贤书院整理《汇评精注史记》第 3 册，北京联合出版公司，2018 年，第 1030 页。

曹商舐痔不知耻[①]，
盗亦有道赃均摊[②]。
不羁之才爱虚构，
小说之祖无愧惭。
设为不必有之物，
嬉笑怒骂缪悠谈。
意高文辞任缥缈，
相看不厌对名山。
陶潜李白与苏轼，
《庄子》皆在胸中盘。
恰如天地生大美[③]，
万物滋润雨露沾。

---

① 庄周《庄子》:"秦王有病召医。破痈溃痤者得车一乘，舐痔者得车五乘，所治愈下，得车愈多。子岂治其痔邪，何得车之多也？子行矣！"方勇译注《庄子》，中华书局，2010年，第556页。

② 庄周《庄子》:"跖之徒问于跖曰:'盗亦有道乎？'跖曰:'何适而无有道耶？夫妄意室中之藏，圣也；入先，勇也；.出后，义也.；知可否，智也；分均，仁也；五者不备而能成大盗者，天下未之有也'。"方勇译注《庄子》，中华书局，2010年，第149—150页。

③ 庄周《庄子》:"天地有大美而不言，四时有明法而不议，万物有成理而不说。"方勇译注《庄子》，中华书局，2010年，第362页。

《楚辞》歌

《楚辞》是中国第一部浪漫主义诗歌总集。西汉早期，便有楚辞之名。西汉末年刘向将屈原以及承袭屈原的作品汇集，正式定名为《楚辞》。《楚辞》具有浓厚的楚地色彩，想象奇特，韵律优美，其体裁更有利于表现丰富曲折的感情。楚辞体的创立者和代表作家是屈原。屈原，名平，字原，战国时期楚国人，中国历史上伟大的爱国主义诗人。苏轼曾说："吾文终其身企慕而不能及万一者，惟屈子一人耳。"仰慕至此，可想见屈原的巍巍高度。

战国末年有屈原，
中华诗祖人熟谙。
两遭流放备尝苦，
一生爱国受尽谗。
忠而见谤怒《天问》，
《九歌》《九章》枉自弹。
《离骚》两千四百字，

凄怆卓绝旨不凡①。
发愤抒情为别恨,
悲歌激越动山川。
生为贵族质高洁②,
敢与比干比心丹。
嫉恶如仇宁溘死,
鸷鸟不群本性然。
方圜不周独穷困,
夫孰异道能相安?③
美政难足效彭咸④,
汨罗江畔去不还。
上下求索路修远,
逸响伟辞供仰瞻⑤。

---

① 司马迁《史记·屈原贾生列传》:"屈平疾王听之不聪也,谗谄之蔽明也,邪曲之害公也,方正之不容也,故忧愁幽思而作《离骚》。离骚者,犹离忧也。"(汉)司马迁撰,李伯钦主编,崇贤书院整理《汇评精注史记》第4册,北京联合出版公司,2018年,第1146页。

② 屈原《离骚》:"帝高阳之苗裔兮,朕皇考曰伯庸。摄提贞于孟陬兮,惟庚寅吾以降。皇览揆余初度兮,肇锡余以嘉名:名余曰正则兮,字余曰灵均。"黄寿祺、梅桐生《楚辞全译》,贵州人民出版社,1984年,第1页。

③ 屈原《离骚》:"宁溘死以流亡兮,余不忍为此态也。鸷鸟之不群兮,自前世而固然。何方圜之能周兮,夫孰异道而相安?"黄寿祺、梅桐生《楚辞全译》,贵州人民出版社,1984年,第9页。

④ 屈原《离骚》:"虽不周于今之人兮,愿依彭咸之遗则。"黄寿祺、梅桐生《楚辞全译》,贵州人民出版社,1984年,第7页。

⑤ 鲁迅《汉文学史纲要》:"逸响伟辞,卓绝一世……其影响于后来之文章,乃甚或在《三百篇》以上。"程帆主编《我听鲁迅讲文学》,中国致公出版社,2002年,第152页。

香草美人成体系①，
比兴象征结连环。
句式复杂语义富，
弘博丽雅蔚大观。
抒情叙事相融合，
浪漫主义始启端。

楚语楚地与楚物，
楚辞创立耀文坛②。
楚歌楚赋当时体，
宋玉唐勒继其澜③。
西汉辞家纷仿作，
刘向定名典校刊。
王逸《章句》增《九思》，
十七篇本至今传。
《楚辞补注》洪兴祖，
特为善本学问专。

---

① 王逸《离骚序》:"《离骚》之文，依《诗》取兴，引类譬谕，故善鸟、香草、以配忠贞，……灵修、美人，以譬于君。"丘振声编著《中国古典文艺理论例释》，广西人民出版社，1981 年，第 155 页。

② 黄伯思《东观余论·翼骚序》:"屈宋诸骚，皆书楚语，作楚声，纪楚地，名楚物，故可谓之楚辞。"转引袁行霈主编《中国文学史》第一卷，高等教育出版社，2003 年，第 145 页。

③ 司马迁《史记·屈原贾生列传》:"楚有宋玉、唐勒、景差之徒者，皆好辞而以赋见称；然皆祖屈原之从容辞令，终莫敢直谏。"(汉)司马迁撰，李伯钦主编，崇贤书院整理《汇评精注史记》第 4 册，北京联合出版公司，2018 年，第 1147 页。

《楚辞集注》朱熹撰，

随文诠释不惮烦。

骚体衣钵继承者，

回避怨刺只堪惭。

幸有贾谊与赵壹[①]，

尚得骚意悼世残。

建安风骨沉郁处，

《悲愤诗》似汨水寒[②]。

寄情以物托物讽，

衣被词人破旧藩[③]。

水银泻地孔孔入，

丽日当空照蕙兰。

掩卷多少遗憾在，

《楚辞》幽韵品不完。

---

① 司马迁《史记·屈原贾生列传》："贾生既辞往行，闻长沙卑湿，自以寿不得长，又以适去，意不自得。及渡湘水，为赋以吊屈原。"（汉）司马迁撰，李伯钦主编，崇贤书院整理《汇评精注史记》第4册，北京联合出版公司，2018年，第1147页。刘熙载《艺概》："后汉赵元叔《穷鸟赋》及《刺世疾邪赋》，读之知为抗脏之士。"（清）刘熙载《艺概》，上海古籍出版社，1978年，第92页。

② 沈德潜《古诗源》："（《悲愤诗》）激昂酸楚，读去如惊蓬坐振，砂砾自飞，在东汉人中，力量最大。"（清）沈德潜《古诗源》，中华书局，1963年，第65页。

③ 刘勰《文心雕龙》："是以枚、贾追风而入丽，马、扬沿波而得奇，其衣被词人，非一代也。"周振甫《文心雕龙注释》，人民文学出版社，1981年，第36页。

汉乐府歌

乐府，顾名思义，原本是一个音乐机构，开始时其肩负有收集民间歌谣或用文人的诗来配乐的任务。后来人们把那些收集整理的诗歌，称作“乐府诗”，简称为“乐府”。随着影响的不断扩大，乐府俨然成为一种新诗体。汉乐府继承了《诗经》的现实主义传统，“皆感于哀乐，缘事而发”，将百姓生活和时代情绪表现得细致入微，沁人心脾。它开创了叙事诗的第一个高峰，给诗坛带来新气象，为后世模拟或创造提供了典范。

乐府初设在秦朝，
汉武重建采诗谣①。
机构后来名诗体②，

---

① 《新乐府辞·序》：“至武帝，乃立乐府，采诗夜诵，有赵、代、秦、楚之讴。”郭茂倩编撰《乐府诗集》，上海古籍出版社，2016 年，第 1078 页。

② 顾炎武《日知录》：“乐府是官署之名……后人乃以乐府所采之诗，即名之曰乐府焉。”郭预衡主编《中国古代文学史长编》一，首都师范大学出版社，2000 年，第 754 页。

汉代此体价值高。
依据曲乐分四类，
郊庙祭祀鼓吹箫。
相和俗乐来街陌，
杂曲歌辞百感交。
感于哀乐言有物，
缘事而发旨意昭①。
笔触社会各层面，
行间往往有哀嚎。
贫富悬殊民疾苦，
《孤儿行》中倍煎熬。
《东门行》里怒拔剑，
决绝之声如雷咆。
富贵之家尽奢侈，
《相逢行》到白玉桥。
战争自古多残酷，
《十五从军征》路遥。
深情书写爱与恨，
起伏波澜恋或抛。
《上邪》指天为誓誓，
与君相知难动摇。

---

① 班固《汉书·艺文志》:“自孝武乐府而采歌谣，于是有代、赵之讴，秦、楚之风，皆感于哀乐，缘事而发。”北京大学哲学系美学教研室编《中国美学史资料选编》上，中华书局，1980年，第127页。

《有所思》中性刚烈，
定情礼物当风烧。
《孔雀东南飞》别路，
生死不渝赞刘焦。
《陌上桑》里秦氏女，
妙拒调戏守节操。

乐府最擅乃叙事①，
诗歌跃入新坐标。
行动对话满诗卷，
有声有色浪逐涛②。
独白手法频运用，
别有韵味是念叨。
语虽朴素情丰富，
非由润色不琢雕。
质而不俚近能远，
浅而能深避浮飘③。
《病妇》《孤儿行》二首，

---

① 许学夷《诗源辨体》:"盖乐府多是叙事之诗,不如此不足以尽倾倒。"(明)许学夷著,杜维沫点校《诗源辨体》,人民文学出版社,1987 年,第 67 页。

② 黄节《汉魏乐府风笺》:"《孔雀东南飞》历数十许人口中语,各各有其声情,真神化之笔也。"郭预衡主编《中国古代文学史长编·秦汉魏晋南北朝卷》,首都师范大学出版社,1995 年,第 243 页。

③ 胡应麟《诗薮》:"汉乐府歌谣,采摭闾净,非由润色;然而质而不俚,浅而能深,近而能远,天下至文,靡以过之!"转引自熊笃主编《中国古代文学史新编》,重庆大学出版社,1996 年,第 190 页。

口语活现天然描。
现实为基也浪漫，
罗敷夸夫计高超。
五言杂言相交错，
四言过渡静悄悄。
要论乐府之影响，
第一精神续《风》《骚》。
沾溉后世难数计，
风生水起动新潮。
民间创造真伟大，
文人善学甘辛劳。
沉吟于此我致慨，
一任窗外雨潇潇。

唐前诗人歌

据逯钦立先生《先秦汉魏晋南北朝诗》统计，全书有名姓可考的作者达八百余人。先唐无论是作者还是作品数量，存世者少，散佚者多。唐前诗人社会地位大多较高，他们往往结成诗人集团，相互唱和吟咏，形成相同或相近的风格，引领文风时尚。汉魏之后，文学进入“自觉的时代”，有的诗人一边创作，一边进行诗歌理论的探索和总结，对诗歌本身的艺术和美学发掘既深且广，这一创获在文学史中有着沉甸甸的分量。

中华堪称诗国度，
唐前诗人扳指数。
《诗经》多少风雅客，
姓名不向青史著。
战国屈原创楚辞，
《离骚》衷肠诉反复。
宋玉景差后继者，
飞扬文采启汉赋。

荆轲易水河边曲，

敢与强秦勇说不①。

刘邦大风呼猛士②，

霸王别姬泣末路③。

汉武柏梁连句韵④，

完整五言出班固⑤。

文人抒情渐成熟，

秦嘉深挚赠其妇⑥。

长叹《古诗十九首》，

作者谓谁无定数。

三曹七子蔡文姬，

---

① 刘向《战国策》："荆轲和而歌，为变徵之声，士皆垂泪涕泣。又前而为歌曰：'风萧萧兮易水寒，壮士一去兮不复还！'复为慷慨羽声，士皆瞋目，发尽上指冠。于是荆轲遂就车而去，终已不顾。"（汉）刘向集录《战国策》，上海古籍出版社，1998 年，第 1137 页。

② 刘邦《大风歌》："大风起兮云飞扬。威加海内兮归故乡。安得猛士兮守四方！"陈洪、乔以钢主编《中华诗词 900 句》，南开大学出版社，2018 年，第 40 页。

③ 《史记·项羽本纪》："有美人名虞，常幸从；骏马名骓，常骑之。于是项王乃悲歌慷慨，自为诗曰：'力拔山兮气盖世，时不利兮骓不逝。骓不逝兮可奈何，虞兮虞兮奈若何！'歌数阕，美人和之。项王泣数行下，左右皆泣，莫能仰视。"于石等编著《常用典故辞典》，上海辞书出版社，1985 年，第 433－434 页。

④ 赵翼《陔馀丛考·柏梁体》："汉武宴柏梁台赋诗，人各一句，句皆用韵，后人遂以每句用韵者为柏梁体。"陈伯海主编，张寅彭、黄刚编撰《唐诗论评类编》（增订本）上，上海古籍出版社，2015 年，第 589 页。

⑤ 班固《咏史》："三王德弥薄，惟后用肉刑。太苍令有罪，就递长安城。自恨身无子，困急独茕茕。小女痛父言，死者不可生。上书诣北阙，阙下歌鸡鸣。忧心摧折裂，晨风扬激声。圣汉孝文帝，恻然感至情。百男何愦愦，不如一缇萦。"杜立选注《历朝咏史怀古诗》，华夏出版社，2000 年，第 2 页。

⑥ 胡应麟《诗薮》："秦嘉夫妇往还曲折，具载诗中。真事真情，千秋如在。非他托兴可以比肩。"刘晓亮《至元集林 八代诗汇评》，北京联合出版公司，2018 年，第 22 页。

各逞神笔写风骨。
曹操气韵何沉雄①,
曹丕婉丽变乃父。
建安之杰夸曹植②,
蔡琰悲愤痛彻腹③。
七子之冠是王粲,
《七哀》于心何忍读?
正始嵇康善四言,
孔融六言开新途。
三张二陆加一左,
西晋太康主沉浮。
陆机缘情而绮靡④,
左思风力生气足。
儿女情多属张华⑤,
潘岳悼亡凄何如。

---

① 魏庆之《诗人玉屑》:"魏武帝如幽燕老将,气韵沉雄。"北京师范大学中文系文艺理论教研室编《文学理论学习参考资料》,春风文艺出版社,1982年,第846页。

② 钟嵘《诗品》:"故知陈思为建安之杰,公干、仲宣为辅。"周振甫《诗品译注》,中华书局,1998年,第17页。

③ 贺贻孙《诗筏》:"文姬《悲愤》篇,苦处在胡儿抱颈数语,与同时相送相慕者一番牵别,令人欲泣。"郭预衡主编《中国古代文学史长编·秦汉魏晋南北朝卷》,首都师范大学出版社,1995年,第377页。

④ 陆机《文赋》:"诗缘情而绮靡,赋体物而浏亮。"张少康《文赋集释》,人民文学出版社,2002年,第99页。

⑤ 钟嵘《诗品》:"虽名高曩代,而疏亮之士,犹恨其儿女情多,风云气少。"周振甫《诗品译注》,中华书局,1998年,第55页。

东晋刘琨声激越，
玄言孙绰与郭璞①。
宋初田园陶彭泽，
高情千载人间无。
一语天然胸洒落，
乐天安命杂念除。
山水开宗谢灵运，
惠连谢朓家法熟②。
吴均阴铿与何逊，
清新诗写造化图。
江淹沈约颜延之，
文采赡博长拟古。
宫体领袖是萧纲，
唱和庾信庾肩吾。
徐陵徐摛汩其泥③，
余绪江总陈后主。
中有鲍照出俊逸，
发唱惊挺骋乐府。
其妹才女鲍令晖，

---

① 黄节《诗品讲疏》："东晋玄言之诗，景纯（郭璞）实为之前导。"黄侃《黄侃文学史讲义》，当代世界出版社，2017 年，第 28 页。

② 李延寿《南史・谢惠连传》："族兄灵运嘉赏之，云'每有篇章，对惠连輒得佳语'"。佟玉斌、佟舟编著《诗书画印典故辞典》，长征出版社，2001 年，第 396 页。

③ 屈原《楚辞・渔父》："世人皆浊，何不淈其泥而扬其波。"黄寿祺、梅桐生《楚辞全译》，贵州人民出版社，1984 年，第 136 页。

齐名左莱双艳吐。
庾信王褒留北后，
诗风苍劲含酸楚。
北地三才邢魏温①，
高允、常景或可睹。
入隋大家薛道衡，
《人日思归》广流布。
通侻不羁卢思道，
诗咏边塞有杨素。
炀帝《春江花月夜》，
黯然销魂归何处？
南北加隋二百年，
长河经此只过渡。
要观诗海浩荡荡，
豁然唐域涛雪怒。

① 李延寿《北史·魏收传》："（魏收）与济阴温子升、河间邢子才齐誉，世号'三才'。"龙潜庵等编著《历代名人并称辞典》，上海辞书出版社，2001 年，第 136 页。

三曹歌

曹操与其子曹丕、曹植合称“三曹”。他们政治地位高，文学成就大，是建安诗坛无可争议的领袖。曹操古直悲慨，曹丕精思明丽，曹植文质双美，风调自有不同。这个显赫政治家族生当乱世，诗笔不能不面向流血的大地。他们笔端凝聚着沉郁雄健的力量，铸造出建安风骨的特质。这审美风范如城头大旗，长令后来者频频回首致意。

建安风骨树立者，
三曹走在最前列。
气韵沉雄幽燕将，
曹操诗声猛呜咽。
山岛竦峙《观沧海》[①]，

① 曹操《观沧海》:“东临碣石，以观沧海。水何澹澹，山岛竦峙。树木丛生，百草丰茂。秋风萧瑟，洪波涌起。日月之行，若出其中。星汉灿烂，若出其里。幸甚至哉，歌以咏志。”傅庶亚《三曹诗文全集译注》，吉林文史出版社，1997 年，第 28 页。

《蒿里行》中骨露野①。
老骥伏枥志千里,
烈士暮年壮怀写②。
洪波涌起秋萧瑟,
日月之行光芒射。
古直悲凉乐府调③,
四言复兴功赫赫。
散文通脱又清峻,
多为令札表与策。
兵书今存《孙子注》,
独有心得识深刻。
雅爱诗章招文士,
邺下集团尽墨客。
引领风气传千古,
文学新辟大疆界。

文帝曹丕富文藻,
虑详力缓避尖仄④。

① 曹操《蒿里行》:“白骨露于野,千里无鸡鸣。生民百遗一,念之断人肠。”傅庶亚《三曹诗文全集译注》,吉林文史出版社,1997 年,第 9 页。

② 曹操《步出夏门行》:“老骥伏枥,志在千里。烈士暮年,壮心不已。”傅庶亚《三曹诗文全集译注》,吉林文史出版社,1997 年,第 32 页。

③ 钟嵘《诗品》:“曹公古直,颇有悲凉之句。”周振甫《诗品译注》,中华书局,1998 年,第 78 页。

④ 刘勰《文心雕龙》:“子桓虑详而力缓,故不竞于先鸣。”周振甫《文心雕龙注释》,人民文学出版社,1981 年,第 504 页。

《燕歌行》里词清绮，
文人七言翻新页[①]。
善写思念伤柔弱，
诗中倾情亦倾色。
《典论》批评开山作，
肯定文章经国业[②]。
“建安七子”名源此[③]，
各有臧否语通彻。
赋与散文重辞艺，
文采斐然又悱恻。

建安之杰曹子建，
才高八斗不相借[④]。
骨气奇高词华茂[⑤]，
下笔琳琅情真切。

---

① 胡应麟《诗薮》：“子桓《燕歌》二首，开千古妙境。”魏宏灿校注《曹丕集校注》，安徽大学出版社，2009年，第14页。

② 曹丕《典论·论文》：“盖文章，经国之大业，不朽之盛事。”傅庶亚《三曹诗文全集译注》，吉林文史出版社，1997年，第525页。

③ 曹丕《典论·论文》：“今之文人：鲁国孔融文举、广陵陈琳孔璋、山阳王粲仲宣、北海徐干伟长、陈留阮瑀元瑜、汝南应瑒德琏、东平刘桢公干，斯七子者，于学无所遗，于辞无所假，咸以自骋骥騄于千里，仰齐足而并驰。”傅庶亚《三曹诗文全集译注》，吉林文史出版社，1997年，第524页。

④ 宋·佚名《释常谈》：“文章多，谓之‘八斗之才’。谢灵运尝曰：‘天下才有一石；曹子建独占八斗；我得一斗；天下共分一斗。’”金启华主编《全宋词典故考释辞典》，吉林文史出版社，1991年，第21页。

⑤ 钟嵘《诗品》：“骨气奇高，词采华茂。情兼雅怨，体被文质，粲溢今古，卓而不群。”周振甫《诗品译注》，中华书局，1998年，第36页。

顿挫气度洒落韵，
天才流丽花不谢[①]。
仙才人间安得见，
众人仰首观山岳。
浪漫梦幻《洛神赋》，
屈子手法见大略。
此赋主旨颇争议，
甄氏一说最可热[②]。
三曹光焰高万丈，
慷慨精神终不灭。

---

① 王世贞《艺苑卮言》:“子建天才流丽，虽誉冠古今，而实逊父兄。何以故？材太高，辞太华。”孙克强主编《中国历代分体文论选》上，北京交通大学出版社，2006 年，第 150 页。

② 萧统《文选》，李善注引《东观汉记》:“(植) 度轘辕，息洛水上，思甄后，忽见女来……悲喜不能自胜，遂作《感甄赋》。后明帝见之，改为《洛神赋》。”魏耕原主编《历代小赋观止》，陕西人民教育出版社，2019 年，第 148 页。

建安七子歌

孔融、陈琳、王粲、徐干、阮瑀、应玚、刘桢，合称“建安七子”，因都曾同居魏都邺城，又称“邺中七子”。“七子”各擅其长，文才竞驰，建安诗坛因之生机勃勃，正如清人刘良翰所言：“六朝门第推江左，七子才名盛建安。”然七子命运多舛：孔融被杀，阮瑀、王粲早逝，其余“徐、陈、应、刘一时俱逝”，没能躲过建安二十二年(217)那场席卷北方的瘟疫。

“七子”之称始曹丕，
《典论·论文》书其名。
孔融陈琳与阮瑀，
徐干应玚文辞精。
刘桢诗壮而不密①，
王粲冠冕胜于情。

① 曹丕《典论·论文》：“琳、瑀之章表书记，今之隽也。应瑒和而不壮，刘桢壮而不密。”傅庶亚《三曹诗文全集译注》，吉林文史出版社，1997年，第524页。

七子于辞无所假①,
自骋骥騄千里行。
孔融阮瑀身先死,
余皆罹疫泣亡灵②。
七子所长诗文赋,
个个皆是文苑英。
体气高妙孔北海③,
奇逸卓荦器高明。
但令坐上客长满④,
举樽一饮文章惊。
孔璋书记尤健爽,
诗学乐府风雅兴。
伟长《室思》情缱绻,
《中论》典雅意非轻。
元瑜表章一时俊,
诗不空言语有凭。

① 曹丕《典论·论文》:"是以古之作者,寄身于翰墨,见意于篇籍,不假良史之辞,不托飞驰之势,而声名自传于后。"傅庶亚《三曹诗文全集译注》,吉林文史出版社,1997年,第525页。

② 曹丕《与吴质书》:"昔年疾疫,亲故多离其灾,徐、陈、应、刘,一时俱逝。"傅庶亚《三曹诗文全集译注》,吉林文史出版社,1997年,第524页。

③ 曹丕《典论·论文》:"孔融体气高妙,有过人者,然不能持论,理不胜辞,至于杂以嘲戏。"傅庶亚《三曹诗文全集译注》,吉林文史出版社,1997年,第524页。

④ 范晔《后汉书·孔融传》:"乃退闲职,宾客日盈其门,常叹曰:'座上客恒满,尊中酒不空,吾无忧矣。'"金启华主编《全宋词典故考释辞典》,吉林文史出版社,1991年,第1125页。

德琏出身书香第，
美志不遂心不平①。
诗写忧郁气非壮，
赋多慷慨悲风凝。
公干歌诗多遒劲，
雕润恨少受批评②。
曹刘并称名也盛，
坐啸生风满中庭③。

七子之冠属王粲④，
文多兼善独步行。
辞少瑕累唯真挚，
《登楼赋》里伤寓荆。
他乡信美非吾土⑤，
千古流落得共鸣。
《七哀诗》写断肠泪，

---

① 曹丕《又与吴质书》:“德琏常斐然有述作之意，其才学足以著书;美志不遂，良可痛惜。”傅庶亚《三曹诗文全集译注》，吉林文史出版社，1997 年，第 465 页。

② 钟嵘《诗品》:“真骨凌霜，高风跨俗。但气过其文，雕润恨少。”周振甫《诗品译注》，中华书局，1998 年，第 37 页。

③ 元好问《论诗三十首》之二:“曹刘坐啸虎生风，四海无人角两雄。可惜并州刘越石，不教横槊建安中。”北京大学哲学系美学教研室编《中国美学史资料选编》下，中华书局，1981 年，第 84 页。

④ 刘勰《文心雕龙》:“仲宣溢才，捷而能密。文多兼善，辞少瑕累，摘其诗赋，则七子之冠冕乎!”周振甫《文心雕龙注释》，人民文学出版社，1981 年，第 504 页。

⑤ 王粲《登楼赋》:“虽信美而非吾土兮，曾何足以少留?”曾国藩《经史百家杂钞》上，中华书局，2013 年，第 172 页。

子号草间不忍听[①]。
少有异才惊四座,
蔡邕闻之倒履迎。
悉将藏书来相赠,
要将志业付经营[②]。
天灭英才何堪痛,
驴鸣悼亡鬼火萤[③]。
三曹七子并蔡琰,
共塑建安文学型。
后世纷纷说风骨,
笑傲书剑两飘零。
作歌王此夜寂寂,
青史何曾负才卿。

---

① 王粲《七哀诗》:"出门无所见,白骨蔽平原。路有饥妇人,抱子弃草间。顾闻号泣声,挥涕独不还。'未知身死处,何能两相完?'驱马弃之去,不忍听此言。"许渊冲译《汉魏六朝诗选》,五洲传播出版社,2018年,第252页。

② 陈寿《三国志·王粲传》:"闻粲在门,倒屣迎之。粲至,年既幼弱,容状短小,一坐尽惊。邕曰:'此王公孙也,有异才,吾不如也。吾家书籍文章,尽当与之。'"朱祖延、张金煌主编《中华掌故类编》(第1辑),河南人民出版社,1990年,第205页。

③ 刘义庆《世说新语》:"王仲宣好驴鸣。既葬,文帝临其丧,顾语同游曰:'王好驴鸣,可各作一声以送之。'赴客皆一作驴鸣。"徐震堮《世说新语校笺》下,中华书局,1984年,第347—348页。

竹林七贤歌

三国魏正始年间，嵇康、阮籍、山涛、向秀、刘伶、王戎及阮咸七人，常聚游于山阳竹林之下，世人谓之“竹林七贤”。七人身处政治高压之时，多怀不满，以“返自然”来蔑视名教礼法，纵酒谈玄，肆意酣畅，成为魏晋名士的典型。明代佘翔《题竹林七贤图》云：“昔时竹林人，俱是清狂客。逃名却尚奇，纵酒已成癖。天地总虚无，老庄与朝夕。”寥寥数语，倒是道出了七贤的表象。魏晋风流的本质，在于追求内心的自由。在专制社会里，追求自由一不小心就有掉头的危险，美男子嵇康便是这样的不幸者。

魏晋年间出七贤，
肆意酣畅饮聚群。
两阮刘王嵇山向①，
殊声合响长啸吟。

---

① 房玄龄等《晋书·嵇康传》：“（嵇康）所与神交者惟陈留阮籍、河内山涛，豫其流者河内向秀、沛国刘伶、籍兄子咸、琅邪王戎，遂为竹林之游，世所谓‘竹林七贤’也。”于石等编著《常用典故辞典》，上海辞书出版社，1985 年，第 119 页。

阮籍曾为步兵尉，
痛醉终日举高樽。
命诗唯使郁结气①，
《咏怀》悲苦比兴深。
睥睨八荒笼万有，
忧时悯乱儒者心。
一篇《大人先生传》，
讽尽虚伪详论真。
穷途之哭谁识我②，
青白眼中清浊分③。
嵇康师心以遣论，
《声无哀乐》妙理陈。
旷迈不群但任性，
琴诗自乐何求人？
《绝交》一书真痛快④，
简傲罹祸遭杀身。

---

① “刘勰《文心雕龙》:“嵇康师心以遣论，阮籍使气以命诗。”周振甫《文心雕龙注释》，人民文学出版社，1981年，第504页。

② 房玄龄等《晋书·阮籍传》:“时率意独驾，不由径路，车迹所穷，辄恸哭而反。”朱自清选注《十四家诗钞》，上海古籍出版社，1981年，第13页。

③ 房玄龄等《晋书·阮籍传》:“籍又能为青白眼。见礼俗之士，以白眼对之。由是礼法之士疾之若仇。籍曰:‘礼岂为我设耶?’其外坦荡而内淳至。”朱自清选注《十四家诗钞》，上海古籍出版社，1981年，第13页。

④ 房玄龄等《晋书·嵇康传》:“山涛将去选官，举康自代。康乃与涛书告绝。”(明)张溥编，(清)吴汝纶选《汉魏六朝百三家集选》之《附本传》，吉林人民出版社，1981年，第118页。

千古一曲《广陵散》①，
最是人间至哀音。
昔日锻造向秀友②，
悲从中来心如焚。
故地感作《思旧赋》，
援翰写心泪满巾。
栋宇存而弗毁兮③，
妙声绝而难复寻。

山涛四十始出仕，
治理有方称名臣。
山公启事备人选④，
为国荐才理乾坤。
通简有德器识远⑤，

---

① 房玄龄等《晋书·嵇康传》："康将刑东市，太学生三千人请以为师，弗许。康顾视日影，索琴弹之，曰：'昔袁孝尼尝从吾学《广陵散》，吾每靳固之，《广陵散》于今绝矣！'时年四十。"（明）张溥编，（清）吴汝纶选《汉魏六朝百三家集选》之《附本传》，吉林人民出版社，1981年，第119页。

② 房玄龄等《晋书·嵇康传》："初，康居贫，尝与向秀共锻于大树之下，以自赡给。"（明）张溥编，（清）吴汝纶选《汉魏六朝百三家集选》之《附本传》，吉林人民出版社，1981年，第118页。

③ 向秀《思旧赋》："栋宇存而弗毁兮，形神逝其焉如。"魏耕原主编《历代小赋观止》，陕西人民教育出版社，2019年，第154页。

④ 房玄龄等《晋书·山涛传》："涛所奏甄拔人物，各为题目，时称山公启事。"俞长江等主编《中华典故全书》，中国国际广播出版社，1994年，第602页。

⑤ 刘义庆《世说新语》，刘孝标注引《魏氏春秋》："山涛通简有德，秀、咸、戎、伶，朗达有儁才。"郭预衡主编《中国古代文学史长编·秦汉魏晋南北朝卷》，首都师范大学出版社，1995年，第396页。

璞玉浑金见真淳①。
酒仙刘伶常澹默,
有如枯叶散萧林。
土木形骸游一世,
操卮执觚送晨昏②。
千古奇文《酒德颂》,
笔扫礼法不足珍。
阮咸贞素并寡欲③,
《律议》论音乐教伸。
王戎七岁识苦李④,
虎怒震吼若无闻⑤。
既明且哲处危乱,
卿卿我我显情亲⑥。

---

① 刘义庆《世说新语》:"王戎目山巨源如璞玉浑金,人皆钦其宝,莫知名其器。"徐震堮《世说新语校笺》上,中华书局,1984年,第231页。

② 刘伶《酒德颂》:"止则操卮执觚,动则挈榼提壶。唯酒是务,焉知其余?"莫道才主编《骈文观止》,文化艺术出版社,1997年,第36页。

③ 房玄龄等《晋书·阮咸传》:"山涛举咸典选,曰:'阮咸贞素寡欲,深识清浊,万物不能移。若在官人之职,必绝于时。'"俞长江等主编《中华典故全书》,中国国际广播出版社,1994年,第1页。

④ 刘义庆《世说新语》:"王戎七岁,尝与诸小儿游,看道边李树多子折枝。诸儿竞走取之,唯戎不动。人问之,答曰:'树在道边而多子,此必苦李。'取之信然。"徐震堮《世说新语校笺》上,中华书局,1984年,第195—196页。

⑤ 刘义庆《世说新语》:"魏明帝于宣武场上断虎爪牙,纵百姓观之。王戎七岁,亦往看,虎承间攀栏而吼,其声震地,观者无不辟易颠仆,戎湛然不动,了无惧色。"徐震堮《世说新语校笺》上,中华书局,1984年,第196页。

⑥ 刘义庆《世说新语》:"王安丰(王戎)妇常卿安丰,安丰曰:'妇人卿婿,于礼为不敬,后勿复尔。'妇曰:'亲卿爱卿,是以卿卿。我不卿卿,谁当卿卿?'遂恒听。"徐震堮《世说新语校笺》下,中华书局,1984年,第492页。

七贤超逸竹林会，
魏晋风度化境臻。
妙析奇致玄风畅[①]，
言谈举止皆传神。
学其万毋止皮相，
道法自然是真魂。

① 刘义庆《世说新语》："初，注《庄子》者数十家，莫能究其旨要。向秀于旧注外为《解义》，妙析奇致，大畅玄风。"徐震堮《世说新语校笺》上，中华书局，1984 年，第 111 页。

左思歌

一提到成语“洛阳纸贵”，人们自然想起西晋文学家左思。不幸生在门阀森严的时代，这位才高人丑、又不善交际的寒门子弟，比常人多了些愤懑和怨言，读者完全可抱同情之心来作宽容式理解。左思诗赋均好，其诗之代表作是《咏史》八首。沈德潜说他：“咏古人而已之性情俱见”，可见他是有意要将咏史与咏怀融为一体。钟嵘《诗品》中盛赞他：“文典以怨，颇为精切，得讽喻之致。”又可见他笔底的牢骚分寸拿捏得恰到好处，绝非今日之“愤青”可类比。这种典正、精切的怨言和讽喻，在生花妙笔的编织下，形成了至今还津津乐道的“左思风力”。

西晋名家有左思，
籍贯临淄字太冲。
世代奉儒能守正，
左雍教子优长弘。
贤妹左棻才横溢，
姿陋亦能入后宫。

辞对清华人称美①，
《离思赋》作感苍穹。
因妹移家京师地，
不好交游厌凡庸。
天生貌寝兼口讷，
唯凭沉潜全其功。
发为辞藻颇壮丽②，
剑指门阀造不公。
一年乃成《齐都赋》，
精思冥想势如虹。
访得张载岷邛事③，
决意笔扫万古空。
构思十载为巨制，
呕心沥血专力攻。
欲为三都作大赋，
敢与班张试笔锋。
门庭藩溷著笔纸④，

① 房玄龄等《晋书·左贵嫔》："言及文义，辞对清华，左右侍听，莫不称美。"许嘉璐主编《二十四史全译·晋书》第2册，汉语大词典出版社，2004年，第750页。

② 房玄龄等《晋书·左思传》："思遂感激勤学，兼善阴阳之术。貌寝，口讷，而辞藻壮丽。"许嘉璐主编《二十四史全译·晋书》第3册，汉语大词典出版社，2004年，第2033—2034页。

③ 房玄龄等《晋书·左思传》："乃诣著作郎张载，访岷邛之事。"许嘉璐主编《二十四史全译·晋书》第3册，汉语大词典出版社，2004年，第2034页。

④ 房玄龄等《晋书·左思传》："遂构思十年，门庭藩溷皆著笔纸，遇得一句，即便疏之。"许嘉璐主编《二十四史全译·晋书》第3册，汉语大词典出版社，2004年，第2034页。

遇得佳句书其中。
陆机闻之抚掌笑，
伧父志大惜才穷。
待得赋成声鹊起，
洛阳纸贵傲群雄。
士衡见之转惊叹，
自愧不如增敬崇①。

诗才拔萃于《咏史》②，
古意己情深交融。
古今连类义丰富，
上下史实用错综。
文典以怨颇精切，
讽喻力追建安风③。
出身寒微惯长啸，
冯公白首恨长终④。
济济京城多冠盖，

① 房玄龄等《晋书·左思传》:“于是豪贵之家竞相传写，洛阳为之纸贵。初，陆机入洛，欲为此赋，闻思作之，抚掌而笑，与弟云书曰:‘此间有伧父，欲作《三都赋》，须其成，当以覆酒瓮耳。’及思赋出，机绝叹伏，以为不能加也，遂辍笔焉。”许嘉璐主编《二十四史全译·晋书》第3册，汉语大词典出版社，2004年，第2034页。

② 刘勰《文心雕龙》:“尽锐于《三都》，拔萃于《咏史》。”周振甫《文心雕龙注释》，人民文学出版社，1981年，第504页。

③ 钟嵘《诗品》:“文典以怨，颇为精切，得讽喻之致。”周振甫《诗品译注》，中华书局，1998年，第46页。

④ 左思《咏史》其二:“冯公岂不伟，白首不见招。”沈文凡编著《汉魏六朝诗三百首译析》，吉林文史出版社，2014年，第98页。

寥寥扬子宅生虫[①]。
奇才代代从来有，
遗之草泽听寒蛩。
古往今来皆如此，
忍看壮志流水东。
抒情议论融一体，
怒在笔头愤在胸。
雪中访戴咏《招隐》，
子猷太冲此心通[②]。
《娇女诗》语饶风趣，
天真烂漫两女童。
琐屑潦倒生意在，
父母矜怜儿女聪。
尽情尽理又尽态，
栩栩如见真面容。
太康文体趋绮丽，
左思不与潮流同。
古韵古心自承继，

---

① 左思《咏史》其四："济济京城内，赫赫王侯居。冠盖荫四术，朱轮竟长衢。朝集金张馆，暮宿许史庐。南邻击钟磬，北里吹笙竽。寂寂杨子宅，门无卿相舆。寥寥空宇中，所讲在玄虚。"沈文凡编著《汉魏六朝诗三百首译析》，吉林文史出版社，2014年，第99页。

② 刘义庆《世说新语》："王子猷居山阴，夜大雪，眠觉，开室，命酌酒，四望皎然。因起彷徨，咏左思《招隐》诗。忽忆戴安道。时戴在剡，即便夜乘小舟就之。"柳士镇、钱南秀译注《世说新语选译》，凤凰出版社，2017年，第206页。

才大情深气峥嵘。
清音非必丝与竹[①],
知己千载仍相拥。
最是天边团团月,
犹照郁郁涧底松![②]

---

① 左思《招隐》其一:"非必丝与竹,山水有清音。"陈洪、乔以钢主编《中华诗词900句》,南开大学出版社,2018年,第301页。

② 左思《咏史》其一:"郁郁涧底松,离离山上苗。"沈文凡编著《汉魏六朝诗三百首译析》,吉林文史出版社,2014年,第98页。

陶渊明歌

陶渊明，名潜，字渊明，又字元亮，自号“五柳先生”。萧统在《陶渊明传》中说他：“少有高趣，博学，善属文；颖脱不群，任真自得”。诚为知己之言。钟嵘《诗品》中赞扬他是“古今隐逸诗人之宗”，仅仅从身份上着眼，未免局限了眼界。照我看来，陶渊明是“古今本色诗人之宗”，这本色就是“任真自得”。自然最真，所以自然界乃是陶渊明最爱的家园。他与自然建立了亲密无间的互动，梁启超说：“自然界是他爱恋的伴侣，常常对着他笑。”这会心一笑，天地人无一不灿烂。

浔阳柴桑陶渊明，
自小不适俗世情①。
游好六经生猛志②，

---

① 陶渊明《归园田居》其一：“少无适俗韵，性本爱丘山。”郭维森、包景城《陶渊明集全译》，贵州人民出版社，1992年，第53页。

② 陶渊明《饮酒》十六：“少年罕人事，游好在六经。”《杂诗》：“猛志逸四海，骞翮思远翥。”郭维森、包景城《陶渊明集全译》，贵州人民出版社，1992年，第53页。

时官时隐心难宁。
一朝得为彭泽令，
不甘折腰归园庭①。
世与我违心为役②，
不如归去听鸡鸣。
从此躬耕自得乐，
但话桑麻忧雨晴③。
古人书读观大略④，
饮酒必醉诗意兴。
也曾贫病身僵卧，
不肯出仕志守恒。
江州刺史檀道济，
曾馈粱肉以贤迎。
挥而去之无犹豫，
清高耿介一片诚⑤。
《自祭文》成痛绝笔，

---

① 令狐德棻等《晋书·隐逸传》："潜叹曰：'吾不能为五斗米折腰，拳拳事乡里小人邪！'义熙二年，解印去县，乃赋《归去来兮辞》。"北京大学中文系教师同学、北京师范大学中文系教师同学编《陶渊明研究资料汇编》，中华书局，1962 年，第 12 页。

② 陶渊明《归去来兮辞》："既自以心为形役，奚惆怅而独悲？"郭维森、包景城《陶渊明集全译》，贵州人民出版社，1992 年，第 284 页。

③ 陶渊明《归园田居》其二："相见无杂言，但道桑麻长。"郭维森、包景城《陶渊明集全译》，贵州人民出版社，1992 年，第 55 页。

④ 陶渊明《五柳先生传》："好读书，不求甚解；每有会意，便欣然忘食。"郭维森、包景城《陶渊明集全译》，贵州人民出版社，1992 年，第 307 页。

⑤ 萧统《文选·陶渊明传》："道济馈以粱肉，麾而去之。"孟二冬《陶渊明集译注及研究》附录，昆仑出版社，2008 年，第 325 页。

谥号靖节千秋名①。
安贫乐道遵儒训，
崇尚自然老庄呈。
不喜不惧化俗雅，
魏晋风流真典型。

存诗不多百余首，
田园题材最为精。
躬耕生活真切写，
妙在朴素语不惊。
采菊东篱悠然境②，
带月荷锄美无声③。
也述穷困与凋敝，
风雨饥寒未曾停。
咏史咏怀实一体，
中有忧愤当细听。
行役多说樊笼倦④，
心念山泽盼归程。

---

① 萧统《文选·陶渊明传》："元嘉四年，将复征命，会卒，时年六十三。世号'靖节先生'。"孟二冬《陶渊明集译注及研究》附录，昆仑出版社，2008年，第326页。

② 陶渊明《饮酒》其五："采菊东篱下，悠然见南山。"郭维森、包景城《陶渊明集全译》，贵州人民出版社，1992年，第148页。

③ 陶渊明《归园田居》其三："晨兴理荒秽，带月荷锄归。"郭维森、包景城《陶渊明集全译》，贵州人民出版社，1992年，第56页。

④ 陶渊明《归园田居》其一："久在樊笼里，复得返自然。"郭维森、包景城《陶渊明集全译》，贵州人民出版社，1992年，第54页。

赠答友人情敦厚，
哲理思绪任纵横。
情景事理浑然在，
质而实绮涵义丰①。
天然真淳豪华落②，
语语平淡精彩凝。
潇洒《五柳先生传》，
毕现自我神与形。
《桃花源记》流传广，
洞里虽美寻无凭③。
《归去来兮辞》高妙，
自由之声耳边萦。

风格不与当时合，
列为中品失准评④。
萧统陶集作佳序，

① 苏辙《子瞻和陶渊明诗集引》："其诗质而实绮，癯而实腴。"曾枣庄《三苏文艺理论作品选注》，巴蜀书社，2017 年，第 182 页。

② 元好问《论诗三十首》其四："一语天然万古新，豪华落尽见真淳。"陈洪、乔以钢主编《中华诗词 900 句》，南开大学出版社，2018 年，第 39 页。

③ 陶渊明《桃花源记》："南阳刘子骥，高尚士也，闻之，欣然规往。未果，寻病终，后遂无问津者。"陈平原主编《中国散文选》，百花文艺出版社，2000 年，第 108 页。

④ 钟嵘《诗品》："其源出于应璩，又协左思风力。文体省净，迨无长语。"周振甫《诗品译注》，中华书局，1998 年，第 65 页。

首度褒扬世上英[①]。
唐人田园融山水，
陶潜地位再提升。
宋人美学崇平淡，
口口声声赞渊明。
苏轼和陶诗过百，
深愧不如心更倾[②]。
朱熹赞其胸中出，
豪放不觉性有棱[③]。
隐士典范人皆仰，
独立人格如明灯。
最能识得酒中趣，
菊为隐君成象征[④]。
陶诗闲远自本色，
皆出肺腑不经营。
胸襟浩荡云舒卷，

---

① 萧统《文选·陶渊明集序》："其文章不群，辞彩精拔，跌宕昭彰，独超众类，抑扬爽朗，莫之与京。"孟二冬《陶渊明集译注及研究》附录，昆仑出版社，2008 年，第 328 页。

② 苏辙《子瞻和陶渊明诗集引》："吾于诗人，无所甚好，独好渊明之诗。"曾枣庄《三苏文艺理论作品选注》，巴蜀书社，2017 年，第 182 页。

③ 朱熹《朱子语类》："陶渊明诗，人皆说是平淡，某看他自豪放，但豪放得来不觉耳。"，北京大学中文系教师同学、北京师范大学中文系教师同学编《陶渊明研究资料汇编》，中华书局，1962 年，第 74 页。

④ 周敦颐《爱莲说》："予谓菊，花之隐逸者也；牡丹，花之富贵者也；莲，花之君子者也。噫！菊之爱，陶后鲜有闻。"王晚霞校注《濂溪志 八种汇编》，湖南大学出版社，2013 年，第 32 页。

清水芙蓉风举擎。
一生性情真磊落，
光风霁月皎皎澄！
每读元亮忘言句①，
心如春潮连海平。

① 陶渊明《饮酒》其五:“此中有真意,欲辨已忘言。”郭维森、包景城《陶渊明集全译》,贵州人民出版社,1992年,第148页。

谢灵运歌

谢灵运，陈郡阳夏县人。原名谢公义，字灵运，小名客儿。因封康乐公，又称谢康乐。他出身名门大族，又处于东晋与刘宋代际之时，褊激太过，避祸无方，最终以"叛逆"罪处死，令人叹息。谢灵运政治郁闷，乃寄情山水，开创了山水诗派。陆时雍《诗镜总论》中说："谢康乐灵襟秀色，挺自天成；清贵之气，抗出尘表。"即便是追求天成，也要保留贵族之气，有意要隔段距离。读谢灵运的山水诗，的确有这样的感觉。许学夷推崇说"康乐诗是六朝之冠"，难保没有争议。

自谓才居曹植后，

以文傲世见一斑。

谢玄之孙谢灵运，

门第既高气不凡。

会稽出生道馆养，

人称谢客因此端①。
博览群书文章美,
江左莫逮势如山。
继承祖爵封康乐②,
二十出头始为官。
刘裕代晋自立宋,
压抑谢家人不欢。
出京就任永嘉守,
心中怏怏任游玩③。
称病去职获恩准,
未足一年返乡关。
大兴土木建别墅,
《山居赋》成震江南。
朝中多有风波事,
脚著木屐攀山峦。
临川内史添郁闷,
《滕王阁序》典可参④。

---

① 钟嵘《诗品》:"宋临川太守谢灵运:……初,钱塘杜明师夜梦东南有人来入其馆。是夕,即谢灵运生于会稽。旬日,而谢玄亡。其家以子孙难得,送灵运于杜治养之。十五方还都,故名'客儿'。"周振甫《诗品译注》,中华书局,1998年,第48页。

② 沈约《宋书·谢灵运传》:"灵运少好学,博览群书,文章之美,江左莫逮。从叔混特知爱之,袭封康乐公,食邑三千户。"李运富编注《谢灵运集》附录,岳麓书社,1999年,第415页。

③ 沈约《宋书·谢灵运传》:"出守既不得志,遂肆意游遨,遍历诸县,动逾旬朔。"李运富编注《谢灵运集》附录,岳麓书社,1999年,第415页。

④ 王勃《滕王阁序》:"邺水朱华,光照临川之笔。"(清)余诚编,吕莺校注《古文释义》下,北京出版社,2018年,第611页。

流放广州遭杀害，
凄凄凌霜叶凋残。
书法绘画和目录，
成就广博精且专。
早年信奉佛与道，
作文好将玄理谈[①]。
诗界巨擘开宗派，
勇为山水辟地盘。
壮志郁结诗所泄，
逸韵奇趣相兼含[②]。
移步换景揽胜境，
烟云泉石共绕环。
极貌写物尚巧似[③]，
勾勒描摹尽所观。
细入草树徐刻画，
大笼天海笔如椽[④]。

---

① 皎然《诗式》:“康乐公早岁能文,性颖神彻。及通内典,心地更精。故所作诗,发皆造极,得非空王之道助邪?”陈伯海主编,查清华等编撰《唐诗学文献集粹》上,上海古籍出版社,2016 年,第 105 页。

② 白居易《读谢灵运诗》:“谢公才廓落,与世不相遇。壮志郁不用,须有所泄处。泄为山水诗,逸韵谐奇趣。”白居易《白居易集》第 1 册,中华书局,1979 年,第 131 页。

③ 刘勰《文心雕龙》:“庄老告退,而山水方滋;俪采百字之偶,争价一句之奇,情必极貌以写物,辞必穷力而追新。”周振甫《文心雕龙注释》,人民文学出版社,1981 年,第 49 页。钟嵘《诗品》:“(谢灵运)其源出于陈思,杂有景阳之体,故尚巧似。”周振甫《诗品译注》,中华书局,1998 年,第 48 页。

④ 白居易《读谢灵运诗》:“大必笼天海,细不遗草树。”白居易《白居易集》第 1 册,中华书局,1979 年,第 131 页。

千古池塘生春草①,
一叹颓节鹜惊湍②。
眼看荒林纷沃若③,
俯首孤屿媚中川④。
名章迥句时闪现⑤,
吐语天拔出自然⑥。
风日流丽好光景,
最宜东海振扬帆⑦。
典丽新声络绎会,
秾丽之极归简单。
追蹑风骚超魏晋,
声色俱开变诗坛。

---

① 谢灵运《登池上楼》:“池塘生春草,园柳变鸣禽。”李运富编注《谢灵运集》,岳麓书社,1999 年,第 43 页。

② 谢灵运《长歌行》:“徂龄速飞电,颓节鹜惊湍。”李运富编注《谢灵运集》,岳麓书社,1999 年,第 144 页。

③ 谢灵运《七里濑》:“荒林纷沃若,哀禽相叫啸。”李运富编注《谢灵运集》,岳麓书社,1999 年,第 35—36 页。

④ 谢灵运《登江中孤屿》:“乱流趋正绝,孤屿媚中川。”李运富编注《谢灵运集》,岳麓书社,1999 年,第 57 页。

⑤ 钟嵘《诗品》:“名章迥句,处处间起;丽曲新声,络绎奔发。”周振甫《诗品译注》,中华书局,1998 年,第 48 页。

⑥ 萧纲《与湘东王书》:“谢客吐语天拔,出于自然。”穆克宏主编《魏晋南北朝文论全编》,上海远东出版社,2012 年,第 472 页。

⑦ 魏庆之《诗人玉屑》卷二:“谢康乐如东海扬帆,风日流丽。”北京师范大学中文系文艺理论教研室编《文学理论学习参考资料》下,春风文艺出版社,1982 年,第 862 页。

难免芜累寡情处[1]，

瑕不掩瑜令名传。

譬犹青松拔灌木，

自求超越无愧惭。

匠心独运在新俊，

后人悟此诗法宽。

① 潘德舆《养一斋诗话》："（谢诗）芜累寡情处甚多。"郭绍虞编选《清诗话续编》第4册，上海古籍出版社，1983年，第2027页。

鲍照歌

鲍照，字明远，祖籍东海，出生于京口，曾出任刘子顼前军参军，故世称“鲍参军”。鲍照素有大志，总觉怀才不遇，心有不平往往冲口而出，不顾及所谓“清雅之调”。王通说他的诗文“急以怨”，却也反映出其真率的个性。在齐梁年间靡靡之气弥漫之时，鲍照却“气骨俊逸”，给诗坛带来阳刚健壮之风。鲍照勇于创新和改革，他是中国历史上第一个大量创作七言诗的人，这些七言乐府诗对初唐四杰和李白的影响是最直接的。

东海鲍照字明远，
大江京口度少年。
家虽贫贱尚意气，
磊落使才不卑谦①。
献诗临川刘义庆，

① 刘熙载《艺概》：“明远长句，慷慨任气，磊落使才，在当时不可无一，不能无二。”（清）刘熙载《艺概》，上海古籍出版社，1978 年，第 56 页。

不随燕雀蓬蒿间①。
一生为官也作幕，
死于乱军实含冤②。
墓在黄冈黄梅县，
坐北朝南碑在前。
同与延之谢灵运，
并称元嘉三大贤。
南北文学谁冠冕，
南照北信可比肩。
鲍妹令晖诗清巧，
拟古相思情堪怜。

五丁凿山开乐府，
风劲直开唐诗仙③。
自写怀抱常忿懑，
性格孤直不惧嫌。

---

① 李延寿《南史·鲍照传》："照始尝谒义庆未见知，欲贡诗言志，人止之曰：'卿位尚卑，不可轻忤大王。'照勃然曰：'千载上有英才异士沉没而不闻者，安可数哉。大丈夫岂可遂蕴智能，使兰艾不辨，终日碌碌，与燕雀相随乎？'"许嘉璐主编《二十四史全译·南史》第1册，汉语大词典出版社，2004年，第282页。

② 李延寿《南史·鲍照传》："临海王子顼为荆州，照为前军参军，掌书记之任。子顼败，为乱兵所杀。"许嘉璐主编《二十四史全译·南史》第1册，汉语大词典出版社，2004年，第282页。

③ 朱熹《朱子语类》："鲍明远才健，其诗乃《选》之变体，李太白专学之。"（宋）黎靖德编《朱子语类》第8册，崇文书局，2018年，第2525页。

摇荡春风媚春日[①],
平生见此怒髯掀。
报国无门心幻灭,
根在门阀牢且坚。
俊逸豪放承风骨,
奇矫凌厉语锐尖[②]。
安能蹀躞垂羽翼[③],
丈夫生世当开颜!
上挽曹刘之逸步,
下启李杜之先鞭。
发声惊挺调险急,
倾炫心魂如空县[④]。
不随五言翩翩舞,
创新集矢于七言。
一变以往逐句韵,
隔句相押多转旋[⑤]。

---

① 鲍照《梅花落》:“摇荡春风媚春日,念尔零落逐寒风,徒有霜华无霜质。”(明)张溥编,(清)吴汝纶选《汉魏六朝百三家集选》,吉林人民出版社,第 332 页。

② 陆时雍《诗镜总论》:“鲍照材力标举,凌厉当年,如五丁凿山,开人世之所未有。”常振国、降云编《历代诗话论作家》下,湖南文艺出版社,1989 年,第 118 页。

③ 鲍照《拟行路难》其六:“丈夫生世会几时,安能蹀躞垂羽翼?”程千帆、沈祖棻注评《古诗今选》,凤凰出版社,2010 年,第 87 页。

④ 萧子显《南齐书》:“次则发声惊挺,操调险急,雕藻淫艳,倾炫心魂……斯鲍照之遗烈也。”曾枣庄《中国古代文体学卷一 · 先秦至元代文体资料集成》,上海人民出版社,2012 年,第 1157 页。

⑤ 夏敬观《八代诗评》:“唐人七言古诗,又变其音节。而隔句协韵,实始于鲍照。”钱仲联校《鲍参军集注》附录《诸家评论》,上海古籍出版社,1980 年,第 455 页。

自是数代好作手，
纵横捭阖散与骈。
《芜城赋》与《大雷岸》，
辞藻富艳才万千。
文集最早谁编次，
永明年间有虞炎。
振伦作注在清末，
黄节补注使之全。
今人整理且集注，
功勋卓著钱仲联。
后出转精校注本，
所见版本皆互参。
丁氏福林最用力，
研有创获开新篇。
《鲍照研究》好专著，
年谱又将新功添。
取湮当代当时叹，
才秀终归名不淹[①]。

① 钟嵘《诗品》:“嗟其才秀人微，故取湮当代。”周振甫《诗品译注》，中华书局，1998年，第70页。

庾信歌

庾信，字子山，南阳郡新野县人。庾信出生在一个“五代有文集”的书香家庭，自幼随父出入宫廷，深得宠幸。他与徐陵一起成为宫体文学的代表，其风格号称“徐庾体”。后出使北方，回归不得，遂居留并出仕。因其官至开府仪同三司，世称“庾开府”。庾信由南入北，饱尝分裂之苦。他有强烈的乡关之思，同时又为自己屈节仕敌国而羞愧，矛盾的心态使得他后期诗风大变。杜甫有诗句：“庾信文章老更成，凌云健笔意纵横。”高度肯定了他这种转变。庾信的创作实践，昭示着南北文风融合的到来。

文学世家传诗书，
齐有庾易梁肩吾①。
肩吾之子乃庾信，
文坛擅名世惊呼。

---

① 李延寿《北史·庾信传》：“庾信，字子山，南阳新野人。祖易、父肩吾，并《南史》有传。信幼而俊迈，聪敏绝伦，博览群书，尤善《春秋左氏传》。”刁忠明《北史选译》，巴蜀书社，1991年，第292页。

幼而俊迈特聪敏，
通晓《左传》不凡俗。
入得东宫伴萧统，
志学之年为讲读。
共与徐陵写绮艳[1]，
文风未免太轻浮。
大同八年郢别驾，
从此深陷仕宦途。
承圣三年使西魏，
屈节敌国看穹庐。
北地为官简清静[2]，
民获安宁少税租。
恩宠礼遇何曾减[3]，
文学皇冠耀明珠。
梁园虽好他乡地，
暮年乡思长歌哭。
白头开府成何事，
唯有登高望故屋。

---

① 李延寿《北史·庾信传》:"东海徐摛为右卫率。摛子陵及信并为抄撰学士。父子在东宫,出入禁闼,恩礼莫与比隆。既文并绮艳,故世号为徐、庾体焉。"刁忠明《北史选译》,巴蜀书社,1991年,第292—293页。

② 李延寿《北史·庾信传》:"信为政简静,吏人安之。"刁忠明《北史选译》,巴蜀书社,1991年,第294页。

③ 令狐德棻《周书·庾信传》:"世宗、高祖并雅好文学,信特蒙恩礼。至于赵、滕诸王,周旋款至,有若布衣之交。"(唐)令狐德棻《周书》下,中华书局,1971年,第412页。

六十九载人生路，
看尽沧桑与荣枯。
《庾开府集》倪璠注，
版本专精后人服。
中华书局校点本，
以此底本诚不诬。
自从身陷北域后，
文学风格大异初。
前期诗文多消遣，
流连哀思技巧足。
魂牵故国伤时变，
后期歌赋萧瑟出①。
危苦之辞悲哀主，
篇篇凄怨意不舒②。
《拟咏怀》诗廿七首，
写尽苍凉与孤独。
健笔腾涌江山气③，
江南江北立踟蹰。

---

① 杜甫《咏怀古迹五首》其一："庾信平生最萧瑟，暮年诗赋动江关。"王步高主编《唐诗三百首汇评》，凤凰出版社，2017年，第655页。

② 庾信《哀江南赋·序》："不无危苦之辞，惟以悲哀为主。"魏耕原主编《历代小赋观止》，陕西人民教育出版社，2019年，第317页。

③ 杜甫《戏为六绝句》之一："庾信文章老更成，凌云健笔意纵横。"（清）曾国藩纂《十八家诗钞》，岳麓书社，2015年，第1250页。

老更成哀《江南赋》①,
情文兼至华实扶。
《小园》《竹杖》《枯树赋》,
变化自如灏气舒。
感人文字含血泪②,
盖因生活大熔炉。
《燕歌行》开唐七古,
《乌夜啼》中七律熟③。
集成南北文学胜,
承前启后似中枢。
统一终成大趋势,
南北合流展新图。
子山文章透气候④,
风欲大起满江湖。

---

① 李延寿《北史·庾信传》:"信虽位望通显,常作乡关之思,乃作哀江南赋以致其意。"刁忠明《北史选译》,巴蜀书社,1991年,第294页。

② 林纾《春觉斋论文》:"至于子山《哀江南赋》,则不名为赋,当视之为亡国大夫之血泪。"郭预衡《中国古代文学史长编·秦汉魏晋南北朝卷》,首都师范大学出版社,2000年,第480页。

③ 刘熙载《艺概》:"庾子山《燕歌行》开唐初七古,《乌夜啼》开唐七律,其他体为唐五绝、五排所本者,尤不可胜举。"(清)刘熙载《艺概》,上海古籍出版社,1978年,第57页。

④ 杨慎《升庵诗话》:"庾信之诗,为梁之冠冕,启唐之先鞭。"郭预衡《中国古代文学史长编·秦汉魏晋南北朝卷》,首都师范大学出版社,2000年,第480页。

两汉辞赋歌

西汉与东汉合称为两汉。赋是两汉一代之胜，文人投入作赋的热情远胜过作诗。《汉书·艺文志》著录诗赋作家 106 位，其中善作赋的就有七八十位。简言之，赋是介于诗歌与散文之间的文体，它的盛行适合了汉大一统国家“润色鸿业”的需要。汉赋有大致经过了骚体赋、散体大赋和抒情小赋三个阶段。汉赋有铺张扬厉、辞藻靡丽、劝百讽一等特点，其中自有其长处和局限。它的许多技法为后人吸收，在散文、戏曲等文体中融合运用。

赋之手法源《诗经》，
以赋名篇自荀卿①。
中历屈宋景差徒，
入汉之后蔚然兴。

---

① 白居易《赋赋》：“始草创于荀宋，渐恢张于贾马。”魏耕原主编《历代小赋观止》，陕西人民教育出版社，2019 年，第 380 页。

首发奇采数陆贾①，

憾无赋章得传承。

贾谊最禀屈子质②，

《鹏鸟赋》里哀痛萦。

腴辞云构夸富丽，

枚乘《七发》大赋成③。

主客问答新耳目，

劝百讽一树典型④。

司马相如《子虚赋》，

总揽宇宙美朝廷。

《大人》《美人》《长门赋》，

一代赋圣享盛名。

滑稽之雄东方朔，

《答客难》里鸣不平。

---

① 刘勰《文心雕龙》："汉初词人，顺流而作，陆贾扣其端，贾谊振其绪。"周振甫《文心雕龙注释》，人民文学出版社，1981 年，第 80 页。

② 贾谊《吊屈原文并序》："谊为长沙王太傅……为赋以吊屈原。屈原，楚贤臣也。被谗放逐，作《离骚》赋……谊追伤之，因自喻。"郭丹主编《先秦两汉文论全编》，上海远东出版社，2012 年，第 380 页。何休《春秋公羊经传解诂》："男女有所怨恨，相从而歌。饥者歌其食，劳者歌其事。"郭丹主编《先秦两汉文论全编》，上海远东出版社，2012 年，第 820 页。

③ 刘勰《文心雕龙》："及枚乘摛艳，首制《七发》，腴辞云构，夸丽风骇。"周振甫《文心雕龙注释》，人民文学出版社，1981 年，第 147 页。

④ 《史记·司马相如列传》："扬雄以为靡丽之赋，劝百而讽一，犹驰骋郑卫之声，曲终而奏雅，不亦戏乎！"穆克宏主编《魏晋南北朝文论全编》，上海远东出版社，2012 年，第 305 页。

枚皋史载为文疾[1],
文思敏捷时见称。
王褒《洞箫》《甘泉赋》,
飞扬辞藻绘音声。
扬雄《羽猎》《长杨赋》,
模拟相如逞才能。
东汉抒情偏小赋,
愤懑郁结写真诚。
班彪力作《北征赋》,
安贫乐道念滋生。
明绚雅赡《两都赋》[2],
班固铺采颂双京。
班昭拟作《东征赋》,
贤母训子似箴铭。
张衡《思玄》穷幻想,
《归田赋》篇思虑精。
《灵光殿赋》写物貌,
寓慨于颂深意营[3]。
更喜《梦赋》《王孙赋》,

① 班固《汉书·枚乘传》:"为文疾,受诏则成,故所赋者多。"转引自(晋)葛洪辑,成林、程章灿译注《西京杂记全译》,贵州人民出版社,1993年,第120页。

② 刘勰《文心雕龙》:"孟坚《两都》,明绚以雅赡。"周振甫《文心雕龙注释》,人民文学出版社,1981年,第81页。

③ 王文濡《古文辞类纂评注》:"寓慨于颂,作者有无限深意。"吴孟复、蒋立甫主编《古文辞类纂评注》下,安徽教育出版社,2004年,第2306页。

题材开山精彩呈。
《述行赋》篇寄悲愤，
蔡邕提笔忧民情。
冯衍慷慨《显志赋》，
忠而见疏气难宁。
赵壹俊男《穷鸟赋》，
《刺世疾邪》爱憎明[①]。
文不加点《鹦鹉赋》[②]，
祢衡文笔如妖灵。
两汉星空何浩瀚，
赋家闪耀如明星。

---

① 范晔《后汉书·赵壹传》："体貌魁梧，身长九尺，美须豪眉，望之甚伟……又作《刺世疾邪赋》，以舒其怨愤。"许嘉璐主编《二十四史全译·晋书》第3册，汉语大词典出版社，2004年，第1595页。

② 祢衡《鹦鹉赋·序》："衡因为赋，笔不停辍，文不加点。"龚克昌主编《汉赋新选》，湖北教育出版社，2001年，第563页。

魏晋南北朝辞赋歌

魏晋南北朝辞赋沿着东汉以来抒情小赋的方向发展，更显示出个性化、抒情化、小品化特点。由于更注重声律、辞藻、对偶，赋逐渐走向骈文化。诗歌与辞赋相互交织，诗人兼辞赋家显著增多，体物写志更重个体情感抒发，辞赋的艺术感染力明显增强。此一时期，名家、名作辈出，如曹植《洛神赋》、王粲《登楼赋》、江淹《别赋》、庾信《哀江南赋》等都足以流传千古。

魏晋南北朝并书，
佳作不断说辞赋。
《洛神赋》篇若惊鸿①，
风采如庭立玉树。
《蝉赋》《白鹤》与《鹞雀》，
曹植妙笔善咏物。

---

① 曹植《洛神赋》："其形也，翩若惊鸿，婉若游龙。荣曜秋菊，华茂春松。"傅庶亚《三曹诗文全集译注》，吉林文史出版社，1997 年，第 786 页。

《登楼赋》成千古传，
失意文人纷追步。
他乡信美非吾土，
文人骚客共鸣处。
《猕猴赋》里有箴戒：
人面兽心终败露。
向秀闻笛《思旧赋》，
急切煞尾因恐怖。
嵇康弹奏咏《琴赋》，
神解入微功乐部。
刘伶引吭《酒德颂》，
潇洒解嘲性情驻。
更有《天地》《大河赋》，
成公绥开大门户。
《愍思》《叹逝》皆伤悼，
陆机别慨风尘误①。
潘岳《怀旧》《悼亡赋》，
一往情深宛转诉。
左思倾力《三都赋》，
洛阳纸贵时人慕。

东晋郭璞作《江赋》，

---

① 陆机《为顾彦先赠妇诗二首》其一："京洛多风尘，素衣化为缁。"山东大学出版社编《中国诗词精典》，山东大学出版社，2000 年，第 485 页。

气势雄伟雪涛怒。
孙绰游历天台山，
作赋掷地金声入①。
陶潜《归去来兮辞》，
如见高人春风沐。
明志《感士不遇赋》，
君子安贫志坚固②。
风调别致《闲情赋》，
时刻恋卿不辜负。
《山居赋》里山水好，
可怜康乐不常住③。
谢庄对月写《月赋》，
飘然可挹美风度④。
才思富捷吟《雪赋》⑤，
惠连佳语得神助。

---

① 刘义庆《世说新语》:“孙兴公作《天台赋》成，以示范荣期，云:‘卿试掷地，要作金石声’。”徐震堮《世说新语校笺》上，中华书局，1984年，第145页。

② 陶渊明《感士不遇赋》:“宁固穷以济意，不委曲而累己。既轩冕之非荣，岂缊袍之为耻?”曹道衡主编，王继涛编注《汉魏六朝辞赋与骈文精品》，时代文艺出版社，2001年，第345—346页。

③ 沈约《宋书·谢灵运传》:“灵运父祖并葬始宁县，并有故宅及墅，遂移籍会稽，修营别业，傍山带江，尽幽居之美……作《山居赋》并自注，以言其事。”李运富编注《谢灵运集》附录，岳麓书社，1999年，第415页。

④ 于光华《文选集评》引明代孙矿语:“(《月赋》)尚未入宏深境，然风度却飘然可挹。”魏耕原主编《历代小赋观止》，陕西人民教育出版社，2019年，第279页。

⑤ 钟嵘《诗品》:“小谢才思富捷，恨其兰玉夙凋，故长辔未骋。”周振甫《诗品译注》，中华书局，1998年，第68页。

鲍照锻思《芜城赋》，

苍凉动魄忍回顾①。

江淹《恨赋》与《别赋》，

脍炙人口彩笔著②。

恨有千端皆断肠，

别总一绪南浦路③。

庾信老起乡关思，

《枯树》《小园》《竹杖赋》。

感人至深《哀江南》，

家国血泪涌双目。

至庾辞赋集大成，

恰似唐诗有老杜。

---

① 姚鼐《古文辞类纂》："驱迈苍凉之气，惊心动魄之词，皆赋家之绝境也。"任继愈主编，(清)姚鼐编《古文类纂》，吉林人民出版社，1998年，第869页。

② 李延寿《南史·江淹传》："尝宿于冶亭，梦一丈夫自称郭璞，谓淹曰：'吾有笔在卿处多年，可以见还。'淹乃探怀中得五色笔一以授之。尔后为诗绝无美句，时人谓之才尽。"汤高才《典故辞典》，甘肃人民出版社，1986年，第471页。

③ 江淹《别赋》："春草碧色，春水渌波。送君南浦，伤如之何！"傅璇琮主编，许结选注《中国古典散文基础文库·抒情小赋卷》，广西师范大学出版社，1999年，第110页。

唐代诗人歌

有唐一代近三百年，诗人泉涌，群星闪耀。清代康熙年间所编《全唐诗》，收录诗歌近 5 万首，诗人约 2300 人。不只是数量众多，更让人敬仰的是其质量之高。煌煌中国文学史，要论一流诗人数量，毫无疑问唐朝最多。唐诗的繁荣得益于唐朝提供了最合适的土壤，另一方面也是唐朝诗人擅长推陈出新、天才创造的结果。闻一多先生说："一般人爱说唐诗，我却要讲'诗唐'。诗唐者，诗的唐朝也。懂得了诗的唐朝，才能欣赏唐朝的诗。"诗唐造就唐诗，唐诗再为诗唐锦上添花。走进花团锦簇的唐诗大观园，或相约，或邂逅，每一个诗人的表情都令人怦然心动！

初盛中晚四分唐①，
诗星璀璨放光芒。
王绩东皋舒长啸，

① 高棅《唐诗品汇总叙》："今试以数十百篇诗，隐其姓名，以示学者，须要识得何者为初唐，何者为盛唐，何者为中唐，何者为晚唐。"陈伯海主编，查清华等编撰《历代唐诗论评选》，河北大学出版社，2003 年，第 528 页。

太宗君臣咏物忙[①]。
上官绮错又婉媚[②]，
四杰少年逞轻狂。
沈宋登场定格律，
前后不见陈子昂[③]。
吴中高士张包贺[④]，
希夷九龄诗名扬。
王孟山水高岑派，
气象万千开盛唐。
王翰昌龄连之涣，
外加崔颢何煌煌！
李杜擎天诗国柱，
千秋万代润泽长。
大历才子钱刘韦[⑤]，

---

① 彭定求等《全唐诗》:"至于天文秀发，沈丽高朗，有唐三百年风雅之盛，帝实有以启之焉。"缪钺、张志烈主编《唐诗精华》，巴蜀书社，1995 年，第 15 页。

② 刘昫等《旧唐书·上官仪传》:"本以词彩自达，工于五言诗，好以绮错婉媚为本。仪既贵显，故当时多有效其体者，时人谓为上官体。"许嘉璐主编，黄永年分史主编《二十四史全译·旧唐书》第 3 册，2004 年，第 2230 页。

③ 陈子昂《登幽州台歌》:"前不见古人，后不见来者。念天地之悠悠，独怆然而涕下！"上海古籍出版社编选《唐诗一百首》，上海古籍出版社，1986 年，第 4 页。

④ 欧阳修、宋祁《新唐书·刘晏传》:"(包佶)父融，集贤院学士，与贺知章、张旭、张若虚有名当时，号'吴中四士'。"王步高主编《唐诗三百首汇评》，凤凰出版社，2017 年，第 1000 页。

⑤ 姚合《极玄集》:"李端，字正已，赵郡人，大历五年进士。与卢纶、吉中孚、韩翃、钱起、司空曙、苗发、崔峒、耿湋、夏侯审唱和，号十才子。"廖仲安、李华、李景华主编《唐诗一万首》，北京燕山出版社，1996 年，第 631 页。胡应麟《诗薮》:"诗至钱、刘，遂露中唐面目。"王步高主编《唐诗三百首汇评》，凤凰出版社，2017 年，第 676 页。

韩孟李贺为怪伤。
元白张王新乐府①,
刘柳横行谁敢当②?
商隐杜牧逢唐晚,
皮陆韩偓赢凄凉③。
姚贾空图罗聂杜,
温韦哀歌送夕阳。
三百年间歌浩浩,
至今余音仍绕梁。

---

① 胡应麟《诗薮》:"元白长篇,张王乐府。"傅璇琮、许逸民等主编《中国诗学大辞典》,浙江教育出版社,1999 年,第 702 页。

② 马永卿《懒真子》:"未几,有八司马之变,使退之不贬,与刘柳辈俱陷党中,则终身废锢矣。"韩省之主编《称谓大辞典》,新世界出版社,1991 年,第 516 页。

③ 严羽《沧浪诗话》:"古人酬唱不次韵,此风始盛于元、白、皮、陆。"陈伯海主编,张寅彭、黄刚编撰《唐诗论评类编》(增订本)上,上海古籍出版社,2015 年,第 590 页。韩偓《五更》:"光景旋消惆怅在,一生赢得是凄凉。"陈才智《韩偓诗全集·汇校汇注汇评》,崇文书局,2017 年,第 434 页。

初唐四杰歌

“初唐四杰”是诗人王勃、杨炯、卢照邻、骆宾王的合称，简称为“王杨卢骆”。“初唐四杰”活动于唐朝高宗、武后时期，彼时诗坛为“上官体”统治，甚至还荡漾宫体诗余风。这四位年少气高的“青春歌手”，竟要“思革其弊”，他们以笔为犁，要为诗歌开疆拓地；他们以笔为医，给诗坛注入刚健壮骨的营养剂。他们免不了要遭到老一辈的嗤笑，但历史很无情，嗤笑者被嗤笑。江河万古流，四杰之名永不磨灭！

贞观诗风上官体，
陈隋遗风扬其波。
王杨卢骆四杰出，
思革其弊震山河①。

---

① 杨炯《王勃集序》：“尝以龙朔初载，文场变体，争构纤微，竞为雕刻。糅之金玉龙凤，乱之朱紫青黄，影带以徇其功，假对以称其美，骨气都尽，刚健不闻。思革其弊，用光志业。”陈伯海主编，查清华等编撰《唐诗学文献集粹》上，上海古籍出版社，2016年，第24页。

位卑才高遭人嫉，
浮躁炫露人轻薄①。
官小名大知者众，
意气为文英气卓。
命运多蹇长太息，
天妒英才奈若何！
出身名门能天纵，
少年英俊看王勃。
江山有幸待识者，
落霞孤鹜滕王阁②。
交趾过海即便是，
为何身被水鬼捉③？
照邻竟号幽忧子，
蜀中定情女子郭。
一别不返负心汉，

① 欧阳修、宋祁《新唐书·裴行俭传》："士之致远，先器识，后文艺。如勃等虽有才，而浮躁炫露，岂享爵禄者哉？"许嘉璐主编，黄永年分史主编《二十四史全译·新唐书》第5册，汉语大词典出版社，2004年，第2739页。

② 王勃《滕王阁序》："落霞与孤鹜齐飞，秋水共长天一色。"张忠纲主编《全唐诗大辞典》，语文出版社，2000年，第774页。

③ 欧阳修、宋祁《新唐书·王勃传》："父福畤，由雍州司功参军坐勃故左迁交址令。勃往省，度海溺水，痵而卒。"邵石等选编《中华人物传库·隋唐五代卷》，华夏出版社，1996年，第667页。

好友怒诗代控说[①]！
哪知有心已无力，
卢郎床榻斗病魔。
自投颍水不忍顾，
人生终得大解脱[②]。
宾王含冤莫能辨，
中年咏蝉泪婆娑[③]。
《帝京篇》里风光好，
不及义乌池边鹅[④]。
武曌擅权激义愤，
敬业造反骆作歌。
檄文气势扫天下，
不敌兵败头或割[⑤]。

---

① 骆宾王《艳情代郭氏答卢照邻》："传闻织女对牵牛，相望重河隔浅流。谁分迢迢经两岁，谁能脉脉待三秋。情知唾井终无理，情知覆水也难收。不复下山能借问，更向卢家字莫愁。"陈书良主编，罗敏中、肖希凤选注《初唐四杰》，岳麓书社，2000年，第456页。

② 欧阳修、宋祁《新唐书·卢照邻传》："病既久，与亲属诀，自沈颍水。"许嘉璐主编，黄永年分史主编《二十四史全译·新唐书》第7册，汉语大词典出版社，2004年，第4332页。

③ 骆宾王《在狱咏蝉》："西陆蝉声唱，南冠客思侵。那堪玄鬓影，来对白头吟。露重飞难进，风多响易沉。无人信高洁，谁为表予心？"王启兴主编《校编全唐诗》上，湖北人民出版社，2001年，第65页。

④ 骆宾王《咏鹅》："鹅，鹅，鹅，曲项向天歌。白毛浮绿水，红掌拨清波。"方笑一主编《中华经典诗词2000首》第3卷，上海教育出版社，2018年，第5页。

⑤ 欧阳修、宋祁《新唐书·骆宾王传》："徐敬业乱，署宾王为府属，为敬业传檄天下，斥武后罪……敬业败，宾王亡命，不知所之。"许嘉璐主编，黄永年分史主编《二十四史全译·新唐书》第7册，汉语大词典出版社，2004年，第4332页。

灵隐出家做和尚，
当为好心另一说①。

卢骆歌行响天下，
《长安古意》广传播。
《畴昔篇》里意纵横，
犹如骏马下坂坡。
王杨擅场五律绝，
脍炙人口句腾挪。
壮而不虚刚能润②，
整肃浑雄气难夺③。
题材扩大至塞漠，
风骨清新拂诗国。
五七言体大发展，
承前启后生机勃。
风格同中自有异，

① 孟棨《本事诗》："(宋之问)游灵隐寺，夜月极明，长廊吟行，且为诗曰：'鹫岭郁岧峣，龙宫隐寂寥。'第二联搜奇覃思，终不如意。有老僧点长明灯，坐大禅床，问曰：'少年夜夕久不寐，而吟讽甚苦，何也？'之问答曰：'弟子业诗，适偶欲题此寺，而兴思不属。'僧曰：'试吟上联。'即吟与听之，再三吟讽，因曰：'何不云：楼观沧海日，门对浙江潮。'之问愕然，讶其遒丽……僧所赠句，乃为一篇之警策。迟明更访之，则不复见矣。寺僧有知者曰：'此骆宾王也。'"陈伯海主编《唐诗汇评》(增订本)第1册，上海古籍出版社，2015年，第132页。

② 杨炯《王勃集序》："壮而不虚，刚而能润。雕而不碎，按而弥坚。"陈伯海主编，查清华等编撰《唐诗学文献集粹》上，上海古籍出版社，2016年，第24页。

③ 胡应麟《诗薮》："盈川近体，虽神俊输王，而整肃浑雄。究其体裁，实为正始。"陈伯海主编《唐诗汇评》(增订本)第1册，上海古籍出版社，2015年，第104页。

高华雄厚各衣钵。
清藻坦易远近看，
或为黛峰或青螺[①]。
尔曹哂笑今安在？
万古不废流江河。
知音最数杜工部，
此评堪称是楷模[②]。
我为四杰高声唱，
仰见高山何巍峨！

---

① 陆时雍《诗镜总论》："王勃高华，杨炯雄厚，照邻清藻，宾王坦易。"陈伯海主编《唐诗汇评》（增订本）第1册，上海古籍出版社，2015年，第142页。

② 杜甫《戏为六绝句》其二："王杨卢骆当时体，轻薄为文哂未休。尔曹身与名俱灭，不废江河万古流。"陈伯海主编，张寅彭、黄刚编撰《唐诗论评类编》（增订本）下，上海古籍出版社，2015年，第856页。

沈宋歌

沈佺期和宋之问,合称为“沈宋”。两人之人品,今天看起来也满是瑕疵,但这不妨碍他们对诗歌发展的贡献。探讨诗歌的声律和对仗美,至迟从魏晋开始就没有停止过。沈、宋二人在前人基础上,摸索总结出律诗的平仄和对偶组合规律,从此律诗正式定型。当时人们把律诗叫作“沈宋体”,一时仿效者甚众。沈、宋自身的创作,形式上当然较为完美,但在内容上并无特别出彩之处,这使得他们终究成为不了一代宗师。

沈佺期与宋之问,
合称沈宋天下闻①。
沈氏身世亦坎坷,
如雨打萍任浮沉。
曾官考功与詹事,

① 刘昫等《旧唐书·沈佺期传》:“佺期善属文,尤长七言诗,与宋之问齐名,时人称之为‘沈宋’。”陈伯海主编,张寅彭、黄刚编撰《唐诗论评类编》(增订本)下,上海古籍出版社,2015 年,第 860 页。

中因受贿入狱门。
又因谄附遭流放，
驩州路遥潜悲辛①。
宋氏之父兼三绝，
之问承一善为文②。
一朝恩宠时运转，
入得宫廷为词臣。
谁料风云突变化，
远贬泷州作参军。
祸不单行运不济，
赐死徙所失其尊③。
沈宋文采自是好，
可惜人品乏善陈。
高格撑起需傲骨，
岂能专事名利奔？
诗名并峙不相让，
婉儿品评优劣分。
沈诗“微臣雕朽质”，

---

① 欧阳修、宋祁《新唐书・沈佺期传》："坐交张易之，流驩州。"郭预衡主编《中国古代文学史长编・隋唐五代卷》，北京师范学院出版社，1993 年，第 102 页。

② 刘昫等《旧唐书・宋之问传》："世人以之问父为三绝，之问以文词知名，弟之悌有勇力，之逊善书，议者云各得父之一绝。"许嘉璐主编，黄永年分史主编《二十四史全译・旧唐书》第 6 册，汉语大词典出版社，2004 年，第 4321 页。

③ 刘昫等《旧唐书・宋之问传》："睿宗即位，以之问尝附张易之、武三思，配徙钦州。先天中，赐死于徙所。"许嘉璐主编，黄永年分史主编《二十四史全译・旧唐书》第 6 册，汉语大词典出版社，2004 年，第 4321 页。

气势已尽才亦贫。
之问“不愁明月尽”,
诗力健举余韵深①。
见地精辟人皆服,
才女风雅妙无垠。

音调格律何奥秘?
齐梁以来苦探寻。
沈宋裁辞避声病,
约句准篇体变今②。
虚实平仄严煅炼,
稳顺声势用力勤。
律诗之名自此出③,
引得诗人费长吟。
精巧如同射雕手,
工丽流宕一时新。
沈擅七言情兴远,

① 计有功《唐诗纪事》:“及闻其评曰:‘二诗工力悉敌,沈诗落句云:‘微臣雕朽质,羞睹豫章材。’盖词气已竭。宋诗云:‘不愁明月尽,自有夜珠来。’犹陟健举。’”周勋初主编《唐人轶事汇编》第1册,上海古籍出版社,2006年,第59页。

② 欧阳修、宋祁《新唐书·宋之问传》:“魏建安后迄江左,诗律屡变。至沈约、庾信,以音韵相婉附,尾对精密。及之问、佺期,又加靡丽,回忌声病,约句准篇,如锦绣成文,学者宗之。”陈伯海主编《唐诗汇评》(增订本)第1册,上海古籍出版社,2015年,第111页。

③ 元稹《唐故工部员外郎杜君墓系铭》:“唐兴,官学大振,历世之文,能者互出,而又沈宋之流,研练精切,稳顺声势,谓之律诗。”陈伯海主编《唐诗汇评》(增订本)第1册,上海古籍出版社,2015年,第111页。

高华精致古道存。
“卢家少妇”堪独步，
明月含愁显丰神①。
人到岭南更南处，
北望衡山雁几群。
其源或自谢与沈，
吞吐含芳枝上春②。
宋擅五排较缜密，
繁富绮丽称圆匀。
但言“愁至愿甘寝”，
反畏乡梦遽然侵③。
也曾“魂随南翥鸟”，
才见北枝泪满巾④。
读其肺腑流出句，
文情并茂感人心。
沈宋比肩翰墨场⑤，

---

① 胡应麟《诗薮》:“‘卢家少妇’体格丰神，良称独步，惜颔颇偏枯，结非本色。”陈伯海主编，查清华等编撰《历代唐诗论评选》，河北大学出版社，2003 年，第 712 页。

② 宋育仁《三唐诗品》:“其源亦出谢沈，植骨清隐，舒芳华秀，在考公之亚，名并当时。”陈伯海主编，张寅彭、黄刚编撰《唐诗论评类编》(增订本)上，上海古籍出版社，2015 年，第 994 页。

③ 宋之问《别之望后独宿蓝田山庄》:“愁至愿甘寝，其如乡梦何。”陈伯海主编《唐诗汇评》(增订本)第 1 册，上海古籍出版社，2015 年，第 114 页。

④ 宋之问《过大庾岭》:“度岭方辞国，停轺一望家。魂随南翥鸟，泪尽北枝花。”方笑一主编《中华经典诗词 2000 首》第 3 卷，上海教育出版社，2018 年，第 6 页。

⑤ 元好问《论诗三十首 》其八:“沈宋横驰翰墨场，风流初不废齐梁。”陈伯海主编，查清华等编撰《唐诗学文献集粹》上，上海古籍出版社，2016 年，第 482 页。

律家正宗立功勋。
新声开启诗盛世，
后起佳作竞纷纷。

王梵志歌

王梵志，唐初白话诗僧，卫州黎阳人。原名梵天，生卒年、字号、生平、家世均不详。《全唐诗》竟然不载其诗，编纂者对通俗诗的偏见可见一斑。好在1900年在“敦煌遗书”中又发现梵志诗，后人据此不断整理校辑，终于让他的诗最大程度传世。其实他的这些通俗诗，在唐宋时很流行，不少诗话和笔记著作都转录其诗。他的这种幽默机智、直接地气的诗还为时人效仿，乃至称其为“梵志体”。

通玄学士王梵志①，
一生只写通俗诗。
生卒年月无详载，
活动当在初唐时。
卫州黎阳乃生地，

---

① 王道《祭杨筠文》：“大唐开元二七年，岁在癸丑二月，东朔方黎阳故通玄学士王梵志直下孙王道。”郭预衡主编《中国古代文学史长编·隋唐五代卷》，北京师范学院出版社，1993年，第504页。

出生灵异供谈资。
林檎树瘿大如斗，
据说梵志孕于兹。
菩萨化身事教化，
故多因果报应词①。
家有奴婢本殷富，
不愁穿来不愁吃。
怎料家道遽中落，
穷愁潦倒泪眼湿。
晚逢子女大不孝，
沿门乞讨难饱食。
皈依佛门仍流浪，
清规戒律不拘执。
身无一物硬穷汉②，
可怜一生孤且直。
诗歌失传已长久，
敦煌遗书始见之。

---

① 冯翊《桂苑丛谈》:“王梵志，卫州黎阳人也。黎阳城东十五里有王德祖者，当隋之时，家有林檎树，生瘿，大如斗。经三年，其瘿朽烂。德祖见之，乃撤其皮，遂见一孩儿，抱胎而出，因收养之。至七岁，能语。问曰:‘谁人育我，复何姓名?’德祖具以实告。因曰:‘林木而生，曰梵天。’后改曰‘志’。我家长育，可姓王也。’作诗讽人，甚有义旨。盖菩萨示化也。”陈伯海主编《唐诗汇评》(增订本)第6册，上海古籍出版社，2015年，第4738页。

② 王梵志《贫穷田舍汉》:“门前见债主，入户见贫妻。舍漏儿啼哭，重重逢苦灾。如此硬穷汉，村村一两枚。”李鼎文选注《敦煌文学作品选注》，西北师范学院中文系，1983年，第32页。

学界兴奋忙整理，
成果虽多质参差。
项楚校注最完备，
辑诗三百又九十。

诗多五言说白话，
嘲戏谐谑寓理识。
宋人喜他《翻着袜》，
修行作文道可知①。
贫富对立真世态，
富家大笑贫悲嘶。
贫汉门前见债主，
富儿挥金如土石。
当官枉棒百姓死，
鬼神不饶彼渎职。
征戍血流遍荒野，
鸦啄多少无名尸！
一腔愤懑笔底诉，
官府如贼剥民脂。
诸恶莫作行诸善，
善恶有报分早迟。

---

① 陈善《扪虱新话》："文章难工，而观人文章，亦自难识。知梵志翻著袜法则可以作文，知九方皋相马法则可以观人文章。"陈伯海主编《唐诗汇评》（增订本）第6册，上海古籍出版社，2015年，第4740页。

劝世格言凝警语，
跌宕骇俗令人思。
立意惊悚甚奇特，
点破人生无数痴。
城外馒头城里馅，
一人一个莫推辞①。
此等比喻生新巧，
唯有大限最无私。
皆陈俗语少用典②，
朴质活泼呈别姿。
难免有些粗鄙处，
我看不过小瑕疵。
或许不入雅人眼，
民间流传竞飞驰。
寒山拾得继其绪，
通俗诗派长新枝。
王维皎然白居易，
句法诗意曾相师。
雅俗不必分高下，
贴近民众需秉持。

---

① 王梵志《城外土馒头》："城外土馒头，馅草在城里。一人吃一个，莫嫌没滋味。"洪丕谟《佛诗三百首》，江苏文艺出版社，1993 年，第 36 页。

② 敦煌写本《王梵志诗·原序》："不守经典，皆陈俗语，非但智士回意，实易愚夫改容，远近传闻，劝惩令善。"汪涌豪、骆玉明编《中国诗学》第 3 册，东方出版中心，1993 年，第 179 页。

寒山拾得歌

在我国民间称为“和合二仙”的，正是天台山国清寺僧寒山和拾得。这两位诗僧情同手足，形影不离，难怪会被奉为和合象征。《古尊宿语录》中记载有他俩一段著名的对话，寒山问曰：“世间有人谤我、欺我、辱我、笑我、轻我、贱我、恶我、骗我，该如何处之乎？”拾得答曰：“只需忍他、让他、由他、避他、耐他、敬他、不要理他、再待几年，你且看他。”寒山拾得诗与王梵志诗如出一辙，他们在白话通俗诗发展史中占有重要地位。

寒山拾得与丰干，
国清三隐天下传。
寒山红尘早看破，
隐居浙东天台山。
形貌枯悴赤城道，

桦冠木屐神安然①。
婴儿路啼丰干捡，
取号拾得伴佛龛。
厨僧拾得拢剩饭，
付与寒山作美餐②。
贫贱之交心投契，
不得志兮逃于禅。
状若疯癫抚掌笑，
笑彼世人看不穿。
寒拾往来似兄弟，
青眼相对言相欢。
寒山展卷但为乐，
拾得持帚静中观。
长廊唱咏村墅啸，
竹木石壁题诗酣③。
台州刺史亲拜访，
挽臂出寺不见官。

---

① 闾丘胤《寒山子诗集序》:“凡所启言，洞该玄默。乃桦皮为冠，布裘破弊，木屐履地。”(唐)寒山子原著，徐光大校注《寒山子校释》，陕西人民出版社，1991 年，第 43 页。

② 闾丘胤《寒山子诗集序》:“寺有拾得，知食堂，寻常收贮余残菜滓于竹筒内，寒山若来，即负而去。”(唐)寒山子原著，徐光大校注《寒山子校释》，陕西人民出版社，1991 年，第 43 页。

③ 闾丘胤《寒山子诗集序》:“乃令僧道翘等，具往日行藏，唯于竹木石壁书诗，并村墅人家厅壁上所书文句三百余首，及拾得于土地堂壁上书言偈，并纂集成卷。”(唐)寒山子原著，徐光大校注《寒山子校释》，陕西人民出版社，1991 年，第 45 页。

前身本是二菩萨，
俗念丝毫莫染沾。
雍正敕封和合圣，
形象喜庆又平安。

寒拾诗承王梵志，
白话亲切如面谈。
拾得诗近佛门偈，
本来诗偈总一般。
奉劝读时须仔细，
缓缓披寻品内涵。
碧涧清流多胜境①，
谈理说玄息波澜。
桐柏征君徐灵府，
搜罗寒山成诗函。
三百余首今尚在，
机趣横溢足深参②。
富儿渠家多酒肉③，

---

① 拾得《诗》:“云山叠叠几千重，幽谷路深绝人踪。碧涧清流多胜境，时来鸟语合人心。”陈耳东编著《历代高僧诗选》，天津人民出版社，1996年，第573页。

② 杜光庭《仙传拾遗》:“寒山子好为诗，每得一 篇一句，辄题于树间石上，有好事者随而录之，凡三百余首。桐柏征君徐灵府序而集之，分为三卷，行于人间。”陈伯海主编，张寅彭、黄刚编撰《唐诗论评类编》(增订本)下，上海古籍出版社，2015年，第1561页。

③ 寒山《诗》:“城北仲家翁，渠家多酒肉。”(唐)寒山著，郭鹏注释《寒山诗注释》，长春出版社，1995年，第117页。

贫者朝朝倍忧烦。
社会对立多揭露，
空门仍系世艰难。
自家翁里长无饭，
寒山坐留冬衣单。
佛门清净人间苦，
可叹众生执痴顽。
半是藏身半醒世，
出言成章知暖寒。
工语率语庄谐语①，
信手拈弄如走丸。
当时所恨知音寡，
身后突然爱者繁。
津津乐道寒山体②，
扬名域外随海船。
风行日美称狂热，

① 纪昀《四库全书总目提要》:“其诗有工语，有率语，有庄语，有谐语。”陈伯海主编《唐诗汇评》(增订本)第6册，上海古籍出版社，2015年，第4663页。

② 慈受《拟寒山诗序》云:“(寒山)身为贫士，歌笑清狂，小偈长诗，书石题壁，欲其易晓而深诫也。经云:若不去杀，断一切慈悲种。慈悲者，仁也。余因老病，结茅洞庭，终日无事，或水边林下，坐石攀条，歌寒山诗，哦拾得偈，适与意会，遂拟其体，成一百五十首。”曾枣庄、刘琳主编《全宋文》第51册，上海辞书出版社、安徽教育出版社，2006年，第298—299页。曹勋《效寒山体》:“嗟我世间人，强有六亲念。看子是恶少，目妒作美艳。分香且供佛，有财莫言俭。俯仰即异世，六尺那可占。”转引张石《寒山与日本文化》，上海交通大学出版社，2011年，第46页。

影响不只在文坛。
诗注项楚钱学烈，
两家版本最精专。

陈子昂歌

陈子昂，字伯玉，梓州射洪县人，因曾任右拾遗，后世称其为陈拾遗。陈子昂轻财好施，慷慨仗义，侠肝义胆，奋发有为。他旗帜鲜明地反对齐梁诗风，要求回归风雅比兴、汉魏风骨的古道。继“初唐四杰”之后，陈子昂更明确地指出了诗歌发展的道路和方向，天下文风为之大变。韩愈说：“国朝文章盛，子昂始高蹈”，元好问把他比作是平吴首功的范蠡，方回称之为“唐之诗祖”，都给予他极高评价。陈子昂代表作为《感遇诗》三十八首，音节豪宕，寄托遥深，为古体诗中的上乘之作。

初唐百年只徘徊，
子昂登上幽州台。
沧然涕下独长啸，
要将盛唐唤出来。
蜀地山川多骄子，
历代泉涌文学才。
生于梓州射洪县，

贵为公子浪形骸。
乡校感悔思弃武，
十八折节入书斋[①]。
再次落第不失志，
终登进士可开怀。
诣阙上书拜正字，
后迁拾遗谏未衰。
两度从军北征讨，
方略难用徒叹唉。
中间竟曾下冤狱，
有志之士无妄灾。
辞职返乡奸人害，
又下冤狱何言哉！
段简贪暴下毒手，
罗织罪名掠家财。
狱中卜命难逃死，
忧愤身绝草草埋[②]。
西风飒飒吹寂寞，
任凭凋零长青苔。

---

① 辛文房《唐才子传》："初，年十八时，未知书，以富家子，任侠尚气弋博，后入乡校感悔，即于州东南金华山观读书，痛自修饬。"李立朴《唐才子传全译》，贵州人民出版社，1995年，第56页。

② 卢藏用《陈氏别传》："属本县令段简贪暴残忍，闻其家有财，乃附会文法，将欲害之。子昂惶惧，使家人纳钱二十万……因命蓍自筮，卦成，仰而号曰：'天命不佑，吾殆死矣！'于是遂绝。"彭庆生《陈子昂诗注》，四川人民出版社，1981年，第261页。

杜甫专程来凭吊，
慨然有诗题故宅①。
子昂存文百余篇，
疏朴近古意简赅。
《修竹篇序》经典论，
石破天惊斥时乖。
彩丽竞繁大道弊，
兴寄都绝究可哀。
建安风骨待承继，
大雅续接早应该②。
《感遇诗》乃有为作，
情亲风雅伪体裁。
敢揭黑暗伤民痛，
苛政无异虎与豺。
诗中尤喜写边塞，
日夜渴慕名将材。
感时悲歌思报国，
怒时拔剑起蒿莱。

---

① 杜甫《陈拾遗故宅》:"拾遗平昔居,大屋尚修椽。悠扬荒山日,惨澹故园烟。位下曷足伤,所贵者圣贤。有才继骚雅,哲匠不比肩。公生扬马后,名与日月悬。"张忠纲、孙微编选《杜甫集》,凤凰出版社,2014 年,第 197 页。

② 陈子昂《与东方左史虬修竹篇序》:"文章道弊,五百年矣。汉魏风骨,晋宋莫传,然而文献有可征者。仆尝暇时观齐梁间诗,彩丽竞繁,而兴寄都绝,每以永叹。思古人,常恐逦迤颓靡,风雅不作,以耿耿也。"陈伯海主编,张寅彭、黄刚编撰《唐诗论评类编》(增订本)下,上海古籍出版社,2015 年,第 994 页。

丈夫任事岂避祸，
不甘磨灭成尘埃①。
但看岁华尽摇落②，
青春瘦损骨如柴。
韵度虽与阮籍似，
气魄足堪胜《咏怀》。
伯玉尊为唐诗祖③，
海内文宗震江淮④。
中流砥柱遏颓波⑤，
高蹈振起立头牌⑥。
诗人此后知自重，
力避脂粉与金钗。
盛唐诗树凌云起，
当思子昂前日栽。

---

① 陈子昂《感遇》三十五："本为贵公子，平生实爱才。感时思报国，拔剑起蒿莱。西驰丁零塞，北上单于台。登山见千里，怀古心悠哉。谁言未忘祸，磨灭成尘埃。"曾军编著《陈子昂诗全集》，崇文书局，2017 年，第 44 页。

② 陈子昂《感遇》其二："岁华尽摇落，芳意竟何成。"曾军编著《陈子昂诗全集》，崇文书局，2017 年，第 129 页。

③ 方回《瀛奎律髓》："陈拾遗子昂，唐之诗祖也。不但《感遇诗》三十八首为古体之祖，其律诗亦近体之祖也。"陈伯海主编《唐诗汇评》（增订本）第 1 册，上海古籍出版社，2015 年，第 260 页。

④ 宋育仁《三唐诗品》："海内文宗，非虚誉也。"陈伯海主编《唐诗汇评》（增订本）第 1 册，上海古籍出版社，2015 年，第 262 页。

⑤ 卢藏用《右拾遗陈子昂文集序》："横制颓波，天下翕然质文一变。"陈伯海主编，查清华等编撰《唐诗学文献集粹》上，上海古籍出版社，2016 年，第 34 页。

⑥ 韩愈《荐士》："国朝盛文章，子昂始高蹈。"陈伯海主编，查清华等编撰《唐诗学文献集粹》上，上海古籍出版社，2016 年，第 36 页。

张九龄歌

张九龄，字子寿，号博物，韶州曲江人。为唐玄宗开元时期名相，被誉为“岭南第一人”。张九龄诗风清淡，直接影响到后来盛唐山水诗派。张九龄继承了陈子昂的诗歌革新精神，在推进诗歌向健康之道迈进方面作出了积极贡献。沈德潜《唐诗别裁》云：“唐初五言古渐趋于律，风洛未遒，陈正字起衰而诗品始正，张曲江继续而诗品乃醇。”张九龄政事、文学俱佳，为人又磊落高迈，故受到后世极大尊敬。

吾睹海上生明月①，
遥想韶州张九龄。
出身本为留候后，
一代贤相人中英。
张华有著《博物志》，

---

① 张九龄《望月怀远》：“海上生明月，天涯共此时。”陈洪、乔以钢主编《中华诗词900句》，南开大学出版社，2018年，第370页。

取此作号意亦明①。
曾祖别驾祖录事，
父亲曾为索卢丞。
长安二年荣登第，
崭露头角名满京。
去官归养不闲度，
奏请修路亲率征。
开凿大庾梅关道，
岭南中原大利行②。
干练忠耿得人望，
张说见之阮眼青③。
主理朝政敢直谏，
守正嫉邪正朝廷。
直言禄山长反相，

---

① 刘昫等《旧唐书・张九龄传》："张九龄，字子寿，一名博物。曾祖君政，韶州别驾，因家于始兴，今为曲江人。"（后晋）刘昫撰，周殿富主编《旧唐书人物全传》第3册，北京时代华文书局，2015年，第1290页。

② 张九龄《开凿大庾岭路序》："开元四载，冬十有一月，俾使臣左拾遗内供奉张九龄，饮冰载怀，执艺是度，缘磴道，披灌丛，相其山谷之宜，革其坂险之故。……成者不日，则已坦坦而方五轨，阗阗而走四通，转输以之化劳，高深为之失险。"仇江选注《岭南历代文选》，广东人民出版社，2009年，第31－32页。

③ 刘昫等《旧唐书・张九龄传》："时张说为中书令，与九龄同姓，叙为昭穆，尤亲重之，常谓人曰：'后来词人称首也。'九龄既欣知己，亦依附焉。"（后晋）刘昫撰，周殿富主编《旧唐书人物全传》第3册，北京时代华文书局，2015年，第1291页。

杀之绝患保安宁①。
口蜜腹剑李林甫，
谗言排挤阴谋成②。
玄宗昏庸渐入骨，
竟将良相贬至荆。
每读《孤愤》泣涕下③，
再诵《橘颂》泪飘零④。
曲江拜墓寻病逝，
谥号文献慰天灵⑤。
皇帝奔蜀安史乱，
追思痛悔祭南陵⑥。
工诗能文长碑志，

---

① 刘昫等《旧唐书·张九龄传》:“九龄奏曰:‘禄山狼子野心,面有逆相,臣请因罪戮之,冀绝后患。’”(后晋)刘昫撰,周殿富主编《旧唐书人物全传》第3册,北京时代华文书局,2015年,第1292页。

② 刘昫等《旧唐书·张九龄传》:“李林甫自无学术,以九龄文行为上所知,心颇忌之。”(后晋)刘昫撰,周殿富主编《旧唐书人物全传》第3册,北京时代华文书局,2015年,第1292页。

③ 徐浩《张公神道碑》:“每读韩非《孤愤》,涕泣沾襟。”(唐)张九龄《曲江集》,广东人民出版社,1986年,第332页。

④ 张九龄《感遇》其七:“江南有丹橘,经冬犹绿林。岂伊地气暖?自有岁寒心。”陈洪、乔以钢主编《中华诗词900句》,南开大学出版社,2018年,第204页。

⑤ 刘昫等《旧唐书·张九龄传》:“俄请归拜墓,因遇疾卒,年六十八,赠荆州大都督,谥曰文献。”(后晋)刘昫撰,周殿富主编《旧唐书人物全传》第3册,北京时代华文书局,2015年,第1292页。

⑥ 欧阳修、宋祁《新唐书·张九龄传》:“帝后在蜀,思其忠,为泣下,且遣使祭于韶州,厚币恤其家。”吴在庆主编《唐五代文编年史·盛唐卷》,黄山书社,2018年,第256页。

宏博典实大雅承①。
论诗旨在抒怨愤，
江山形胜激相迎。
诗笔婉转写怀抱，
内里波澜水表平。
藻思翩翩体疏秀，
词旨冲融气象兴②。
玉磬含风尘外赏③，
鸣鸾佩琼九霄听④。
委婉深秀崇兴寄⑤，
情词芬恻意忠精。
海燕无心与物竞，
鹰隼相猜实可憎⑥。
思深力遒接汉魏，

---

① 纪昀《四库全书总目提要》："（九龄）文笔宏博典实，有垂绅正笏气象，亦具见大雅之遗。"（清）纪昀总纂《四库全书总目提要》，河北人民出版社，2000年，第3848页。

② 鲍桂星《唐诗品》："曲江藻思翩翩，体裁疏秀，深综意，通于远调，上追汉魏而下开盛唐，虽风神稍劣而词旨冲融，其源盖出子古之平调曲也。"陈伯海主编，查清华等编撰《唐诗学文献集粹》下，上海古籍出版社，2016年，第667页。

③ 胡震亨《唐音癸签》："结体简贵，选言清冷，如玉磬含风，晶盘盛露，故当于尘外置赏。"王步高主编《唐诗三百首汇评》，凤凰出版社，2017年，第1页。

④ 李因培《唐诗观澜集》："曲江长律，鸣鸾佩琼，万象咳吐，与明皇诗赓歌倡答，如律吕之相应，可谓一德一心。"孙育华主编《唐诗鉴赏辞典》附录《历代评论摘抄》，北京燕山出版社，1996年，第991页。

⑤ 翁方纲《石洲诗话》："曲江公委婉深秀，远出燕、许诸公之上。"王步高主编《唐诗三百首汇评》，凤凰出版社，2017年，第2页。

⑥ 张九龄《归燕诗》："无心与物竞，鹰隼莫相猜。"陈伯海主编《唐诗汇评》（增订本）第1册，上海古籍出版社，2015年，第95页。

《感遇》方驾子昂名①。
一则古奥一蕴藉，
各异其趣面目呈。
同出步兵《咏怀》意，
寻绎对比见真凭。
源出江淹与鲍照②，
此说于我无共鸣。
开启后来功不小，
别树高格指远程。
王孟韦柳祖清淡，
益之风神作新声③。
如竹高节人相重，
如梅孤芳香远清。
举止优雅富风度④，
涵养能使万人倾。
丈夫生来当如此，
赢得千秋仰慕情。

---

① 管世铭《读雪山房唐诗序例》："张曲江襟情高迈，有遗世独立之意，《感遇》诸诗，与子昂称岱、华矣。" 王步高主编《唐诗三百首汇评》，凤凰出版社，2017 年，第 4 页。

② 宋育仁《三唐诗品》："源出于鲍明远、江文通，次叙连章，见铺排之迹。《感遇》诸篇，犹为高调，情词芬恻，清亮音多，骨格未及拾遗，每以丰条伤干。"刘咸炘《推十书 增补全本 戊辑》第 2 册，上海科学技术文献出版社，2009 年，第 1208 页。

③ 胡应麟《诗薮》："盛唐继起，孟浩然、王维、储光羲、常建、韦应物本曲江之清澹，而益以风神者也。" 王步高主编《唐诗三百首汇评》，凤凰出版社，2017 年，第 70 页。

④ 刘昫《旧唐书・张九龄传》："后宰执每荐引公卿，上必问：'风度得如九龄否？'"(后晋)刘昫撰，周殿富主编《旧唐书人物全传》第 3 册，北京时代华文书局，2015 年，第 1291 页。

王维歌

王维,字摩诘,官终尚书右丞,称王右丞。年轻时,风度不凡,英气勃发,虽有小挫,不坠素志。天宝十五年(756),王维陷安禄山贼营,迫受伪官。唐军平叛收复两京,王维本要入罪,因其乱中作表忠心的《凝碧池诗》,以及弟王缙请削己官为兄赎罪,获免。此一失节之举,对王维打击甚大。尽管后来官职一再升迁,但他的佛教思想也日益发展,以至到了“晚年惟好静,万事不关心”的地步,最后也是以一个佛教徒的方式告别人间。王维是唐朝诗人中极为少见的文化全才,诗、书、画、乐无不精通。他将丰厚的文化修养与艺术创作融合起来,使得其诗作水准臻于高妙境界。王维与孟浩然同为盛唐山水田园诗派代表诗人,并称“王孟”。

唐诗三才天地人,

王维人才声满京①。

---

① 徐增《而庵说唐诗》:“吾于天才得李太白,于地才得杜子美,于人才得王摩诘。”陈伯海主编,张寅彭、黄刚编撰《唐诗论评类编》(增订本)上,上海古籍出版社,2015 年,第 233 页。

生在蒲州祖祁县，
取字摩诘佛性诚。
携弟王缙入京邑，
有如二陆洛阳行。
王公贵族争相宠，
早中进士拔头名。
伶人舞狮受连累，
旋即罢职太乐丞。
直至曲江秉权政，
擢为拾遗前途明①。
奉命出塞开眼界，
青春诗笔写出征。
渔阳鼙鼓来急促，
迫为伪官心如冰。
《凝碧池》诗表心志，
叛乱平息未受惩。
虽是晚年惟好静，

---

① 欧阳修、宋祁《新唐书·王维传》："开元初，擢进士，调太乐丞，坐累为济州司仓参军。张九龄执政，擢右拾遗。"张清华《王维年谱》附录，学林出版社，1988 年，第 146 页。

不妨官职一路升[①]。
临终作书向人别[②]，
安坐离世暗画屏。
诗佛盛唐多面手，
音律书画皆通精。
最传秀句寰区满[③]，
天下文宗世上英[④]。

诗名冠代人称颂，
诗画交融境空灵。
词秀调雅意理惬，
着壁成绘墨青青[⑤]。

---

① 刘昫等《旧唐书·王维传》:"维服药取痢，伪称喑病。禄山素怜之，遣人迎置洛阳，拘于普施寺，迫以伪署。禄山宴其徒于凝碧宫，其乐工皆梨园弟子、教坊工人。维闻之悲恻，潜为诗曰:'万户伤心生野烟，百官何日再朝天?秋槐花落空宫里，凝碧池头奏管弦。'贼平，陷贼官三等定罪。维以《凝碧诗》闻于行在，肃宗嘉之。会缙请削己刑部侍郎以赎兄罪，特宥之，责授太子中允。乾元中，迁太子中庶子、中书舍人，复拜给事中，转尚书右丞。"张清华《王维年谱》附录，学林出版社，1988年，第146页。

② 欧阳修、宋祁等《新唐书·王维传》附录:"疾甚，缙在凤翔，作书与别，又遗亲故书数幅，停笔而化。"张清华《王维年谱》附录，学林出版社，1988年，第147页。

③ 杜甫《解闷十八首》之八:"不见高人王右丞，蓝田丘壑漫寒藤。最传秀句寰区满，未绝风流相国能。"陈伯海主编《唐诗汇评》(增订本)第3册，上海古籍出版社，2015年，第1905页。

④ 李豫《王缙进王维集表诏》:"卿之伯氏，天下文宗。位历先朝，名高希代。"杨文生编著《王维诗集笺注》附录，四川人民出版社，2018年，第783页。

⑤ 殷璠《河岳英灵集》:"维诗词秀调雅，意新理惬，在泉为珠，着壁成绘，一句一字，皆出常境。"杨文生编著《王维诗集笺注》附录，四川人民出版社，2018年，第794页。

笔踪措思参造化①,
自在味长格澹澄②。
秋水芙蕖倚风笑③,
荣光外映内秀增。
琢淡成腴发明艳,
古芳不落意端凝④。
闲适富贵两相得,
兼通禅理与人情。
有人谓其少风骨,
我要为之鸣不平。
长河落日孤烟直⑤,
此等苍劲掷地声。
九天阊阖开宫殿⑥,
铺张伟丽豪气生。

---

① 刘昫等《旧唐书·王维传》:"书画特臻其妙,,笔踪措思,参于造化。"张清华《王维年谱》附录,学林出版社,1988年,第146页。

② 司空图《与李生论诗书》:"王右丞、韦苏州澄澹精致;格在其中,岂妨于遒举哉!"北京大学哲学系美学教研室编《中国美学史资料选编》上,中华书局,1980年,第316页。

③ 敖陶孙《臞翁诗评》:"王右丞如秋水芙蕖,倚风自笑。"北京师范大学中文系文艺理论教研室编《文学理论学习参考资料》,春风文艺出版社,1982年,第846页。

④ 宋育仁《三唐诗品》:"夫其炼虚入秀,琢淡成腴,变六代之深浑,发三唐之明艳,而古芳不落,夕秀方新。"杨文生编著《王维诗集笺注》附录,四川人民出版社,2018年,第806页。

⑤ 王维《使至塞上》:"大漠孤烟直,长河落日圆。"陈伯海主编《唐诗汇评》(增订本)第1册,上海古籍出版社,2015年,第493页。

⑥ 王维《和贾舍人早朝大明宫之作》:"九天阊阖开宫殿,万国衣冠拜冕旒。"王步高主编《唐诗三百首汇评》,凤凰出版社,2017年,第601页。

劝君更尽一杯酒①，
浑厚悲壮振耳听。
名篇无数脍人口，
至今诵来齿香盈。
唐代润泽遍姚贾，
中有大历刘长卿。
清朝渔洋标神韵，
欲将摩诘作祖庭②。
常念雨中山果落，
顿思灯下草虫鸣③。
王维气质真超逸，
吾辈难忘是营营。

① 王维《送元二使安西》："劝君更尽一杯酒，西出阳关无故人。" 王定祥选编，郑在瀛注释《唐人送别诗选》，中国地质大学出版社，1989 年，第 95 页。

② 王士禛《分甘余话》："又常谓陶如佛语，韦如菩萨语，王右丞如祖师语也。"陈伯海主编，张寅彭、黄刚编撰《唐诗论评类编》(增订本)下，上海古籍出版社，2015 年，第 914 页。又，姜宸英《唐贤三昧集序》："先生自序此选，谓别有会于司空表圣、严沧浪之旨，录盛唐诗尤隽永者，自王右丞而下得四十二人，以为此集。"陈伯海主编，查清华等编撰《唐诗学文献集粹》下，上海古籍出版社，2016 年，第 981 页。

③ 王维《秋夜独坐》："独坐悲双鬓，空堂欲二更。雨中山果落，灯下草虫鸣。"杨文生编著《王维诗集笺注》，四川人民出版社，2018 年，第 727 页。

孟浩然歌

孟浩然，字浩然，襄州襄阳人，世称孟襄阳，因一生未曾入仕，又称孟山人。襄阳隐士多，孟浩然爱慕隐逸之风，早年隐居鹿门山。后应进士不第，赴吴越一带漫游。开元二十五年(737)，张九龄贬荆州长史，孟浩然短暂为幕府。开元二十八年(740)，王昌龄北归拜会，置酒相待，畅饮甚欢，寻病卒。孟浩然亦有功名之念，然敌不过山水之好，最终以隐士终生。孟浩然山水田园诗清新自然，少用典故，更接近陶渊明。他还有一些“冲淡中有壮逸之气”的作品，这是读者阅读时需要特别注意的。

幼诵春眠不觉晓，
至今长忆孟浩然。
此君一生未释褐，
清诗句句尽堪传①。

---

① 杜甫《解闷十二首》其六：“复忆襄阳孟浩然，清诗句句尽堪传。”陈伯海主编，查清华等编撰《唐诗学文献集粹》上，上海古籍出版社，2016年，第56页。

生当盛唐志用世，
应举有如梦邯郸。
也曾游历江南北，
深有印象马与船。
也曾求人望援引，
坐观羡鱼心不甘①。
朝宗相约欲相荐，
深惜未果因饮酣②。
自古高才遭时忌，
合是一生着布衫。
鹿门隐居全高尚，
风神散朗不入禅③。
结交尽是真名士，
不论身份民或官。
黄鹤楼头李白立，

① 孟浩然《望洞庭湖赠张丞相》："欲济无舟楫，端居耻圣明。坐观垂钓者，徒有羡鱼情。"方笑一主编《中华经典诗词 2000 首》第 3 卷，上海教育出版社，2018 年，第 38 页。

② 欧阳修、宋祁《新唐书·孟浩然传》："采访使韩朝宗约浩然偕至京师，欲荐诸朝。会故人至，剧饮欢甚。或曰：'君与韩公有期。'浩然叱曰：'业已饮，遑恤他！'卒不赴。朝宗怒，辞行，浩然不悔也。"许嘉璐主编，黄永年分史主编《二十四史全译·新唐书》第 7 册，汉语大词典出版社，2004 年，第 4357 页。

③ 王士源在《孟浩然集序》："骨貌淑清，风神散朗；救患释纷，以立义表；灌蔬艺竹，以全高尚。"陈伯海主编，查清华等编撰《唐诗学文献集粹》上，上海古籍出版社，2016 年，第 67 页。

无限惆怅送孤帆①。
昌龄北返青眼待，
不顾病体把盏欢②。
王维为之作画像③，
故人不见泪空弹④。
文质杰美终殒落⑤，
留取芳名照诗坛。

五言天下称尽美，
清空雅淡幽冷寒⑥。
倾力山水写兴象，
妙悟事象却平凡。
一气挥洒参造化，

① 李白《送孟浩然之广陵》："故人西辞黄鹤楼，烟花三月下扬州。孤帆远影碧空尽，唯见长江天际流。"陈伯海主编《唐诗汇评》(增订本)第 1 册，上海古籍出版社，2015 年，第 1017 页。

② 辛文房《唐才子传》："开元末，王昌龄游襄阳，时新病起，相见甚欢，浪情宴谑，食鲜疾动而终。"李立朴《唐才子传全译》，贵州人民出版社，1995 年，第 124 页。

③ 葛立方《韵语阳秋》："癸未岁，余为尚书郎，在京师，客有好事者，浚仪桥逆旅，见王右丞《襄阳图》，寻访之，已为人取去。"曹永东《孟浩然诗集笺注》，天津古籍出版社，1989 年，第 384 页。

④ 王维《哭孟浩然》："故人不可见，江水日东流。借问襄阳老，江山空蔡州。"杨文生编著《王维诗集笺注》，四川人民出版社，2018 年，第 667 页。

⑤ 欧阳修、宋祁等《新唐书·孟浩然传》："故处士孟浩然，文质杰美，殒落岁久，门裔陵迟，丘陇颓没，永怀若人，行路慨然。"许嘉璐主编，黄永年分史主编《二十四史全译·新唐书》第 7 册，汉语大词典出版社，2004 年，第 4357 页。

⑥ 胡应麟《诗薮》："襄阳时得大篇，清空雅淡，逸趣翩翩。"陈伯海主编，张寅彭、黄刚编撰《唐诗论评类编》(增订本)下，上海古籍出版社，2015 年，第 1047 页。

点染空灵对山川。
语淡而味终不薄，
蕴藉深微须细观①。
主调冲淡宗元亮，
也有壮逸祖建安②。
人嗤枯瘠寒俭态③，
如此偏见我心酸。
摩诘自有贵族气，
襄阳风味另一番。
韵高才短缺材料，
遗憾此说出子瞻④。
好诗总要好典故，
我闻兹论锁眉关。
胜语直寻非补假，
《诗品》所言气如兰⑤。

---

① 沈德潜《唐诗别裁》:“襄阳诗从静悟得之，故语淡而味终不薄，此诗品也。”陈伯海主编，张寅彭、黄刚编撰《唐诗论评类编》(增订本)下，上海古籍出版社，2015年，第867页。

② 周履靖《骚坛秘语》:“(浩然诗)祖建安，宗渊明，冲澹中有壮逸之气。”(明)胡震亨《唐音癸签》，古典文学出版社，1957年，第40页。

③ 王世贞《艺苑卮言》:“孟诗有寒俭之态，不及王氏天然而工。”王步高主编《唐诗三百首汇评》，凤凰出版社，2017年，第1006页。

④ 陈师道《后山诗话》:“子瞻谓孟浩然之诗，韵高而才短，如造内法酒手，而无材料尔。”陈伯海主编，张寅彭、黄刚编撰《唐诗论评类编》(增订本)下，上海古籍出版社，2015年，第1046页。

⑤ 钟嵘《诗品》:“观古今胜语，多非补假，皆由直寻。”周振甫《诗品译注》，中华书局，1998年，第24页。

诗家孟君最纯粹，
清风如月安可攀？
若得故人具鸡黍[①]，
愿偕山人醉后还。

① 孟浩然《过故人庄》:“故人具鸡黍，邀我至田家。绿树村边合，青山郭外斜。开轩面场圃，把酒话桑麻。待到重阳日，还来就菊花。”方笑一主编《中华经典诗词2000首》第3卷，上海教育出版社，2018年，第36页。

王昌龄歌

王昌龄，字少伯，京兆万年人。曾官江宁丞、龙标尉，故后人称之为“王江宁”“王龙标”。王昌龄“不护细行”，一生仕途坎坷，屡遭贬谪。安史之乱起，避乱江淮一带，竟被濠州刺史闾丘晓所杀。王昌龄为玄宗时期负有盛名的诗人，有“诗家天子”之誉。其边塞行旅、闺情宫怨、送别怀人之作，脍炙人口，广为传播。王昌龄特擅七绝，与李白并称“神品”。

秦时明月汉时关，
万里长征人未还[1]。
读此壮阔悲凉句，
不禁赞叹笔不凡。
昌龄早年农耕苦，
弱冠过后隐嵩山。

---

① 王昌龄《出塞》:“秦时明月汉时关，万里长征人未还。但使龙城飞将在，不教胡马度阴山。”方笑一主编《中华经典诗词 2000 首》第 3 卷，上海教育出版社，2018 年，第 44 页。

学道未成走边塞，
匹马曾出玉门关。
而立之年中进士，
屡遭贬谪味苦酸。
闻道左迁龙标尉，
太白寄诗摧心肝①。
不惑之年偏生惑，
不知何罪赴岭南。
遇赦北归经楚地，
拜访襄阳孟浩然。
浩然兴高与痛饮，
痈疽复发命入棺。
江宁丞上七八载，
秦淮河边看过船。
亳州刺史闾丘晓，
妒杀诗人德行残②。
害人性命遭报应，

---

① 李白《闻王昌龄左迁龙标遥有此寄》:“杨花落尽子规啼，闻道龙标过五溪。我寄愁心与明月，随君直到夜郎西。”林东海选注《中国诗苑英华 李白卷》，山东大学出版社，1997年，第129页。

② 辛文房《唐才子传》:“(昌龄)以刀火之际，归乡里，为刺史闾丘晓所忌而杀。”李立朴《唐才子传全译》，贵州人民出版社，1995年，第95页。

张镐戮之命亦完①。
诗家天子英名在②，
七绝圣手代代传。
《全唐诗》存共四卷，
首首珠玑足美观。
边塞诗出声峻切，
壮士走马戈壁滩。
城头铁鼓声犹振，
寒刀闪闪血未干③。
为国义勇轻生死，
破取楼兰有何难？④
豪气冲天等闲事，
英雄意志坚如磐。
当然也兼低沉调，
战士辛苦忍饥寒。
更有空房只独看，

---

① 欧阳修、宋祁《新唐书·王昌龄传》："张镐按军河南，兵大集，晓最后期，将戮之，辞曰：'有亲，乞贷余命。'镐曰：'王昌龄之亲欲与谁养？'晓默然。"许嘉璐主编，黄永年分史主编《二十四史全译·新唐书》第7册，汉语大词典出版社，2004年，第4357页。

② 辛文房《唐才子传》："昌龄工诗，缜密而思清，时称'诗家天子王江宁'，盖尝为江宁令。"李立朴《唐才子传全译》，贵州人民出版社，1995年，第95页。

③ 王昌龄《出塞二首》其二："城头铁鼓声犹震，匣里金刀血未干。"许明善编著《唐宋边塞诗词选》，甘肃人民出版社，1986年，第51页。

④ 王昌龄《从军行七首》其六："明敕星驰封宝剑，辞君一夜取楼兰。"漆绪邦《盛唐边塞诗评》，山西人民出版社，1987年，第160页。

梦里长城月团团。
宫怨闺怨何凄悯，
绝情绝望路弯弯。
玉颜不及寒鸦色①，
美貌纵在亦枉然。
平阳歌舞新承宠②，
曾经新宠泪斑斑。
赠别诗情味隽永，
读之欣然可忘餐。
芙蓉楼边送辛渐，
一片冰心月映川③。
绪密思清才流丽④，
音唱疏越珠落盘⑤。
一唱三叹余音绕，

---

① 王昌龄《长信秋词五首》其三："玉颜不及寒鸦色，犹带昭阳日影来。"陈洪、乔以钢主编《中华诗词900句》，南开大学出版社，2018年，第130页。

② 王昌龄《春宫曲》："平阳歌舞新承宠，帘外春寒赐锦袍。"王步高主编《唐诗三百首汇评》，凤凰出版社，2017年，第836页。

③ 王昌龄《芙蓉楼送辛渐》："洛阳亲友如相问，一片冰心在玉壶。"许渊冲译《唐诗三百首》，五洲传播出版社，2012年，第232页。

④ 欧阳修、宋祁《新唐书·王昌龄传》："昌龄工诗，绪密而思清。"许嘉璐主编，黄永年分史主编《二十四史全译·新唐书》第7册，汉语大词典出版社，2004年，第4357页。

⑤ 高棅《唐音癸签》："少伯天才流丽，音唱疏越，七言绝句，几与太白比肩。"陈伯海主编《唐诗汇评》(增订本)第2册，上海古籍出版社，2015年，第648页。

精芒外隐风骨含[①]。
深情苦恨唐骚语，
玩之无尽测无端[②]。
比兴深远蕴雅意，
婉而不露俗不沾[③]。
敢与太白争神品，
少伯绝句谁敢攀？[④]
别有神气真精采，
盛唐气象耀诗坛。

---

① 胡应麟《诗薮》："江宁优柔婉丽，意谓无穷，风骨内含，精芒外隐，如清庙朱弦，一唱三叹。"陈伯海主编《唐诗汇评》（增订本）第 2 册，上海古籍出版社，2015 年，第 677 页。

② 陆时雍《诗镜总论》："王龙标七言绝句，自是唐人骚语，深情苦恨，襞积重重，使人测之无端，玩之无尽。"陈伯海主编《唐诗汇评》（增订本）第 2 册，上海古籍出版社，2015 年，第 648 页。

③ 潘清《挹翠楼诗话》："意境既超，婉而不露，此其七绝所以独冠三唐。"陈伯海主编《唐诗汇评》（增订本）第 2 册，上海古籍出版社，2015 年，第 650 页。

④ 王世贞《艺苑卮言》："七言绝句，王江宁与太白争胜毫厘，俱是神品。"陈伯海主编《唐诗汇评》（增订本）第 2 册，上海古籍出版社，2015 年，第 648 页。

高岑歌

高适与岑参合称“高岑”，是盛唐边塞诗派最杰出的代表。高适曾位居节度使，有丰富的统兵作战经历，为诗人中少有的封侯者。岑参两次亲至西域，为都护府士帅幕府，此一履历于诗人中亦十分罕见。有此等经历，必有此等诗文，高岑下笔无论是生活还是情感，都饱含真切感受，远非徒拥想象来写边塞的诗人好比拟的。高岑之诗悲壮刚雄，意境远大，最能表现盛唐气象。

盛唐气象边塞诗，
高岑主盟正当时。
渤海高适客梁宋，
求丐取给少衣食。
不拘小节性拓落，
隐迹博徒成名迟①。

① 殷璠《河岳英灵集》：“评事性拓落，不拘小节，耻预常科，隐迹博徒，才名自远。”陈伯海主编《唐诗汇评》（增订本）第 2 册，上海古籍出版社，2015 年，第 1307 页。

长叹秋庭一片叶，
看取朝镜数茎丝。
不堪作吏封丘尉，
哥舒幕中掌文词①。
从此风云凭借力，
显达封侯天下知。
高诗雄浑而悲壮②，
读之感慨难自持。
《燕歌行》里惨烈斗，
力尽关山战马嘶。
率抒胸臆重气骨③，
尚质主理写法直④。
吟诵绝句《别董大》，
便知此语乃切实。
王霸大略与名利，

① 欧阳修、宋祁《新唐书·高适传》："高适，字达夫，沧州渤海人。少落魄，不治生事。客梁、宋间，宋州刺史张九皋奇之，举有道科中第。调封丘尉，不得志，去。客河西，河西节度使哥舒翰表为左骁卫兵曹参军，掌书记。"许嘉璐主编，黄永年分史主编《二十四史全译·新唐书》第6册，汉语大词典出版社，2004年，第3295页。

② 严羽《沧浪诗话》："高、岑之诗悲壮，读之使人感慨。"北京大学哲学系美学教研室编《中国美学史资料选编》下，中华书局，1981年，第80页。

③ 殷璠《河岳英灵集》："诗多胸臆语，兼有气骨，故朝野通赏其文。"陈伯海主编，查清华等编撰《唐诗学文献集粹》上，上海古籍出版社，2016年，第63页。

④ 陈绎曾《吟谱》："高适诗尚质主理，岑参诗尚巧主景。"陈伯海主编《唐诗汇评》(增订本)第2册，上海古籍出版社，2015年，第1196页。

不加掩饰喜言之①。
意态雄杰造语妙，
其源出于晋左思②。
岑参乃为相门后③，
家道中落光辉失。
结庐嵩山读经史，
吟咏山水擅修辞。
两度出塞佐戎幕④，
雄伟瑰丽成于斯。
沸浪炎波煎汉月⑤，
风吼飞沙走巨石⑥。
九月霜天水正冷⑦，

---

① 刘昫等《旧唐书·高适传》："喜言王霸大略，务功名，尚节义。"许嘉璐主编，黄永年分史主编《二十四史全译·旧唐书》第 4 册，汉语大词典出版社，2004 年，第 2764 页。

② 宋育仁《三唐诗品》："其源出于左太冲、才力纵横，意态雄杰，妙于造语，每以俊古取致。"陈伯海主编《唐诗汇评》(增订本)第 2 册，上海古籍出版社，2015 年，第 1310 页。

③ 杜确《岑嘉州集序》："南阳岑公，声称尤著。公讳参，代为本州望族。曾大父文本，大父长倩，伯父羲，皆以学术、德望官至台辅。"周绍良主编《全唐文新编》第 2 部第 4 册，吉林文史出版社，2000 年，第 5400 页。

④ 辛文房《唐才子传》："参累佐戎幕，往来鞍马烽尘间十余载。"李立朴《唐才子传全译》，贵州人民出版社，1995 年，第 149 页。

⑤ 岑参《热海行送崔侍御还京》："蒸沙烁石燃虏云，沸浪炎波煎汉月。"马茂元选注《唐诗选》上，上海古籍出版社，2017 年，第 272 页。

⑥ 岑参《走马川行奉送封大夫出师西征》："轮台九月风夜吼，一川碎石大如斗，随风满地石乱走。"王步高主编《唐诗三百首汇评》，凤凰出版社，2017 年，第 170 页。

⑦ 岑参《敷水歌送窦渐入京》："九月霜天水正寒，故人西去度征鞍。"刘开扬《岑参诗选》，四川文艺出版社，1986 年，第 156 页。

杀戮流血山积尸[①]。
尚巧主景调俊逸，
语奇体峻展新姿[②]。
四边伐鼓雪海涌[③]，
汉家大将西出师[④]。
一夜春风开千树，
边陲梨花挂万枝。
天山南北英雄气，
长安少年眼角湿。
诗罢人人竞传写，
讽诵吟习乐孜孜[⑤]。
嘉州一人承李杜，
放翁偏爱论有私[⑥]。

---

① 岑参《行军诗二首》其二："积尸若丘山，流血涨丰镐。"陈铁民《高适岑参诗选评》，上海古籍出版社，2018 年，第 239 页。

② 殷璠《河岳英灵集》："参诗语奇体峻，意亦造奇。"陈伯海主编《唐诗汇评》（增订本）第 2 册，上海古籍出版社，2015 年，第 1194 页。

③ 岑参《轮台歌奉送封大夫出师西征》："四边伐鼓雪海涌，三军大呼阴山动。"王步高主编《唐诗三百首汇评》，凤凰出版社，2017 年，第 171 页。

④ 岑参《走马川行奉送封大夫出师西征》："匈奴草黄马正肥，金山西见烟尘飞，汉家大将西出师。"王步高主编《唐诗三百首汇评》，凤凰出版社，2017 年，第 170 页。

⑤ 杜确《岑嘉州集序》："每一篇绝笔，则人人传写。虽闾里士庶，戎夷蛮貊，莫不吟习焉。"周绍良主编《全唐文新编》第 2 部第 4 册，吉林文史出版社，2000 年，第 5400 页。

⑥ 陆游《夜读岑嘉州集》："公诗信豪伟，笔力追李杜。"（宋）陆游《陆游集》第 1 册，中华书局，1976 年，第 105 页。又，《跋岑嘉州诗集》："尝以为太白、子美之后，一人而已。"（宋）陆游《放翁诗话》，凤凰出版社，2009 年，第 44 页。

高岑慷慨立风骨①，
壮声异采如虎狮。
两人不必分高下，
千载并驾共驱驰。

① 辛文房《唐才子传》:“与高适风骨颇同,读之令人慷慨怀感。”李立朴《唐才子传全译》,贵州人民出版社,1995 年,第 149 页。

李白歌

李白，字太白，号青莲居士，又号“谪仙人”，是继屈原之后最杰出的浪漫主义诗人。李白以不世之才自居，有世俗的追求却拒绝走平常路，有自由的理想却无法摆脱现实的束缚。他一辈子就这样既快意又痛苦地活着，既简单又矛盾地挣扎，既积极又消极地呐喊。他将这些行诸文字，“笔落惊风雨，诗成泣鬼神”，强烈地刺激和震撼着读者的心灵。唐文宗御封李白的诗歌、裴旻的剑舞、张旭的草书为“三绝”，李白用整个人生创造了奇迹。千百年来，模仿李白的络绎不绝，不过仅得其皮毛，距其风神不可以道里计。李白道出了中国人心里不想受压抑的一面，他总想做庄子《逍遥游》中那只大鹏，直到临终都不甘心停止飞翔。

青莲居士谪仙人①，

西蜀太白人间奇。

---

① 李白《答湖州迦叶司马问白是何人》：“青莲居士谪仙人，酒肆藏名三十春。”郁贤皓《李白全集注评》中，凤凰出版社，2018 年，第 1118 页。

仙风道骨游天外，
翩翩神采举国迷。
少小读书广涉猎，
飘飘剑侠着白衣。
纵横川中逞意气，
文章瑰丽世所稀。
辞亲远游走吴越①，
三峡不惧猿声啼。
江陵偶会司马道，
大鹏所遇风过西②。
苍梧山下悼斑竹，
皇英二女远别离③。
庐山瀑布惊天语，
气势何曾与人低？
追寻美女到诸暨，
苎萝山下问芳蹊④。

---

① 李白《上安州裴长史书》："大丈夫必有四方之志，乃仗剑去国，辞亲远游。"陈伯海主编，张寅彭、黄刚编撰《唐诗论评类编》(增订本)上，上海古籍出版社，2015年，第130页。

② 李白《大鹏赋并序》："余昔于江陵见天台司马子微，谓余有仙风道骨，可与神游八极之表，因著《大鹏遇希有鸟赋》以自广。"莫道才主编《骈文观止》，文化艺术出版社，1997年，第332页。

③ 李白《远别离》："远别离，古有皇英之二女，乃在洞庭之南，潇湘之浦……恸哭兮远望，见苍梧之深山。苍梧山崩湘水绝，竹上之泪乃可灭。"阎琦注评《李白诗选评》，三秦出版社，2010年，第287页。

④ 李白《咏苎萝山》："西施越溪女，出自苎萝山。秀色掩今古，荷花羞玉颜。"郁贤皓《李白全集注评》中，凤凰出版社，2018年，第1361页。

意犹未尽姑苏至，
感慨丛生作《乌栖》①。
扬州散金三十万，
落魄公子笑嘻嘻②。
返途安陆结秦晋③，
蹉跎十年饱受讥。
辗转迁徙入皖境，
南陵受召狂胜昔④。
四明狂客连声赞，
《蜀道难》篇鬼神泣。
金龟换酒传佳话，
忘年相交心许期⑤。
降辇相迎旷古礼，

① 李白《乌栖曲》:“姑苏台上乌栖时，吴王宫里醉西施。”郁贤皓《李白选集》，上海古籍出版社，1990年，第31页。

② 李白《上安州裴长史书》:“东游维扬，不逾一年，散金三十余万，有落魄公子悉皆济之。此则是白之轻财好施也。”陈伯海主编，张寅彭、黄刚编撰《唐诗论评类编》(增订本)上，上海古籍出版社，2015年，第130页。

③ 魏颢《李翰林集序》:“白始娶于许，生一女，一男曰明月奴，女既嫁而卒。安旗、薛天纬编《李白年谱》，齐鲁书社，1982年，第119页。

④ 李白《南陵别儿童入京》:“仰天大笑出门去，我辈岂是蓬蒿人。”陈伯海主编《唐诗汇评》(增订本)第2册，上海古籍出版社，2015年，第1022页。

⑤ 辛文房《唐才子传》:“以所业投贺知章，读至《蜀道难》，叹曰:‘子，谪仙人也。’乃解金龟换酒，终日相乐。”李立朴《唐才子传全译》，贵州人民出版社，1995年，第128页。

御手调羹帝神怡①。
有诏供奉翰林院,
《清平调》出惊少者②。
生性自由常醉酒,
赐金放还谁人惜③?
携手高杜游梁宋,
诗坛巨头风雷激④。
迁居山东受局促,
梦游天姥飞剡溪。
天旋地转安史乱,
误随李璘染浊泥。
世人欲杀时运蹇,
浔阳狱中泪暗滴。
好在良臣挺身救,

① 李阳冰《草堂集序》:"天宝中,皇祖下诏,征就金马,降辇步迎,如见绮皓。以七宝床赐食,御手调羹以饭之。"郁贤皓《李白全集注评》下,凤凰出版社,2018年,第2058页。

② 刘昫等《旧唐书·李白传》:"玄宗度曲,欲造乐府新词,亟召白,白已卧于酒肆矣。召入,以水洒面,即令秉笔,顷之成十余章,帝颇嘉之。"郁贤皓《李白全集注评》下,凤凰出版社,2018年,第2065页。

③ 辛文房《唐才子传》:"恳求还山,赐黄金,诏放归。"李立朴《唐才子传全译》,贵州人民出版社,1995年,第129页。

④ 欧阳修、宋祁《新唐书·杜甫传》:"少与李白齐名,时号'李杜',尝从白及高适过汴州,酒酣登吹台,慷慨怀古,人莫测也。"陈伯海主编,张寅彭、黄刚编撰《唐诗论评类编》(增订本)上,上海古籍出版社,2015年,第124页。

流放夜郎伴熊罴①。
行到白帝忽遇赦，
轻舟已过见虹霓。
江南安家大不易，
宣城金陵奔命疲。
无奈投奔当涂县②，
全家老小寄人篱。
临终作歌大鹏落③，
江水呜咽杜鹃凄。
身后诗歌九百首，
试看天下几人敌？

奋其智能为辅弼，
寰区大定海县一④。
然后功成潇洒退，
理想风度两相宜。

---

① 辛文房《唐才子传》:“禄山反，明皇在蜀，永王璘节度东南，白时卧庐山，辟为僚佐。璘起兵反，白逃还彭泽。璘败，累系浔阳狱。初，白游并州，见郭子仪，奇之，曾救其死罪。至是，郭子仪请官以赎，诏长流夜郎。”李立朴《唐才子传全译》，贵州人民出版社，1995 年，第 129 页。

② 欧阳修、宋祁《新唐书 · 李白传》:“李阳冰为当涂令，白依之。”郁贤皓《李白全集注评》下，凤凰出版社，2018 年，第 2074 页。

③ 李华《故翰林学士李君墓铭序》:“年六十有二不偶，赋《临终歌》而卒。”郁贤皓《李白全集注评》下，凤凰出版社，2018 年，第 2061 页。

④ 李白《代寿山答孟少府移文书》:“申管晏之谈，谋帝王之术，奋其智能，以为辅弼，使寰区大定，海县清一。”阎琦注评《李白诗选评》，三秦出版社，2010 年，第 17 页。

心高不屑科举路，
浪漫入骨怎可医？
平交王侯恣欢谑，
俯视巢许横吹笛①。
待友真心如明月，
光明洞彻照琴席。
诗承屈原与鲍照②，
想落天外气淋漓。
开头便如狂飙起，
黄河巨浪越岸堤。
中无照应与过渡，
陡然转弯屏呼吸。
结尾高潮戛然止，
恰如猛火即刻熄。
清新俊逸天然语③，
使人神远真力弥④。

---

① 李白《冬夜于随州紫阳先生餐楼上送烟子元演隐仙城山序》："出则以平交王侯，遁则以俯视巢许。"周绍良主编《全唐文新编》第2部第2册，吉林文史出版社，2000年，第3988页。

② 曾季狸《艇斋诗话》："古今诗人有《离骚》体者，惟李白一人。"陈伯海主编《唐诗汇评》(增订本)第2册，上海古籍出版社，2015年，第955页。又，胡仔《苕溪渔隐丛话》："太白诗其源流出于鲍明远。"王大鹏编选《中国历代诗话选》第2册，岳麓书社，1985年，第199页。

③ 杜甫《春日忆李白》："白也诗无敌，飘然思不群。清新庾开府，俊逸鲍参军。"陈伯海主编，查清华等编撰《唐诗学文献集粹》上，上海古籍出版社，2016年，第50页。

④ 沈德潜《说诗晬语》："(白诗)只眼前景、口头语、而有弦外音、味外味，使人神远。"赵永纪编《古代诗话精要》，天津古籍出版社，1989年，第642页。

最擅乐府与绝句，
妙笔调度任缓急。
高风绝尘跨百代，
高山仰望清芬挹。
光焰万丈热血涌，
胸襟放逸得荡涤。
我爱诗仙特真率①，
此心澄澈不可欺！

① 严羽《沧浪诗话》:“观太白诗者，要识真太白处。太白天才豪逸，语多率然而成者。”(明)胡震亨《唐音癸签》,古典文学出版社,1957年,第44页。

杜甫歌

杜甫，字子美，自号少陵野老，出生于河南巩县，是中国最伟大的现实主义诗人，后世称其杜拾遗、杜工部、杜少陵、杜草堂等。杜甫出身于世代奉儒家庭，家族有诗学传统，他甚至将作诗看成和政治追求一样重要。如果没有安史之乱，“裘马颇清狂”的杜甫很可能成为另一个李白。这场叛乱让杜甫的生活不断陷入痛苦，他加入了流亡的队伍，对下层人民的苦难感同身受。杜甫“上悯国难，下痛民穷”，忠实记录了他的所见、所闻、所思、所想，赢得了“诗圣”和“诗史”的崇高称誉。他的诗歌形成了沉郁顿挫的鲜明风格，他忠诚于这片土地和人民，又对诗艺肯钻研，勤学习，故而其诗“尽得古今之体势，而兼人人之所独专矣”。尽管李杜并称，然而杜甫对后世的影响似乎更大，杜甫代表了大多数中国人求安定和讲秩序的一面。杜诗告诉读者要直面痛苦和不幸，而不是回避和超越。

少陵野老杜子美，
千古诗圣史扬名。

诗本吾家分内事①，
祖父审言文坛英②。
七龄作诗思即壮，
开口凤凰翔华庭③。
少年纵游颇放荡，
裘马清狂任我行④。
身登绝顶望东岳，
一览众山小如萤⑤。
困守长安世态变，
生计艰难不安宁。
科考落榜遭算计⑥，
献赋作书众人惊⑦。
安史逆乱人被困，

---

① 杜甫《宗武生日》:“诗是吾家事，人传世上情。”王士菁《杜诗今注》，巴蜀书社，1999年，第691页。

② 杜甫《赠蜀僧闾丘师兄》:“吾祖诗冠古，同年蒙主恩。”王士菁《杜诗今注》，巴蜀书社，1999年，第340页。

③ 杜甫《壮游》:“七龄思即壮，开口咏凤凰。”陈伯海主编《唐诗汇评》(增订本)第3册，上海古籍出版社，2015年，第1601页。

④ 杜甫《壮游》:“放荡齐赵间，裘马颇清狂。春歌丛台上，冬猎青丘旁。”陈伯海主编《唐诗汇评》(增订本)第3册，上海古籍出版社，2015年，第1602页。

⑤ 杜甫《望岳》:“会当凌绝顶，一览众山小。”陈洪、乔以钢主编《中华诗词900句》，南开大学出版社，2018年，第217页。

⑥ 司马光《资治通鉴》卷215:“既而至者皆试以诗、赋、论，遂无一人及第者。林甫乃上表贺野无遗贤。”张国风《〈资治通鉴〉故事500篇》，金盾出版社，2012年，第436页。

⑦ 辛文房《唐才子传》:“天宝十三载，玄宗朝献太清宫、飨庙及郊，甫奏赋三篇。帝奇之，使待诏集贤院，命宰相试文章。”李立朴《唐才子传全译》，贵州人民出版社，1995年，第133页。

麻衣朝天肝胆诚①。
天子封官曰拾遗,
为救房琯敢直争②。
罢官从此长流浪,
西南漂泊鬓星星。
幸得友人及时助,
草堂安身听鸟鸣。
《秋兴八首》夔州作,
七律绝唱老而精。
孤舟辗转湘江域,
悲号仰望头上鹰。
满目生事忧无尽,
临终希冀能休兵。
孙辈改葬归祖地③,
请得元稹作墓铭。
传诗千有五百首,

① 杜甫《述怀》:"今夏草木长,脱身得西走。麻鞋见天子,衣袖露两肘。朝廷愍生还,亲故伤老丑。涕泪授拾遗,流离主恩厚。"陈伯海主编《唐诗汇评》(增订本)第3册,上海古籍出版社,2015年,第1443页。

② 宋祁、欧阳修《新唐书·杜甫传》:"与房琯为布衣交,琯时败陈涛斜,以客董廷兰,罢宰相。甫上疏言:'罪细,不宜免大臣。'帝怒,诏三司亲问。宰相张镐曰:'甫若抵罪,绝言者路。'帝乃解。"许嘉璐主编,黄永年分史主编《二十四史全译·新唐书》第7册,汉语大词典出版社,2004年,第4317页。

③ 刘昫《旧唐书·杜甫传》:"元和中,宗武子嗣业,自耒阳迁甫之柩,归葬于偃师县西北首阳山之前。"许嘉璐主编,黄永年分史主编《二十四史全译·旧唐书》第6册,汉语大词典出版社,2004年,第4345页。

笔底波澜情纵横。
致君尧舜肠内热，
穷年忧民泪满盈①。
“三吏”“三别”诗中史，
沉郁顿挫感慨生②。
随意立题写乐府，
篇篇都是疾苦声。
长于叙事擅议论，
耿耿忠心笔底呈。
转益多师为我用③，
古今体势岂无凭④？
为人性僻耽佳句，
语要惊人泰山倾⑤。
其实已开新风气，
不只一端集大成。
少陵宋代名尤盛，

① 杜甫《自京赴奉先县咏怀五百字》：“穷年忧黎元，叹息肠内热。”陈洪、乔以钢主编《中华诗词900句》，南开大学出版社，2018年，第228页。

② 杜甫《进雕赋表》：“至于沉郁顿挫，随时敏捷，而扬雄、枚皋之流，庶可跂及也。”郭预衡主编《中国古代文学史长编·隋唐五代卷》，北京师范学院出版社，1993年，第212页。

③ 杜甫《戏为六绝句》其二：“别裁伪体亲风雅，转益多师是汝师。”郭预衡主编《中国古代文学史长编·隋唐五代卷》，北京师范学院出版社，1993年，第210页。

④ 元稹《唐故检校工部员外郎杜君墓系铭并序》：“尽得古今之体势，而兼人人之所独专。”王步高主编《唐诗三百首汇评》，凤凰出版社，2017年，第19页。

⑤ 杜甫《江上值水如海势聊短述》：“为人性僻耽佳句，语不惊人死不休。”陈洪、乔以钢主编《中华诗词900句》，南开大学出版社，2018年，第325页。

千家注杜如传灯[①]。
江西诗派奉鼻祖[②],
点石成金句法兴。
李杜优劣代代论,
杜公往往多能赢。
人格诗品皆深巨,
千秋万代获至评。
我敬杜甫思旧友,
感佩师兄赠书情。
《杜诗详注》读忘倦,
心涌洪波意非轻[③]。
午夜作歌四围静,
读书万卷勤笔耕。

---

① 萧士赟《补注李太白集序例》:"唐诗大家数李杜为称首。古今注杜诗者号千家,注李诗者曾不一二见,非诗家一欠事欤?"丁稚鸿等编著《李白与巴蜀资料汇编》,巴蜀书社,2011年,155页。

② 纪昀《四库全书总目提要》:"大旨排西昆而主江西,倡为一祖三宗之说。一祖者杜甫,三宗者,黄庭坚、陈师道、陈与义也。"陈伯海主编,查清华等编撰《唐诗学文献集粹》上,上海古籍出版社,2016年,第511页。

③ 余在浙江大学读研究生,师兄施洪波慷慨赠《杜诗详注》,感激振奋,废寝忘食读之,二十余年情景如昨。

刘长卿歌

刘长卿，字文房，因曾官随州刺史，又称刘随州。当时有诗名，公然不满李嘉祐、郎士元与其并称，颇为自傲。每题诗不写姓，但书“长卿”，以为天下人皆识之，自恋若此。长于五言，乃自称“五言长城”，自信到了十分。刘长卿的诗确实不错，不只五言，七言亦多佳作。长卿很注重艺术况味，其诗初看细淡平常，缓缓品味，言外之意悠长丰富。

雪夜山中闻犬吠①，
推窗遥想刘长卿。
河间或为其郡望，
祖籍宣城应已明。
少隐嵩山读书苦，

---

① 刘长卿《逢雪宿芙蓉山主人》：“日暮苍山远，天寒白屋贫。柴门闻犬吠，风雪夜归人。”马茂元选注《唐诗选》上，上海古籍出版社，2017 年，第 394 页。

天宝年间登科名①。
多忤权门性刚烈，
仕途偃蹇难安宁②。
长州尉上下冤狱，
又贬睦州浙西行。
浙西既富好山水，
共与诗人写神形。
受命随州作刺史，
终于何年无确凭。
但书长卿不言姓，
自信天下早驰声。
五言长城高自许，
嘉祐士元皆看轻③。
清才冠世生傲气，
性本如此莫不平。
存诗超过五百首，
玄肃代德四朝经。
诗至大历而一变，

---

① 辛文房《唐才子传》:“长卿，字文房，河间人。少居嵩山读书，后移家来鄱阳最久。”李立朴《唐才子传全译》，贵州人民出版社，1995 年，第 108 页。

② 辛文房《唐才子传》:“长卿清才冠世，颇凌浮俗，性刚，多忤权门，故两逢迁斥，人悉冤之。”李立朴《唐才子传全译》，贵州人民出版社，1995 年，第 109 页。

③ 范摅《云溪友议》:“刘长卿郎中，皆谓‘前有沈、宋、王、杜，后有钱、郎、刘、李’。刘君曰:‘李嘉祐、郎士元，焉得与予齐称也!’每题诗，不言其姓，但‘长卿’而已，以海内合知之乎? 士林或之讥也。”周勋初主编《唐人轶事汇编》第 2 册，上海古籍出版社，2006 年，第 828 页。

此君表现最典型。

盛中唐诗转关处，
最得中和敛威棱①。
沉雄浑灏杳然去，
秀雅生姿风会成②。
高足阔步不复有，
归于自然山水程。
温纯苍秀亦新隽③，
词藻清洁神饶萦④。
工于铸意不伤雅，
大家手笔巧继承⑤。
钱刘并称刘更好，
意沉调重风韵生⑥。
悯时伤己沁肺腑，

---

① 陆次云《唐诗善鸣集》:“文房在盛、晚转关之时，最得中和之气。”（清）蘅塘退士《唐诗三百首》，云南人民出版社，2011 年，207 页。

② 俞陛云《诗境浅说》:“盛唐之诗人怀古，多沉雄之作。至随州而秀雅生姿，殆风会所趋耶?”王步高主编《唐诗三百首汇评》，凤凰出版社，2017 年，第 675 页。

③ 贺贻孙《诗筏》:“刘长卿诗，能以苍秀接盛唐之绪，亦不免以新隽开中晚之风。”王步高主编《唐诗三百首汇评》，凤凰出版社，2017 年，第 459 页。

④ 屈复《唐诗成法》:“唐七律，随州词藻清洁，抑扬反覆，有味外之味，最耐人吟诵。”张忠纲主编《全唐诗大辞典》，语文出版社，2000 年，第 235 页。

⑤ 沈德潜《唐诗别裁》:“刘文房工于铸意，巧不伤雅，犹有前辈体段。”（清）乔亿《大历诗略笺释辑评》，天津古籍出版社，2008 年，第 33 页。

⑥ 王世贞《艺苑卮言》:“钱、刘并称故耳，钱似不及刘。钱意扬，刘意沉；钱调轻，刘调重。”陈伯海主编，张寅彭、黄刚编撰《唐诗论评类编》（增订本）下，上海古籍出版社，2015 年，第 909 页。

边塞悲怆满军营。
城池百战蓬蒿遍①，
秦山渭水血尚腥。
读此凄婉篇章句，
可怜归人泪飘零。
细雨湿衣看不见②，
兴在象外景融情。
秋草独寻人去后③，
无限惆怅在别汀。
众体皆工耐涵咏，
不让五言独专精④。
七律无愧大作手，
可堪方驾王右丞⑤。
语意稍同落句甚，

---

① 刘长卿《穆陵关北逢人归渔阳》:"城池百战后，耆旧几家残。处处蓬蒿遍，归人掩泪看。"陈伯海主编《唐诗汇评》(增订本)第2册，上海古籍出版社，2015年，第729页。

② 刘长卿《别严士元》:"细雨湿衣看不见，闲花落地听无声。"张忠纲主编《全唐诗大辞典》，语文出版社，2000年，第452页。

③ 刘长卿《长沙过贾谊宅》:"秋草独寻人去后，寒林空见日斜时。"程千帆、沈祖棻注评《古诗今选》，凤凰出版社，2010年，第327页。

④ 卢文弨《抱经堂文集》卷七《刘随州文集题辞》:"众体皆工，不独五言为长城。"陈增杰编著《唐人律诗笺注集评》，浙江古籍出版社，2003年，第449页。

⑤ 乔亿《大历诗略》:"文房固'五言长城'，七律亦最高，不矜才，不使气，右丞、东川以下，无此韵调也。"陈增杰编著《唐人律诗笺注集评》，浙江古籍出版社，2003年，第472页。

思锐才窄遭苛评[①]。
渐入坦迤启中晚[②]，
王建张籍乐相仍。
子美之后推巨擘[③]，
此论太高使人惊。

---

① 高仲武《中兴间气集》："（刘）诗体虽不新奇，甚能链饰。大抵十首已上，语意稍同，于落句尤甚，思锐才窄也。"王步高主编《唐诗三百首汇评》，凤凰出版社，2017 年，第 458 页。

② 翁方纲《石洲诗话》："随州七律，渐入坦迤矣。坦迤则一往易尽，此所以启中，晚之滥觞也。"陈增杰编著《唐人律诗笺注集评》，浙江古籍出版社，2003 年，第 449 页。

③ 卢文弨《抱经堂文集》卷七《刘随州文集题辞》："子美之后，定当推为巨擘。"陈增杰编著《唐人律诗笺注集评》，浙江古籍出版社，2003 年，第 449 页。

皎然歌

诗僧皎然，俗姓谢，字清昼，吴兴人，自称是谢灵运的后代。他虽身处空门，但交往很广泛，还经常发起江南诗会，对促进文学群体的形成起到了推动作用。皎然文化修养深厚，在文学、禅学、茶学、画学等方面造诣颇高。尤其在茶学上地位突出，被尊称为茶道之祖。他留有诗歌理论著作《诗式》，援禅入诗，别开生面且多切中肯綮之言。

湖州长兴昼上人，
自称灵运十世孙。
幼负异才与佛合，
落发为僧入空门。
灵隐戒坛听讲道，
清规戒律最留心①。

① 赞宁《宋高僧传》："幼负异才，性与道合，初脱羁绊，渐加削染。登戒于灵隐戒坛守直律师边，听毗尼道，特所留心。"王步高主编《唐诗三百首汇评》，凤凰出版社，2017年，第558页。

入驻杼山妙喜寺，
共与灵澈论梵音。
真卿颜公能相赏，
高其身价人更钦①。
吟咏情性难自罢，
文章隽丽绚文林。
兼攻并进通经史，
各臻其极妙无痕。
释门伟器为行化，
王公大人将其尊②。
江南词客共唱和，
吴兴聚集诗人群。
结交不论贵与贱，
道同心契自可亲。
一生最解茶中味，
名匹陆羽天下闻。

---

① 辛文房《唐才子传》："皎然，字清昼，吴兴人。俗姓谢，宋灵运之十世孙也。初入道，肄业杼山，与灵澈、陆羽同居妙喜寺。羽于寺旁创亭，以癸丑岁癸卯朔癸亥日落成，湖州刺史颜真卿名以'三癸'，皎然赋诗，时称'三绝'。真卿尝于郡斋集文士撰《韵海镜源》，预其论著，至是声价藉甚。"李立朴《唐才子传全译》，贵州人民出版社，1995年，第270—271页。

② 赞宁《宋高僧传》："于篇什中，吟咏情性，所谓造其微矣。文章隽丽，当时号为释门伟器哉。后博访名山，法席罕不登听者。然其兼攻并进，子史经书，各臻其极。凡所游历，京师则公相敦重。"王步高主编《唐诗三百首汇评》，凤凰出版社，2017年，第558页。

阐明茶道升品位①,
以茶代酒风气新。
贞元年间终山寺②,
落叶萧萧思纷纷。

著有《诗式》论诗法,
真知灼见眼生春③。
假象见意情缘境④,
意境构思铸诗魂⑤。
此说触类通禅理,
诗禅原本喜联姻。
先积精思后顿悟,
万象飞动笔底奔⑥。

---

① 皎然《饮茶歌诮崔石使君》:"一饮涤昏寐,情来朗爽满天地。再饮清我神,忽如飞雨洒轻尘。三饮便得道,何须苦心破烦恼。"赵方任《唐宋茶诗辑注》,中国致公出版社,2011 年,第 12 页。

② 福琳《唐湖州杼山皎然传》:"以贞元年终山寺。有集十卷,于頔序集。"肖占鹏主编《隋唐五代文艺理论汇编评注》下,南开大学出版社,2015 年,第 1018 页。

③ 辛文房《唐才子传》:"往时住西林,定余多暇,因撰序作诗体式,兼评古今人诗,为《昼公诗式》五卷,乃撰《诗评》三卷,皆议论精当,取舍从公,整顿狂澜,出色骚雅。"李立朴《唐才子传全译》,贵州人民出版社,1995 年,第 127 页。

④ 皎然《秋日遥和卢使君》:"诗情缘境发。"王启兴主编《校编全唐诗》上,湖北人民出版社,2001 年,第 957 页。又,《诗式》:"假象见意。"韩湖初、陈良运主编《古代文论选读》,中国书籍出版社,1998 年,第 248 页。

⑤ 皎然《诗式》:"夫诗人之思初发,取境偏高,则一首举体便高;取境偏逸,则一首举体便逸。"韩湖初、陈良运主编《古代文论选读》,中国书籍出版社,1998 年,第 248 页。

⑥ 皎然《诗式》:"意静神王,佳句纵横,若不可遏,宛若神助。不然,盖由先积精思,因神王而得乎?"韩湖初、陈良运主编《古代文论选读》,中国书籍出版社,1998 年,第 247 页。

文外之旨韵致远[①]，
不失自然方是真。
复古通变诗之道[②]，
模拟剽窃诗之瘟。
如此见地称卓异，
读之击节长精神。
诗作不少但酬赠，
交游可从此中寻。
人生南北常相别，
诗情山高水又深。
眼前景物染心色，
造语精微风调沉。
题材总有过人处，
得益学海勤耕耘。
茶诗如花开山野，
清香缓来倍觉珍。
采摘制作连煎炒，
茶农茶事与茶村。
风流高会论品饮，

---

① 皎然《诗式》:"两重意以上，皆文外之旨。若遇高手如康乐公，览而察之，但见性情，不睹文字。"王达津、陈洪《中国古典文论选》，辽宁教育出版社，1989 年，第 139 页。

② 皎然《诗式》:"作者须知复变之道。返古曰复，不滞曰变。"王达津、陈洪《中国古典文论选》，辽宁教育出版社，1989 年，第 141 页。

长想羽翼生我身[①]。
亦有诗章评书画，
行家出语高下分。
兴高词赡各体备[②]，
律尚清壮格雅醇[③]。
论诗作诗皆能手，
皎然诗国建功勋。
身上袈裟手中笔，
脚底芒鞋天上云。

① 皎然《饮茶歌送郑容》:"丹丘羽人轻玉食,采茶饮之生羽翼。"王启兴主编《校编全唐诗》上,湖北人民出版社,2001 年,第 997 页。

② 刘禹锡《澈上人文集序》:"独吴兴昼公,能备众体。昼公之后,澈公承之。"赵方任《唐宋茶诗辑注》,中国致公出版社,2011 年,第 13 页。

③ 于頔《释皎然杼山集序》:"极于缘情绮靡,故辞多芳泽;师古兴制,故律尚清壮。"王步高主编《唐诗三百首汇评》,凤凰出版社,2017 年,第 557 页。

韦应物歌

韦应物，京兆杜陵人，因官而被称为“韦苏州”“韦左司”“韦江州”。韦应物早年为唐玄宗近侍，恃宠而骄，横行乡里。安史之乱起，其流落失职，心灵受到巨大冲击，这才开始反躬自省，痛自悔改，多读书并亲佛教。在任地方官时，韦应物勤政爱民，廉洁奉公。韦应物长于山水田园诗，是该派代表诗人，后人每以“王孟韦柳”并称。苏轼推崇其诗，赞其“发纤秾于简古，寄至味于淡泊”，堪称定评。

京兆万年韦应物，
望姓鼎盛代代荣①。
少年荒唐近无赖，

---

① 刘昫等《旧唐书》：“议者云自唐以来，氏族之盛，无逾于韦氏。”周殿富主编《旧唐书人物全传》第3册，北京时代华文书局，2015年，第1358页。

横行乡里逞顽凶①。
弱冠之年成大婚,
夫人元苹贤温恭②。
安史一乱痛折节,
儒家诗书始推崇。
刚入不惑妻永去,
亲撰墓志动哀容。
四十二岁户县令,
主政一方心为公。
五年过后滁州牧,
西涧潮雨诗入胸③。
江州刺史遣寂寞,
浔阳楼头吟兴浓④。
入京年逾知天命,
得官左司任郎中。

① 韦应物《逢杨开府》:“少事武皇帝,无赖恃恩私。身作里中横,家藏亡命儿。朝持樗蒲局,暮窃东邻姬。司隶不敢捕,立在白玉墀。骊山风雪夜,长杨羽猎时。一字都不识,饮酒肆顽痴。”陈伯海主编《唐诗汇评》(增订本)第2册,上海古籍出版社,2015年,第1158页。

② 韦应物《京兆韦氏故夫人河南元氏墓志铭》:“夫人吏部之长女。动之礼则,柔嘉端懿;顺以为妇,孝于奉亲。尝修理内事之余,则诵读诗书,玩习华墨。”魏新河编著《词学图录》第1册,黄山书社,2011年,第51页。

③ 韦应物《滁州西涧》:“春潮带雨晚来急,野渡无人舟自横。”方笑一主编《中华经典诗词2000首》第3卷,上海教育出版社,2018年,第29页。

④ 韦应物《登郡寄京师诸季淮南子弟》:“始罢永阳守,复卧浔阳楼。悬槛飘寒雨,危堞侵江流。追兹闻雁夜,重忆别离秋。徒有盈樽酒,镇此百端忧。”陶敏、王友胜《韦应物集校注》,上海古籍出版社,1998年,第191页。

晚岁禀性愈高洁，
焚香扫地万事空①。
外出江南苏州守，
谁料此地竟长终。
《全唐诗》中存十卷，
供人品味韵无穷。
闲淡简远富韵致，
调与陶潜约略同②。
长于五言与古体③，
乐天独喜情最钟④。
开天盛世常怀恋，
长安车马似游龙。
当年奢华直忘祸，
哪知东北起枭雄。
长恨升平无内备，

① 李肇《唐国史补》："韦应物立性高洁，鲜食寡欲，所居焚香扫地而坐。"肖占鹏主编《隋唐五代文艺理论汇编评注》下，南开大学出版社，2015年，第994页。

② 叶矫然《龙性堂诗话》："韦诗古淡见致，本之陶令，人所知也。"陈伯海主编，张寅彭、黄刚编撰《唐诗论评类编》(增订本)下，上海古籍出版社，2015年，第1081页。

③ 纪昀《四库全书总目提要》："其诗七言不如五言，近体不如古体。"陈伯海主编，张寅彭、黄刚编撰《唐诗论评类编》(增订本)下，上海古籍出版社，2015年，第1082页。

④ 白居易《题浔阳楼》："常爱陶彭泽，文思何高古。又怪韦苏州，诗情亦清闲。"郭预衡主编《中国古代文学史长编·隋唐五代卷》，北京师范学院出版社，1993年，第249页。

坐使豺虎闯明宫①。
眼见萧条孤烟绝②,
心驰沙场驱犬戎。
在位忧民类元结③,
自愧未善治理功④。
山水田园思归隐,
陶谢王孟其所宗。
念客欲持一瓢酒,
惆怅空山无行踪⑤。
木叶纷纷幽人寂,
寒雨流萤青灯笼⑥。
淡然无意真天籁⑦,
至味不觉此中融。

---

① 韦应物《睢阳感怀》:"豺虎犯天纲,升平无内备。"陈伯海主编《唐诗汇评》(增订本)第2册,上海古籍出版社,2015年,第1166页。

② 韦应物《广德中洛阳作》:"萧条孤烟绝,日入空城寒。"陈伯海主编《唐诗汇评》(增订本)第2册,上海古籍出版社,2015年,第1167页。

③ 乔亿《剑溪说诗又编》:"韦公多恤人之意,极近元次山。"陈伯海主编《唐诗汇评》(增订本)第2册,上海古籍出版社,2015年,第1172页。

④ 韦应物《寄李儋元锡》:"身多疾病思田里,邑有流亡愧俸钱。"陈洪、乔以钢主编《中华诗词900句》,南开大学出版社,2018年,第260页。

⑤ 韦应物《寄全椒山中道士》:"今朝郡斋冷,忽念山中客。涧底束荆薪,归来煮白石。欲持一瓢酒,远慰风雨夕。落叶满空山,何处寻行迹。"陈伯海主编《唐诗汇评》(增订本)第2册,上海古籍出版社,2015年,第1148页。

⑥ 韦应物《寺居独夜寄崔主簿》:"幽人寂无寐,木叶纷纷落。寒雨暗深更,流萤度高阁。坐使青灯晓,还伤夏衣薄。宁知岁方晏,离居更萧索。"陈伯海主编《唐诗汇评》(增订本)第2册,上海古籍出版社,2015年,第1144页。

⑦ 沈德潜《唐诗别裁集》:"韦诗至处,每在淡然无意,所谓天籁也。"陈伯海主编《唐诗汇评》(增订本)第2册,上海古籍出版社,2015年,第1168页。

大历年间有此体，

中唐白柳紧跟从[①]。

每读微雨夜来过[②]，

吾心即与先生通。

---

① 林昌彝《射鹰楼诗话》："唐人王孟韦柳，皆陶之一体。"沈乃文主编《明别集丛刊》第5辑第78册，黄山书社，2015年，第94页。

② 韦应物《幽居》："微雨夜来过，不知春草生。青山忽已曙，鸟雀绕舍鸣。时与道人偶，或随樵者行。" 马茂元选注《唐诗选》上，上海古籍出版社，2017年，第428页。

李益歌

李益，中唐著名边塞诗人，张为《诗人主客图》称其为“清奇雅正主”。负才尚气，长于七言绝句，雄浑高奇，悲壮宛转，几可媲美李白、王昌龄。诗歌为时所重，流传甚广，人们或将其诗意画成图画，或将佳句唱为歌词。在蒋防传奇《霍小玉传》中，李益被塑造成负心才子薄情郎形象。

陇西李益字君虞，
少离故土迁洛阳。
大历四年中进士，
春风得意门楣光。
先为县尉后主簿，
郑县五年卑职忙①。
少年成名未重用，

① 辛文房《唐才子传》：“益，字君虞，陇西姑臧人。大历四年齐映榜进士，调郑县尉。”李立朴《唐才子传全译》，贵州人民出版社，1995年，第249页。

转入幕府求运昌。
早从渭北臧希让，
再随怀光到朔方。
辗转天德幽州幕，
五在兵间军旅长①。
宪宗召为朝中士，
晚岁振翅青云翔。
尚书致仕加荣耀，
他人徒羡福寿双②。
《霍小玉传》记情事，
李益竟成负心郎③。
谁人能知真和假，
传奇当然有夸张。
生前声名亦显著，
歌诗一出遍城乡。
仅存二卷行于世，

---

① 李益《从军诗序》："从事十八载，五在兵间。故其为文，咸多军旅之思。"范之麟《李益诗注》附录一，上海古籍出版社，1984 年，第 145 页。

② 刘昫等《旧唐书·李益传》："宪宗雅闻其名，自河北召还，用为秘书少监、集贤殿学士……俄复用为秘书监，迁太子宾客、集贤学士判院事，转右散骑常侍。大和初，以礼部尚书致仕，卒。"许嘉璐主编，黄永年分史主编《二十四史全译·旧唐书》第 5 册，汉语大词典出版社，2004 年，第 3168 页。

③ 蒋防《霍小玉传》："我为女子，薄命如斯；君是丈夫，负心若此！韶颜稚齿，饮恨而终；慈母在堂，不能供养；绮罗弦管，从此永休。征痛黄泉，皆君所致。"西北师范大学古籍整理研究所主编《李益诗歌集评》，甘肃人民出版社，1997 年，第 87 页。

气格超拔类盛唐①。

诗分三期早中晚，
调兼秀逸与雄刚。
青年诗少梗概气，
隐隐惆怅萦感伤。
即便问姓惊初见，
不至激动泪汪汪②。
大历诗风崇克制，
总以淡笔入沧桑。
壮年从军笔始健，
继武高岑意飞扬③。
横槊赋诗走鞍马，
受降城下月如霜④。
《塞下曲》中多豪迈，
风云飒爽情高昂。
军士戍边极辛苦，

---

① 许学夷《诗源辨体》:"李益……气格绝类盛唐。"(明)许学夷著，杜维沫点校《诗源辨体》，人民文学出版社，1987 年，第 237 页。

② 李益《喜见外弟又言别》:"十年离乱后，长大一相逢。问姓惊初见，称名忆旧容。别来沧海事，语罢暮天钟。明日巴陵道，秋山又几重。" 陈伯海主编《唐诗汇评》(增订本)第 4 册，上海古籍出版社，2015 年，第 2253 页。

③ 辛文房《唐才子传》:"往往鞍马间为文，横槊赋诗，故多抑扬激历悲离之作，高适、岑参之流也。"李立朴《唐才子传全译》，贵州人民出版社，1995 年，第 249 页。

④ 李益《夜上受降城闻笛》:"回乐烽前沙似雪，受降城外月如霜。不知何处吹芦管，一夜征人尽望乡。" 王步高主编《唐诗三百首汇评》，凤凰出版社，2017 年，第 873 页。

感同身受赋苍凉。

此等诗作倍青睐，

乐工争购谱声腔[①]。

暮年平顺慕仙道，

和光同尘锐气藏。

七绝赢得交口赞，

开元以下可称王。

音节神韵俱称美[②]，

太白龙标并列强[③]。

高致风流后辈仰，

大历元和作桥梁。

诗有人伦接大雅，

王建每读常焚香[④]。

尊为清奇雅正主，

---

① 欧阳修、宋祁《新唐书·李益传》："（益）于诗尤所长。贞元末，名与宗人贺相埒。每一篇成，乐工争以赂求取之，被声歌，供奉天子。"西北师范大学古籍整理研究所主编《李益诗歌集评》，甘肃人民出版社，1997年，第180页。

② 沈德潜《唐诗别裁》："七言绝句，中唐以李庶子、刘宾客为最，音节神韵，可追逐龙标、供奉。"西北师范大学古籍整理研究所主编《李益诗歌集评》，甘肃人民出版社，1997年，第148页。

③ 胡应麟《诗薮》："七言绝，开元以下，便当以李益为第一。，如《夜上西城》、《从军北征》、《受降城闻笛》诸篇，皆可与太白、龙标竞爽，非中唐所得有也。"陈伯海主编《唐诗汇评》（增订本）第4册，上海古籍出版社，2015年，第2260页。

④ 王建《寄李益少监兼送张实游幽州》："大雅废已久，人伦失其常。天若不生君，谁复为文纲。……少小慕高名，所念隔山冈。集卷新纸封，每读常焚香。"西北师范大学古籍整理研究所主编《李益诗歌集评》，甘肃人民出版社，1997年，第159页。

张籍贾岛同门墙①。
齐名李贺应无愧,
石破天惊读华章。

① 张为《诗人主客图》:"以李益为清奇雅正主,上入室苏郁;入室刘畋、僧清塞、卢休、于鹄、杨洵美、张籍、杨巨源、杨敬之、僧无可、姚合,升堂方干、马戴、任翻、贾岛、厉玄、项斯、薛寿;及门僧良乂、潘诚、于武陵、詹雄、卫准、僧志定、喻凫、朱庆余。"肖占鹏主编《隋唐五代文艺理论汇编评注》下,南开大学出版社,2015 年,第 1332—1333 页。

韩愈歌

韩愈，字退之，河南河阳人，因其郡望为河北昌黎，世称“韩昌黎”。韩愈少时饱经苦难，科举考试和吏部选拔又屡尝败绩，仕途也是一波三折，这养成了他坚韧和坚强的性格。他以孟子为榜样，以舍我其谁的担当和敢为人师的勇气，复兴儒学之道，率先倡导古文，以力挽狂澜之气势，雄健豪放之伟力，在中国思想史和文学史上树立丰碑。他还“以文为诗”，将古文运动成果运用到诗歌中去，形成特色卓异的韩孟诗派。韩愈“崭绝崛强”的革新精神和一往无前的行动力，呈现出开风气之先的领袖气质。

退之《祭十二郎文》，
每读不觉泪潸然。
韩愈早孤依兄嫂[①]，
饱尝人间苦与甘。

---

① 韩愈《祭十二郎文》：“吾少孤，及长，不省所怙，惟兄嫂是依。”庄适、臧励和选注《韩愈文》，崇文书局，2014 年，第 137 页。

四举礼部三吏部①，
步步坎坷行路难。
葵藿有心无人问，
两入幕府做推官②。
三为博士两重贬，
耿介刚直腰不弯。
终鲠不顾人主怒③，
勇直敢将反调弹。
爱才若渴尊师道，
感士不遇怜清寒。
愿为人师育桃李④，
韩门弟子满长安。
学术精博学力健，
纵横驰逐似马班。
倡导古文复古道，

---

① 韩愈《上宰相书》:“四举于礼部乃一得，三选于吏部卒无成。”(唐)韩愈著，沈松泉标点《韩昌黎尺牍》，大中书局，1933 年，第 26 页。

② 刘昫等《旧唐书·韩愈传》:“宰相董晋出镇大梁，辟为巡官。府除，徐州张建封又请其为宾佐。”周殿富主编《旧唐书人物全传》第 4 册，北京时代华文书局，2015 年，第 2100 页。

③ 欧阳修、宋祁《新唐书·韩愈传》:“宪宗遣使迎佛骨入禁中，三日，乃送佛祠。王公士人奔走膜拜……愈闻恶之，乃上表曰……表入，帝大怒，持示宰相，将抵以死。”许嘉璐主编，黄永年分史主编《二十四史全译·新唐书》第 5 册，汉语大词典出版社，2004 年，第 3861 页。

④ 柳宗元《答韦中立论师道书》:“独韩愈奋不顾流俗，犯笑侮，收召后学，作《师说》，因抗颜而为师。”

力辟佛老斥异端[①]。
颓纲复振起八代[②]，
邹轲之道得其传[③]。
手持文柄俯寰海，
声名塞天气超凡。
谥号为文公千古[④]，
百代文宗独桓桓。
墓祠今在孟州市，
络绎不绝人仰瞻。

先秦两汉好传统，
文从字顺最可观[⑤]。
骈律一统必打破，
以古为标立新杆。
文以载道气充盛，

---

① 梁章钜《退庵随笔》："当时老子是朝廷祖宗，和尚是国师，韩公一无所忌，唾骂无所不至。"尚永亮、洪迎华编选《柳宗元集》，凤凰出版社，2014年，第307页。

② 苏轼《潮州韩文公庙碑》："文起八代之衰，而道济天下之溺，忠犯人主之怒，而勇夺三军之帅。此岂非参天地、关盛衰，浩然而独存者乎？"曾枣庄《三苏选集》，巴蜀书社，2018年，第526页。

③ 韩愈《重答张籍书》："己之道，乃夫子、孟子、扬雄所传之道也。"郭预衡主编《中国古代文学史长编·隋唐五代卷》，北京师范学院出版社，1993年，第283页。

④ 刘昫等《旧唐书·韩愈传》："长庆四年十二月卒，时年五十七，赠礼部尚书，谥曰文。"周殿富主编《旧唐书人物全传》第4册，北京时代华文书局，2015年，第2106页。

⑤ 韩愈《南阳樊绍述墓志铭》："文从字顺各识职，有欲求之此其躅。"陈伯海主编，查清华等编撰《唐诗学文献集粹》上，上海古籍出版社，2016年，第140页。

本深末茂花成团[①]。
发言真率无所畏[②],
不平则鸣听急湍[③]。
文论精到开生面,
创作遵循鼓风帆。
论说雄辩锋凌厉,
奇气喷涌火欲燃。
杂文活泼却犀利,
寄慨嘲讽一并含。
赠序也好发议论,
心肠炽热说几番。
碑志历来人激赏,
行文叙事眼界宽[④]。
浑灏流转取境阔[⑤],

---

① 韩愈《答尉迟生书》:"故君子慎其实,实之美恶,其发也不掩,本深而末茂。"庄适、臧励和选注《韩愈文》,崇文书局,2014年,第62页。

② 刘昫等《旧唐书·韩愈传》:"愈发言真率,无所畏避,操行坚正,拙于世务。"周殿富主编《旧唐书人物全传》第4册,北京时代华文书局,2015年,第2100页。

③ 韩愈《送孟东野序》:"大凡物不得其平则鸣,……人之于言也亦然,有不得已者而后言。其歌也有思,其哭也有怀,凡出乎口而为声者,其皆有弗平者乎!"庄适、臧励和选注《韩愈文》,崇文书局,2014年,第90页。

④ 章学诚《文史通义》:"六朝骈丽,为人志铭,铺排度郡望,藻饰官阶,殆于以人为赋,更无质实之意。是以知韩柳诸公,力追《史》《汉》叙事,开辟蓁芜。其事道本为变古,而光昌博大,转为后世宗师,文家称为韩碑杜律,良有以也。"(清)章学诚著,仓修良编注《文史通义新编新注》,浙江古籍出版社,2005年,第489页。

⑤ 苏洵《制上欧阳内翰书》:"韩子之文,如长江大河,浑浩流转。"吴孟复、蒋立甫主编《古文辞类纂评注》中,安徽教育出版社,2004年,第1001页。

戛戛硬语空中盘[①]。
异彩怒发别样美，
文质彬彬融北南。
韩柳登高一振臂，
唤得春风拂文坛。
柳如精金韩美玉，
双星辉映耀山川。

豪健雄放追李杜[②]，
诗涛汹涌翻波澜。
避开圆熟与绮艳，
倚天拔地隆新峦。
掀雷抉电堤坝倒[③]，
滚滚不穷过险滩。
《南山诗》铺如大赋，
穷形尽相夸富繁。
散文句法入诗意，

① 韩愈《荐士》："横空盘硬语，妥帖力排奡。"张忠纲主编《全唐诗大辞典》，语文出版社，2000年，第403页。

② 爱新觉罗·弘历《唐宋诗醇》："今试取韩诗读之，其壮浪纵恣，摆去拘束，诚不减于李。其浑涵汪茫，千汇万状，诚不减于杜。而风骨峻嶒，腕力矫变，得李杜之神而不袭其貌，则又拔奇于二子之外，而自成一家。"郭预衡主编《中国古代文学史长编·隋唐五代卷》，北京师范学院出版社，1993年，第303页。

③ 司空图《题柳柳州集后序》："韩吏部歌诗累百首，其驱驾气势，若掀雷抉电，奔腾于天地之间，物状奇变，不得不鼓舞而狗其呼吸也。"肖占鹏主编《隋唐五代文艺理论汇编评注》下，南开大学出版社，2015年，第1206－1207页。

潇洒驰骋似浮骖。
以丑为美爱逞怪①,
神龙万变出深潭。
也有天街小雨句②,
清新温润世所欢。
诗作有毁也有誉③,
缘于个性非一般。
吾观韩陵韩愈像,
精神几傲气韵酣。
蚍蜉不可撼大树④,
韩诗地位坚如磐!

---

① 刘熙载《艺概》:“昌黎诗往往以丑为美。”(清)刘熙载《艺概》,上海古籍出版社,1978年,第63页。

② 韩愈《早春呈水部张十八员外》其一:“天街小雨润如酥,草色遥看近却无。最是一年春好处,绝胜烟柳满皇都。”孙昌武《韩愈诗文选评》,上海古籍出版社,2017年,第310页。

③ 张戒《岁寒堂诗话》:“韩退之诗,爱憎相半。爱者以为虽杜子美亦不及,不爱者以为退之于诗本无所得。”陈伯海主编《唐诗汇评》(增订本)第4册,上海古籍出版社,2015年,第2425页。

④ 韩愈《调张籍》:“蚍蜉撼大树,可笑不自量!”陈洪、乔以钢主编《中华诗词900句》,南开大学出版社,2018年,第391页。

孟郊歌

孟郊，字东野，湖州武康人，性狷介，不善与人打交道。孟郊身世与韩愈倒有几份相似，所以能一见如故，惺惺相惜，他们志趣大抵相同，共同创立了韩孟诗派。生活苦、科举苦、家庭苦、仕途苦，充斥孟郊诗篇的真是“叫苦连天”。说孟郊是苦吟诗人，除了作诗态度，自然也会让人联想到其内容。孟郊好古成癖，几不作新诗，他擅长在五言古诗和乐府中驰骋才性，倾吐心声。

武康孟郊字东野，
苏轼目之为寒虫。
谓其诗出愁肺腑①，
不如置之持酒盅②。

---

① 苏轼《读孟郊诗》其二：“我憎孟郊诗，复作孟郊语。饥肠自鸣唤，空壁转饥鼠。诗从肺腑出，出辄愁肺腑。”陈伯海主编，查清华等编撰《唐诗学文献集粹》上，上海古籍出版社，2016 年，第 314 页。

② 苏轼《读孟郊诗》其一：“人生如朝露，日夜火消膏。何苦将两耳，听此寒虫号。不如且置之，饮我玉色醪。”陈伯海主编，查清华等编撰《唐诗学文献集粹》上，上海古籍出版社，2016 年，第 314 页。

东坡憎郊或偏傲，
只缘不爱写苦衷。
早岁江南交诗友，
三次应试心力穷。
四十六岁终登第，
春风长安杏花红①。
初仕溧阳被罚俸②，
辞官应在情理中。
李翱推荐入郑幕③，
定居洛阳稍放松。
岂料数月失数子，
《杏殇》挽歌来送终④。
自身暴卒阌乡县⑤，
命运待人太失公！
后事料理赖众力，
故乡关山几万重。

---

① 孟郊《登科后》:“昔日龌龊不足夸，今朝放荡思无涯。春风得意马蹄疾，一日看尽长安花。”陈洪、乔以钢主编《中华诗词 900 句》，南开大学出版社，2018 年，第 333 页。

② 欧阳修、宋祁《新唐书》:“郊闲往坐水旁，裴回赋诗，而曹务多废。令白府，以假尉代之，分其半奉。”许嘉璐主编，黄永年分史主编《二十四史全译·新唐书》第 7 册，汉语大词典出版社，2004 年，第 3868 页。

③ 辛文房《唐才子传》:“李翱分司洛中，日与谈宴，荐于兴元节度使郑余庆，遂奏为参谋，试大理评事。”李立朴《唐才子传全译》，贵州人民出版社，1995 年，第 348 页。

④ 孟郊《杏殇诗·序》:“杏殇，花乳也，霜翦而落。因悲昔婴，故作是诗。”刘逦生主编，刘斯翰选注《孟郊贾岛诗选》，三联书店香港分店，1986 年，第 145 页。

⑤ 韩愈《贞曜先生墓志铭》:“挈其妻行之兴元，次于阌乡，暴疾卒，年六十四。”吴孟复、蒋立甫主编《古文辞类纂评注》中，安徽教育出版社，2004 年，第 1409 页。

北邙山上将身葬[①]，
人生朝露太匆匆。
张籍私谥曰贞曜[②]，
号与生前操行同。
挚友韩愈作墓志，
九泉应感情义浓。

古貌古心又古道，
清晰可辨郊诗踪。
精深高妙意精确，
乐府气象人推崇[③]。
近体有如妖艳女，
力避缘恐会破功。
诗笔专注写古体，
清奇僻苦情所钟[④]。
愁人独有夜烛见[⑤]，

---

① 韩愈《赠贾岛》："孟郊死葬北邙山，从此风云得暂闲。"陈伯海主编《唐诗汇评》（增订本）第4册，上海古籍出版社，2015年，第2646页。

② 欧阳修、宋祁《新唐书》："卒，年六十四。张籍谥曰贞曜先生。"韩泉欣《孟郊集校注》，浙江古籍出版社，1995年，第466页。

③ 洪亮吉《北江诗话》："孟东野诗，篇篇皆似古乐府。"陈伯海主编《唐诗汇评》（增订本）第4册，上海古籍出版社，2015年，第2830页。

④ 张为《诗人主客图》："清奇僻古主：孟郊。"陈伯海主编《唐诗汇评》（增订本）第6册，上海古籍出版社，2015年，第4290页。

⑤ 孟郊《闻夜啼赠刘正元》："愁人独有夜灯见，一纸乡书泪滴穿。"郝世峰《孟郊诗集笺注》，河北教育出版社，2002年，第439页。

霜吹破壁度寒冬①。
拙于生计贫彻骨,
每到此处诗便工。
苦吟日夜愁神鬼,
心身为仇狠斗凶②。
诗囚状此差相似③,
人诗互控交相攻。
读之不欢诚如是④,
自成一格避凡庸。
中唐文坛谁为主?
孟诗韩笔真两雄⑤。
矫激劲峭开宋调,
自远主流别开宗。

① 孟郊《寒地百姓吟》:"霜吹破四壁,苦痛不可逃。"陈伯海主编《唐诗汇评》(增订本)第4册,上海古籍出版社,2015年,第2849页。

② 孟郊《苦学吟》:"夜学晓未休,苦吟神鬼愁。如何不自闲,心与身为仇。"陈贻焮主编,郝世峰册主编,《增订注释全唐诗》第2册,文化艺术出版社,2001年,第1769页。

③ 元好问《论诗三十首》之十八:"东野穷愁死不休,高天厚地一诗囚。"陈伯海主编,查清华等编撰《唐诗学文献集粹》上,上海古籍出版社,2016年,第483页。

④ 严羽《沧浪诗话》:"孟郊之诗刻苦,读之使人不欢。"陈伯海主编,查清华等编撰《唐诗学文献集粹》上,上海古籍出版社,2016年,第457页。

⑤ 赵璘《因话录》:"韩文公与孟东野友善,韩文公至高,孟长于五言,时号'孟诗韩笔'。"陈伯海主编《唐诗汇评》(增订本)第4册,上海古籍出版社,2015年,第2827页。

《游子吟》诗亲风雅[①]，
万古如新犹动容。
每诵慈母手中线，
便觉春晖暖融融。

① 孟郊《游子吟》："慈母手中线，游子身上衣。临行密密缝，意恐迟迟归。谁言寸草心，报得三春晖。"陈洪、乔以钢主编《中华诗词900句》，南开大学出版社，2018年，第374页。

李贺歌

李贺，字长吉，居于河南福昌县昌谷，后人因称李昌谷。本为唐宗室之后，却因犯父讳而不能参加进士考试。其体弱病容，耽于苦吟，二十七岁便早逝。李贺所作多言鬼仙，诡谲瑰丽，险怪哀激，人称“鬼才”“诗鬼”。李贺的作品风格独特，人竟效之，目之为“李长吉体”。贞元末李贺即以乐府歌诗与前辈李益齐名，称“二李”。

李贺李贺字长吉，
留有著作《昌谷集》。
细瘦通眉加长爪，
个性长相谁能敌？

七岁写就《高轩过》①,
名扬京洛皆称奇。
暮归锦囊倒妙句,
日出觅诗将驴骑。
苦吟如此呕心血②,
母亲心疼眼色凄。
结交韩愈唯恨晚,
命运多蹇长戚戚。
牢落长安多憔悴,
小官屈为无颜仪。
体弱多病何忧郁,
诗成哀愤又孤激。
天不假年扼腕叹,
病卒时年二十七③。
天若有情天亦老④,

① 欧阳修、宋祁《新唐书·李贺传》:“李贺七岁能辞章,韩愈、皇甫湜始闻未信,过其家,使贺赋诗,援笔辄就如素构,自目曰《高轩过》,二人大惊,自是有名。为人纤瘦,通眉,长指爪,能疾书。”许嘉璐主编,黄永年分史主编《二十四史全译·新唐书》第7册,汉语大词典出版社,2004年,第4364页。

② 欧阳修、宋祁《新唐书·李贺传》:“每旦日出,骑弱马,从小奚奴,背古锦囊,遇所得,书投囊中……。母使婢女探囊中,见所书多,即怒曰:‘是儿要呕心乃已耳!’”许嘉璐主编,黄永年分史主编《二十四史全译·新唐书》第7册,汉语大词典出版社,2004年,第4364页。

③ 欧阳修、宋祁《新唐书·李贺传》:“乐府数十篇,云韶诸工皆合之弦管。为协律郎,卒,年二十七。”许嘉璐主编,黄永年分史主编《二十四史全译·新唐书》第7册,汉语大词典出版社,2004年,第4364页。

④ 李贺《金铜仙人辞汉歌》:“衰兰送客咸阳道,天若有情天亦老。”马茂元选注《唐诗选》下,上海古籍出版社,2017年,第723页。

萧萧白茅葬陇西。
一代才杰早作土,
所幸不伤知音稀。

牛鬼蛇神与仙魅,
晦僻之调因恶疾。
奇丽谲幻也浪漫,
梗莽邱陇悲怨弥①。
回风送客吹阴火②,
读之野鬼追后脊。
文思体势如峭壁,
万仞崛起巨斧劈③。
意象跳跃无常法,
想落天外人难及。
穿幽入仄但惨淡④,
下笔绝俗眼不低。

---

① 杜牧《李贺集序》:"时花美女,不足为其色也;荒国陊殿,梗莽邱垄,不足为其怨恨悲愁也;鲸吸鳌掷,牛鬼蛇神,不足为其虚荒诞幻也。"马茂元选注《唐诗选》下,上海古籍出版社,2017 年,第 713 页。

② 李贺《长平箭头歌》:"虫栖雁病芦笋红,回风送客吹阴火。"陈伯海主编《唐诗汇评》(增订本)第 4 册,上海古籍出版社,2015 年,第 3001 页。

③ 刘昫等《旧唐书·李贺传》:"其文思体势,如崇岩峭壁,万仞崛起,当时文士从而效之,无能仿佛者。"陈伯海主编,查清华等编撰《唐诗学文献集粹》上,上海古籍出版社,2016 年,第 153 页。

④ 钱钟书《谈艺录》:"长吉穿幽入仄,惨淡经营,都在修辞设色,举凡谋篇命意,均落第二义。"周振甫、冀勤编著《钱钟书〈谈艺录〉读本》,上海教育出版社,1992 年,第 193 页。

辞尚奇诡皆警迈①，
乐府歌篇合箫笛。
探寻前事骚苗裔②，
讽刺声情似嗤鼻③。
设色浓妙浑用意，
刻于撰语甚挑剔④。
选词炼句出窠臼，
羲和竟然敲玻璃⑤。
力挽颓风长吉体，
笔墨往往逃径蹊。
求异搞怪应适度，
过则遭来鬼窟讥⑥。

---

① 辛文房《唐才子传》："贺诗稍尚奇诡，组织花草，片片成文，所得皆惊迈。"李立朴《唐才子传全译》，贵州人民出版社，1995 年，第 300 页。

② 杜牧《李长吉歌诗序》："骚之苗裔，理虽不及，辞或过之。"北京大学哲学系美学教研室编《中国美学史资料选编》上，中华书局，1980 年，第 305 页。

③ 王夫之《唐诗评选》："长吉于讽刺，直以声情动今古。"陈伯海主编《唐诗汇评》（增订本）第 4 册，上海古籍出版社，2015 年，第 3010 页。

④ 毛先舒《诗辩坻》："大历以后，解乐府遗法者，唯李贺一人。设色秾妙，而词旨多寓篇外，刻于撰语，浑于用意。"陈伯海主编，张寅彭、黄刚编撰《唐诗论评类编》（增订本）下，上海古籍出版社，2015 年，第 1254 页。

⑤ 李贺《秦王饮酒》："羲和敲日玻璃声，劫灰飞尽古今平。"吴企明编选《李贺集》，凤凰出版社，2007 年，第 168 页。

⑥ 陈仅《竹林答问》："句不可字字求奇，调不可节节求高。纡馀为妍，卓荦为杰，非纡馀无以见卓荦之妙。抑扬迭奏，奇正相生，作诗之妙在是。长吉惟犯此病，故坠入鬼窟。"陈伯海主编，张寅彭、黄刚编撰《唐诗论评类编》（增订本）下，上海古籍出版社，2015 年，第 1266 页。

雕琢用力妨连贯[①],
难怪后人重话批。
恰逢中元悼诗鬼,
夜深不见灯火熄。

① 丁仪《诗学渊源》:“然绮织既艰,时露斧凿,刻意求工,转寡高致。”王友胜、李德辉校注《李贺集》附录,岳麓书社,2003 年,第 454 页。

白居易歌

白居易，祖籍太原，生于河南新郑，字乐天，晚号香山居士，又号醉吟先生。白居易曾以太子少傅分司东都，后人又称其为“白傅”或“白太傅”。白居易存诗为唐人第一，曾自编《白氏长庆集》。其早年倡导新乐府运动，为时为事而作，切中时弊，为权近所恶。白居易与元稹关系甚笃，世称“元白”，诗称“元白体”。白居易晚年居洛，与刘禹锡交厚，唱和颇多，世称“刘白”。白诗题材现实，通俗生动，长于抒情，表现力强，故流传广泛，甚至日本诗坛都奉之若珍宝。白居易还是较早填词的作家之一，现存词 30 余首。

香山居士白乐天，
人称诗魔醉中仙。
自编《白氏长庆集》，
诗文超过三千篇。
诗分四类首讽喻，

闲适感伤杂律兼①。
唐人存诗量称最,
李杜相加难比肩。
口舌生疮手生茧②,
读书刻苦实堪怜。
慈恩塔下题名处,
十七人中最少年③。
初入仕途言事切,
诗文痛陈锐且尖。
贬谪江州终受挫,
从此逢事恭且谦。
任职苏杭推善政,
州民壶浆满别筵④。

---

① 白居易《与元九书》:"仆数月来,检讨囊帙中,得新旧诗,各以类分,分为卷目。自拾遗来,凡所遇所感,关于美刺兴比者;又自武德至元和,因事立题,题为'新乐府'者,共一百五十首,谓之'讽谕诗'。又或退公独处,或移动病闲居,知足保和,吟玩性情者一百首,谓之'闲适诗'。又有事物牵于外,情理动于内,随感遇而形于叹咏者一百首,谓之'感伤诗'。又有五言、七言、长句、绝句,自一百韵至两百韵者四百余首,谓之'杂律诗'。凡为十五卷,约八百首。"陈伯海主编,查清华等编撰《唐诗学文献集粹》上,上海古籍出版社,2016年,第112页。

② 白居易《与元九书》:"十五六,始知有进士,苦节读书。二十已来,昼课赋,夜课书,间又课诗,不遑寝息矣。以至于口舌成疮,手肘成胝。"陈伯海主编,查清华等编撰《唐诗学文献集粹》上,上海古籍出版社,2016年,第110页。

③ 王定保《唐摭言》卷三载白居易《句》:"慈恩塔下题名处,十七人中最少年。"郭预衡《中国散文史长编》上,山西教育出版社,2008年,第396页。

④ 白居易《别州民》:"耆老遮归路,壶浆满别筵。甘棠无一树,那得泪潸然。税重多贫户,农饥足旱田。唯留一湖水,与汝救凶年。"(唐)白居易著,丁如明、聂世美校点《白居易全集》,上海古籍出版社,1990年,第347页。

晚年洛阳为太傅，
退休九老聚耆贤。
享年七十尚有五，
香山英灵得长眠。
宣宗写诗专悼念，
可憾冥路作诗仙①。
诗名生前满天下，
每出一篇皆新鲜。
文章合为时而著②，
感人心者情为先③。
语言通俗却优美，
从来不喜艰涩言。
《长恨歌》声传千古，
《琵琶行》韵渗管弦。
以诗代叙记情兴，
曲折婉转在其间④。

---

① 李忱《吊白居易》："缀玉联珠六十年，谁教冥路作诗仙。浮云不系名居易，造化无为字乐天。童子解吟长恨曲，胡儿能唱琵琶篇。文章已满行人耳，一度思卿一怆然。"肖占鹏主编《隋唐五代文艺理论汇编评注》下，南开大学出版社，2015 年，第 1071 页。

② 白居易《与元九书》："每与人言，多询时务；每读书史，多求理道。始知文章合为时而著，歌诗合为事而作。"陈伯海主编，查清华等编撰《唐诗学文献集粹》上，上海古籍出版社，2016 年，第 110 页。

③ 白居易《与元九书》："感人心者，莫先乎情，莫始乎言，莫切乎声，莫深乎义。"陈伯海主编，查清华等编撰《唐诗学文献集粹》上，上海古籍出版社，2016 年，第 108 页。

④ 郝敬《批选唐诗》："以诗代叙记情兴，曲折婉转。"黄念然等编著《中国古典诗词名篇选注集评》，广西师范大学出版社，2006 年，第 313 页。

言浅思深几人识，
意微词显总不偏[①]。
开创诗派新乐府，
张王一众争相沿。
随缘自适倡中隐[②]，
进退潇洒妙毫颠。
世道崎岖长无味，
自种莲花开心田。
一代导师后人羡，
明哲保身忙中闲[③]。
我爱乐天接地气，
围坐夜话火炉前。

① 薛雪《一瓢诗话》："言浅思深，意微而词显。"刘逸生《诗话百一抄》，中国青年出版社，2016年，第176页。

② 白居易《中隐》："大隐住朝市，小隐入丘樊。丘樊太冷落，朝市太嚣喧。不如作中隐，隐在留司官。似出复似处，非忙亦非闲。"王志清《白居易诗选》，商务印书馆，2016年，第223页。

③ 白居易《杜佑致仕制》："尽悴事君，明哲保身，进退始终，不失其道。"(唐)白居易著，丁如明、聂世美校点《白居易全集》，上海古籍出版社，1990年，第755页。

元稹歌

元稹，字微之，洛阳人，北魏鲜卑族拓跋部后裔。元稹少有才名，时人呼之为“元才子”。元稹诗中最令人瞩目的是艳体诗与悼亡诗，前者多是追念少时情人或追欢之作，后者则为悼念亡妻韦丛而作。著名传奇《莺莺传》中“始乱终弃”的主角张生一般认为是元稹本人。元稹与薛涛、刘采春等女诗人交往多有始无终，加之在政治上又依附宦官，所以其人格一直遭到指摘。元稹自编有诗文合集《元氏长庆集》。

元稹本为鲜卑后，
入唐家道渐衰微。
明经及第十五岁[①]，
科场一鸣欲高飞。
苦心磨炼长诗艺，

① 辛文房《唐才子传》：“稹，字微之，河南人。九岁工属文，十五擢明经，书判入等，补校书郎。”李立朴《唐才子传全译》，贵州人民出版社，1995年，第375页。

子昂杜甫为依归。
青春相遇蒲州恋,
诗撩莺莺开心扉。
始乱终弃转掩过,
莫怨被骂人品亏。
初入仕途被看重,
娶得美媛韦丛回。
情爱事业两得意,
再举制科夺头魁①。
敢于直言引忌恨,
官路坎坷亦心悲。
宦官马鞭击其面,
反贬江陵失是非②。
十年远谪苦受尽,
召还京城大作为。
短暂为相旋遭罢③,
同州浙东政不违。

① 欧阳修、宋祁等《新唐书·元稹传》:"元和元年举制科,对策第一,拜左拾遗。"许嘉璐主编,黄永年分史主编《二十四史全译·新唐书》第5册,汉语大词典出版社,2004年,第3830页。

② 辛文房《唐才子传》:"数上书言利害,当路恶之.出为河南尉。后拜监察御史,按狱东川。还次敷水驿,中人仇士良夜至.稹不让邸,仇怒,击稹败面。宰相以稹年少轻威,失宪臣体,贬江陵士曹参军。"李立朴《唐才子传全译》,贵州人民出版社,1995年,第375页。

③ 欧阳修、宋祁《新唐书·元稹传》:"稹始言事峭直,欲以立名,中见斥废十年,信道不坚,乃丧所守。附宦贵得宰相,居位才三月罢。"许嘉璐主编,黄永年分史主编《二十四史全译·新唐书》第5册,汉语大词典出版社,2004年,第3833—3834页。

武昌任上炼秋石①，
延年无望将命赔。
留下《元氏长庆集》，
诗文齐与大名垂。
携手乐天写乐府，
病时之作旨诫规。
《田家词》里讽重赋，
《冬白纻》中忧国危。
直陈现实融批判，
笔端鼓舞是风雷。
《琵琶歌》状弹奏美，
《琵琶行》后紧跟随②。
《连昌宫词》称典范，
王朝兴衰此中窥。
哀艳缠绵书爱恋，
半缘双文半缘韦。
论者指责曰淫靡③，
确有部分太消颓。

① 白居易《思旧》："退之服硫黄，一病讫不痊。微之炼秋石，未老身溘然。"陈贻焮主编，陶敏等册主编，《增订注释全唐诗》第3册，文化艺术出版社，2001年，第570页。

② 陈寅恪《元白诗笺征稿》："盖乐天之作此诗，亦已依其同时才士，即元微之，所作同一性质题目之诗，即《琵琶歌》，加以改进。"陈寅恪《元白诗笺证稿》，商务印书馆，2017年，第47页。

③ 李肇《唐国史补》："元和已后，诗章学矫激于孟郊，学浅切于白居易，学淫靡于元稹，俱好'元和体'。"肖占鹏主编《隋唐五代文艺理论汇编评注》下，南开大学出版社，2015年，第994页。

悼亡深情最沉痛，
人生十愿九难遂。
惟将终夜常开眼，
报答平生未展眉①。
读此生死倾诉语，
感念相思总成灰。
朋友之情亦珍视，
赠答乐天春风吹。
寓言诗章多讽喻，
即如《有鸟》与《雉媒》。
传奇自有《莺莺传》，
世代改编扬光辉。
制诰革新趋高古②，
论奏切当人赞推③。
全面衡量其成就，
不宜严苛人格卑。

---

① 元稹《遣悲怀三首》其三："闲坐悲君亦自悲，百年都是几多时。邓攸无子寻知命，潘岳悼亡犹费词。同穴窅冥何所望，他生缘会更难期。惟将终夜长开眼，报答平生未展眉。"马茂元选注《唐诗选》下，上海古籍出版社，2017年，第652页。

② 白居易《余思未尽，加为六韵，重寄微之》："微之长庆初知制诰，文格高古，始变俗体，继者效之也。"陈伯海主编，查清华等编撰《唐诗学文献集粹》上，上海古籍出版社，2016年，第129页。

③ 刘麟《元氏长庆集原序》："元微之有盛名于元和、长庆间，观其所论奏，莫不切当时务，诏诰、歌词自成一家，非大手笔曷能臻是哉。"郭预衡主编《中国古代文学史长编·隋唐五代卷》，北京师范学院出版社，1993年，第355页。

若言坦易流播广，

元白之后尚有谁[①]？

① 刘昫等《旧唐书·元稹传》："稹聪警绝人，年少有才名，与太原白居易友善。工为诗，善状咏风态物色，当时言诗者称'元白'焉。自衣冠士子，至闾阎下俚，悉传讽之，号为'元和体'。"陈伯海主编，查清华等编撰《唐诗学文献集粹》上，上海古籍出版社，2016年，第130页。

柳宗元歌

柳宗元，字子厚，河东人，后人称其“柳河东”。柳宗元晚年贬官柳州刺史，并卒于此，因而又称“柳柳州”。其与刘禹锡交情深厚，且出处进退大略相似，世称“刘柳”。永贞革新失败，导致了所谓“二王八司马”事件，柳宗元的命运因此发生大改变。他心性孤高，对于不断贬谪难以释怀，像谢灵运一样寄情山水，写下著名山水小品文。他主张文以明道，与韩愈一起提倡古文运动，其功延续千秋。柳宗元诗文数量虽不多，但“精绝工致”，苏轼称其“在陶渊明下，韦苏州上”。

河东柳氏世代官，
一路传到柳宗元①。
弱冠进士能及第，
自古英雄着先鞭。

---

① 刘昫《旧唐书·柳宗元传》：“柳宗元，字子厚，河东人。后魏侍中济阴公之系孙。曾伯祖奭，高祖朝宰相。父镇，太常博士，终侍御史。”许嘉璐主编，黄永年分史主编《二十四史全译·旧唐书》第5册，汉语大词典出版社，2004年，第3578页。

永贞革新成主力，
新政夭折情堪怜。
加贬永州做司马，
十年山水不得闲①。
改放柳州为刺史，
此生此地竟长眠。
挚友禹锡闻凶讯，
如得狂病泪涟涟②。
整理遗稿校编册，
帮抚幼儿至成年。
回想以柳易播事③，
又痛晚邻相约言④。
刘柳生死本知己，
呜呼无情是皇天！

---

① 刘昫《旧唐书·柳宗元传》："宗元为邵州刺史，在道，再贬为永州司马，即罹窜逐，涉履蛮瘴，崎岖堙厄，蕴骚人之郁悼，写情叙事，动必以文。"许嘉璐主编，黄永年分史主编《二十四史全译·旧唐书》第 5 册，汉语大词典出版社，2004 年，第 3578 页。

② 刘禹锡《祭柳员外文》："……忽承讣书。惊号大叫，如得狂病。良久问故，百哀攻中。魂魄震越，得君遗书，。绝弦之音，凄怆彻骨。"杜敏编著《历代吊祭文》，三秦出版社，1998 年，第 160 页。

③ 韩愈《柳子厚墓志铭》："子厚泣曰：'播州非人所居，而梦得亲在堂，吾不忍梦得之穷，无辞以白其大人；且万无母子俱往理。'请于朝，将拜疏，愿以柳易播，虽重得罪，死不恨。遇有以梦得事白上者，梦得于是改刺连州。呜呼！士穷乃见节义。"孙昌武《韩愈诗文选评》，上海古籍出版社，2017 年，第 335－336 页。

④ 柳宗元《重别梦得》："二十年来万事同，今朝岐路忽西东。皇恩若许归田去，晚岁当为邻舍翁。"陈伯海主编《唐诗汇评》(增订本)第 4 册，上海古籍出版社，2015 年，第 2687 页。

惊风乱飐芙蓉水①,
顿觉所处非人间。
柳州现存衣冠墓,
默默无语怀先贤。
子厚存诗百多首,
数量在唐不靠前。
忧深笔力多峭劲②,
性格激切但内潜。
目睹千山鸟飞绝,
寒江独钓有傲颜③。
诗境清幽冷色调,
多见意象厉且尖。
外枯中膏苏轼语④,
所指类似《渔翁》篇。
乐中有忧忧中乐,
堙厄感郁肠盘旋。

---

① 柳宗元《登柳州城楼寄漳汀封连四州》:“城上高楼接大荒,海天愁思正茫茫。惊风乱飐芙蓉水,密雨斜侵薜荔墙。”陈伯海主编《唐诗汇评》(增订本)第4册,上海古籍出版社,2015年,第2688页。

② 方回《瀛奎律髓》:“柳柳州诗精绝工致,古体尤高。世言韦、柳,韦诗淡而缓,柳诗峭而劲。”陈伯海主编,张寅彭、黄刚编撰《唐诗论评类编》(增订本)下,上海古籍出版社,2015年,第1217页。

③ 柳宗元《江雪》:“千山鸟飞绝,万径人踪灭。孤舟蓑笠翁,独钓寒江雪。”方笑一主编《中华经典诗词2000首》第3卷,上海教育出版社,2018年,第130页。

④ 苏轼《评韩柳诗》:“所贵于枯淡者,谓其外枯而中膏,似澹而实美,渊明、子厚之流是也。”陈伯海主编《唐诗汇评》(增订本)第4册,上海古籍出版社,2015年,第2671页。

辞赋深得离骚意①，
览之凄恻伤独艰。
古文卓然成领袖，
文以明道反辞玄②。
山水小品大创造，
永州八记美且鲜。
美不自美人彰显，
牢笼百态万物妍③。
传记继承史汉统，
真实虚构两相兼。
杂文寓言富哲理，
巧借讽刺攻诡奸。
论说纵横思深邃，
哲人巨笔探山渊。
天妒英才惜早逝，
悲欢离合古难全。
聪明未易消磨尽，
诗文沾溉如泉源。

---

① 严羽《沧浪诗话》:“唐人惟柳子厚深得骚学，退之、李观皆所不及。”吴文治编《古典文学研究资料汇编·柳宗元卷》第1册，中华书局，1964年，第149页。

② 柳宗元《答韦中立论师道书》:“始吾幼且少，为文章，以辞为工。及长，乃知文者以明道，是固不苟为炳炳烺烺，务采色，夸声音而以为能也。凡吾所陈，皆自谓近道。”尚永亮、洪迎华编选《柳宗元集》，凤凰出版社，2014年，第308页。

③ 柳宗元《愚溪诗序》:“予虽不合于俗，亦颇以文墨自慰，漱涤万物，牢笼百态，而无所避之。”胡怀琛编，蒙木点校《言文对照·古文笔法百篇》，文津出版社，2018年，第15页。

刘禹锡歌

刘禹锡，字梦得，彭城人，占籍洛阳。曾为太子宾客，世称“刘宾客”。刘禹锡性格乐观坚强，不畏强敌，愈挫愈勇，投射到诗风上便是豪健劲峭，气骨森然，白居易推许其为“诗豪”。作为一个哲学家，刘禹锡诗中多哲理和议论，好用典，喜讽刺。他还善于向民间学习，所作《竹枝词》，饶有风致而格调高妙，后世仿之者难出其上。刘禹锡无体不备，七言绝句尤工。杨慎《升庵诗话》认为：“元和以后，诗人之全集可观者数家，当以刘禹锡为第一。”

自古逢秋悲寂寥，
我言秋日胜春朝①。
一笔扫倒悲秋调，

① 刘禹锡《秋词》：“自古逢秋悲寂寥，我言秋日胜春朝。晴空一鹤排云上，便引诗情到碧霄。”陈伯海主编《唐诗汇评》（增订本）第4册，上海古籍出版社，2015年，第2789页。

雄直劲健赞诗豪[①]。
诗豪禹锡字梦得，
游学两京声誉高。
贞元九年早登第，
岂料仕宦多风涛。
永贞革新受重用，
败后朗州走一遭。
召还至京仍倔强，
玄都观诗气冲霄[②]。
旋贬连州作刺史，
平移夔州听风谣。
和州德馨铭陋室[③]，
辗转地方任辛劳。
回朝再题玄都观，

---

① 刘昫《旧唐书·刘禹锡传》:"禹锡晚年与少傅白居易友善,诗笔文章,时无在其右者。常与禹锡唱和往来,因集其诗而序之曰:'彭城刘梦得,诗豪者也。其锋森然,少敢当者。'"王步高主编《唐诗三百首汇评》,凤凰出版社,2017年,第500页。

② 刘昫等《旧唐书·刘禹锡传》:"元和十年,自武陵召还,宰相复欲置之郎署。时禹锡作《游玄都观咏看花君子诗》,语涉讥刺,执政不悦。"郭预衡主编《中国古代文学史长编·隋唐五代卷》,北京师范学院出版社,1993年,414页。

③ 陈廷桂纂修《历阳典录》:"陋室,在州治内,唐和州刺史刘禹锡建,有铭,柳公权书碑。"钱伯城主编《古文观止新编》上,上海古籍出版社,1988年,第647页。

不见道士来种桃[①]。
分司东都太子客，
晚与乐天共逍遥。
享年整整七十岁，
寒风凛冽松柏凋。
墓在荥阳檀山上，
睹碑令人想风标。

诗笔一提有高韵，
滋味亦厚如闻韶。
其锋森然多感慨，
雄浑老苍无可逃[②]。
抨击政敌屡讽刺，
斗士灵魂终不消。
最能体现此特色，
《百舌吟》与《飞鸢操》。
表现简捷又明快，

① 刘禹锡《再游玄都观》:“百亩庭中半是苔，桃花净尽菜花开。种桃道士归何处，前度刘郎今又来。”又，此诗前有小序云:“余贞元二十一年为屯田员外郎，时此观未有花木。是岁，出牧连州，寻贬朗州司马。居十年，召至京师，人人皆言有道士手植仙桃，满观如红霞，遂有前篇以志一时之事。旋又出牧，于今十有四年，复为主客郎中。重游玄都，荡然无复一树，唯兔葵、燕麦动摇于春风耳。因再题二十八字，以俟后游。时大和二年三月。”陈伯海主编《唐诗汇评》(增订本)第4册，上海古籍出版社，2015年，第2797页。

② 胡震亨《唐音癸签》卷七引刘克庄语云:“梦得诗雄浑老苍，尤多感慨之句。”王步高主编《唐诗三百首汇评》，凤凰出版社，2017年，第501页。

激越昂扬哲理昭。
咏史怀古最精警，
神来天际出奇招①。
人世几回伤往事，
芦荻瑟瑟故垒萧②。
浸染民歌兼俚调，
一经升华韵更娇。
东边日出西边雨，
无情有情风味饶③。
八百诗篇如珠玉，
生前身后受人褒。
辞赋亦是好作手，
精神直通屈子《骚》。
论说文章析哲理，
巧丽渊博细推敲④。

---

① 薛雪《一瓢诗话》："(《西塞山怀古》)似议非议，有论无论，笔着纸上，神来天际，气魄法律，无不精到，洵是此老一生杰作，自然压倒元、白。"陈伯海主编《唐诗汇评》(增订本)第4册，上海古籍出版社，2015年，第2774页。

② 刘禹锡《西塞山怀古》："人世几回伤往事，山形依旧枕寒流。今逢四海为家日，故垒萧萧芦荻秋。"陈伯海主编《唐诗汇评》(增订本)第4册，上海古籍出版社，2015年，第2772页。

③ 刘禹锡《竹枝词二首》其一："杨柳青青江水平，闻郎江上唱歌声。东边日出西边雨，道是无晴却有晴。"陈洪、乔以钢主编《中华诗词900句》，南开大学出版社，2018年，第142页。

④ 刘昫等《旧唐书·柳宗元传》"贞元、元和之际，以文学耸动缙绅之伍者，宗元、禹锡而已。其巧丽渊博，属辞比事，诚一代宏才。"许嘉璐主编，黄永年分史主编《二十四史全译·旧唐书》第5册，汉语大词典出版社，2004年，第3580页。

杂文因事立题意，
兴来笔到旨趣超。
巴山楚水凄凉地①，
乐处其中非煎熬。
每读晴空排云句，
人间烦恼皆可抛。
穷且益坚有何惧，
哪像寒虫只哀嚎。
每读梦得自信句，
颓唐侘傺全然消。

---

① 白居易《酬乐天扬州初逢席上见赠》："巴山楚水凄凉地，二十三年弃置身。怀旧空吟闻笛赋，到乡翻似烂柯人。"方笑一主编《中华经典诗词 2000 首》第 3 卷，上海教育出版社，2018 年，第 95 页。

贾岛歌

贾岛，范阳人，字阆仙，一作浪仙，自称碣石山人。初为僧，法号无本。贾岛与孟郊齐名，并称“郊岛”，苏轼概括两人风格为“郊寒岛瘦”，曾为长江县主簿，世称贾长江。贾岛诗歌题材狭窄，情思枯淡。他以苦吟推敲出尖新之意，因此篇中多警句。晚唐、宋末永嘉四灵等都取法贾岛之风格，甚至顶礼膜拜。闻一多先生《唐诗杂论》中指出：“几乎每个朝代的末叶都有回向贾岛的趋势”，这一现象值得深思。

妙手“秋风吹渭水”，
偶得“落叶满长安”①。
此等句子真叫绝，
何人巨笔大如椽？

---

① 贾岛《忆江上吴处士》：“闽国扬帆去，蟾蜍亏复圆。秋风吹渭水，落叶满长安。此地聚会夕，当时雷雨寒。兰桡殊未返，消息海云端。”程千帆、沈祖棻注评《古诗今选》，凤凰出版社，2010年，第560页。

范阳贾岛名虽响①,
出身卑微家境寒。
早年遁身空门去,
枯桐冷寺静参禅。
取得法号曰无本,
但愿此心无波澜。
芒鞋轻便踏诗路,
骑驴冲尹被人拦。
推敲二字真费劲②,
不意有缘能识韩。
退之劝其返俗世,
奋战科场求一官。
久试不第心愤懑,
语涉讥刺咏《病蝉》③。

① 苏绛《贾司仓墓志铭》:"公讳岛,字阆仙,范阳人也。"周绍良主编《全唐文新编》第4部第1册,吉林文史出版社,2000年,第9077页。

② 何光远《鉴戒录·贾忤旨》:"(贾岛)忽一日于驴上吟得:'鸟宿池中树,僧敲月下门。'初欲著'推'字,或欲著'敲'字,炼之未定,遂于驴上作'推'字手势,又作'敲'字手势。不觉行半坊。观者讶之,岛似不见。时韩吏部愈权京尹,意气清严,威振紫陌。经第三对呵唱,岛但手势未已。俄为官者推下驴,拥至尹前,岛方觉悟。顾问欲责之。岛具对:'偶得一联,吟安一字未定,神游诗府,致冲大官,非敢取尤,希垂至鉴。'韩立马良久思之,谓岛曰:'作敲字佳矣。'"陈伯海主编,查清华等编撰《唐诗学文献集粹》上,上海古籍出版社,2016年,第146页。

③ 计有功《唐诗纪事》:"岛久不第,吟《病蝉》之句以刺公卿,或奏岛与平曾等为'十恶'。"张国动主编《中国历代讽刺诗选注》,文化艺术出版社,2012年,第122页。

又传夺卷忤皇帝①，
遭贬荒远心岂甘？
主簿参军共六载，
老死普州葬南山②。
瘦诗亭里风飒飒，
千古凭吊泪满衫。
《长江集》诗四百首，
一生心迹此中参。

多少坎坷不平事，
吟向诗中意不欢③。
夜来风雨读《剑客》，
眼前霜刃挥手弹。
也学孟郊说穷困，
才思奇特别样观。

---

① 安锜《题贾岛墓》:“倚恃才难继，昂藏貌不恭。骑驴冲大尹，夺卷忤宣宗。驰誉超先辈，居官下我侬。司仓旧曹署，一见一心忡。”王启兴主编《校编全唐诗》下，湖北人民出版社，2001 年，第 3971 页。

② 苏绛《贾司仓墓志铭》:“会昌癸亥岁七月二十八日，终于郡官舍，春秋六十有四。呜呼！没未浃旬，又转授普州司户参军，荣命虽来于公何有？痛而无子，夫人刘氏承公遗旨粤，以明年三月庚子日葬于普南安泉山陵谷。”周绍良主编《全唐文新编》第 4 部第 1 册，吉林文史出版社，2000 年，第 9077 页。

③ 陆时雍《诗镜总论》:“贾岛衲气终身不除，语虽佳，其气韵自枯寂耳。”陈伯海主编，张寅彭、黄刚编撰《唐诗论评类编》(增订本)下，上海古籍出版社，2015 年，第 923 页。

茫然九州一锥立[①],
不觉贫苦觉孤单。
宦旅赠别多况味,
漂泊更知行路难。
心惊怪禽啼旷野,
落日催人过山峦[②]。
吊亡友朋倍沉痛,
哭声凄重无人还。
哭罢卢仝哭孟郊,
身死名在万古传[③]。
作诗致力在五律[④],
或与试贴正相关。
苦心孤诣求极致,
用功锤炼返自然。
也有淡然似陶谢[⑤],

---

① 贾岛《重酬姚少府》:"仆本胡为者,衔肩贡客集。茫然九州内,譬如一锥立。"(唐)贾岛著《长江集新校》,上海古籍出版社,1983 年,第 14 页。

② 贾岛《暮过山村》:"数里闻寒水,山家少四邻。怪禽啼旷野,落日恐行人。"(唐)贾岛著《长江集新校》,上海古籍出版社,1983 年,第 94 页。

③ 贾岛《哭孟郊》:"身死声名在,多应万古传。"(唐)贾岛著《长江集新校》,上海古籍出版社,1983 年,第 24 页。

④ 方回《瀛奎律髓》:"贾浪仙五言诗律高古,平生用力之至者。七言律诗不逮也。"陈伯海主编,张寅彭、黄刚编撰《唐诗论评类编》(增订本)下,上海古籍出版社,2015 年,第 1355 页。

⑤ 苏绛《贾司仓墓志铭》:"所著文篇,不以新句绮靡为意,淡然蹑陶谢之踪,片云独鹤,高步尘表。"周绍良主编《全唐文新编》第 4 部第 1 册,吉林文史出版社,2000 年,第 9077 页。

诗风展呈另一端。
力矫轻浅与浮艳①，
下笔瘦硬自不凡。
江湖诗派乐取法，
永嘉四灵望其藩②。
贾岛去后不寂寞，
诗树长成供人攀。

---

① 王定保《唐摭言》："元和中，元白尚轻浅，岛独变格入僻，以矫浮艳。"陈伯海主编，张寅彭、黄刚编撰《唐诗论评类编》（增订本）下，上海古籍出版社，2015年，第1355页。

② 严羽《沧浪诗话》："近世赵紫芝、翁灵舒辈，独喜贾岛、姚合之诗，稍稍复就清苦之风，江湖诗人多效其体，一时自谓之唐宗。"北京大学哲学系美学教研室编《中国美学史资料选编》下，中华书局，1981年，第78页。

杜牧歌

杜牧，字牧之，京兆万年人，祖居长安下杜樊乡，因称“杜樊川”；曾官司勋员外郎，人称“杜司勋”；曾为中书舍人，中书省雅称紫微省，故又称“杜紫微”。杜牧出身书香门第，得以博览全书，文化修养较为全面，诗歌、散文、文论、书法、绘画等均有造诣。樊川诗“唯求高绝”，喜谈时事和怀古，长于律诗和绝句，风格俊爽雄健、情致豪迈、高华流宕，与晚唐主流衰飒之风自是有异。

樊川居士杜牧之，
长安望族自风流。
祖父杜佑作宰相，
编纂《通典》嘉名留。
家有藏书遍览阅，
经史诗文细探究。

年少名起《阿房赋》①，

士林惊叹笔力遒。

效仿曹操注《孙子》，

慨然论兵出计谋。

治乱兴亡天下事，

万家冷暖在心头。

二十六岁登科第，

从此四方作宦游。

几度为人幕府客，

青楼薄幸在扬州②。

池睦湖州任刺史③，

为官一方解民忧。

晚岁回朝知制诰，

知命之年疾未瘳。

《樊川文集》二十卷，

---

① 辛文房《唐才子传》："初未第，来东都，时主司侍郎为崔郾，太学博士吴武陵策蹇进谒曰：'侍郎以峻德伟望，为明君选才，仆敢不薄施尘露。向偶见文士十数辈，扬眉抵掌，共读一卷文书，览之，乃进士杜牧《阿房宫赋》。其人，王佐才也。'"李立朴《唐才子传全译》，贵州人民出版社，1995 年，第 430 页。

② 杜牧《遣怀》："落魄江南载酒行，楚腰纤细掌中轻。十年一觉扬州梦，赢得青楼薄幸名。"方笑一主编《中华经典诗词 2000 首》第 5 卷，上海教育出版社，2018 年，第 16 页。

③ 欧阳修、宋祁《新唐书·杜牧传》："历黄、池、睦三州刺史，入为司勋员外郎，常兼史职。改吏部，复乞为湖州刺史。逾年，以考功郎中知制诰，迁中书舍人。"许嘉璐主编，黄永年分史主编《二十四史全译·新唐书》第 6 册，汉语大词典出版社，2004 年，第 3701 页。

延翰火余广收搜[①]。
诗与义山称李杜[②],
鹤舞长空高同俦。
行草与文相表里,
气格雄健类肃秋[③]。
故宫今存《张好好》[④],
好好珍藏不可丢。
如此高才遭天妒,
便觉悲风冷飕飕!

苦心为诗俗不涉,
不今不古中间求[⑤]。
以意为主气为辅,

---

① 裴延翰《樊川文集序》:"明年冬,迁中书舍人,始少得恙,尽搜文章,阅千百纸,掷焚之,才属留者十二三。延翰自撮发读书学文,率承导诱。"(唐)杜牧著,(清)冯集梧注《樊川诗集注》,中华书局,1962年,第5页。

② 沈德潜《唐诗别裁》:"晚唐诗多柔靡,牧之以拗峭矫之。人谓之'小杜',以别于少陵。配以义山,时亦称'李杜'。"王步高主编《唐诗三百首汇评》,凤凰出版社,2017年,第513页。

③ 赵佶《宣和书谱》:"牧作行、草,气格雄健,与其文章相表里。"杨成寅主编,边平恕、金菊爱评注《中国历代书法理论评注·隋唐卷》,杭州出版社,2016年,第12页。

④ 顾复《平生壮观》:"牧之此诗,纸墨颇佳,书欲成舞。"欧阳中石、徐无闻主编《书法教学参考资料》,高等教育出版社,1994年,第300页。

⑤ 杜牧《献诗启》:"某苦心为诗,惟求高绝,不务奇丽,不涉习俗,不今不古,处于中间。"肖占鹏主编《隋唐五代文艺理论汇编评注》下,南开大学出版社,2015年,第1058页。

辞采兵卫列四周①。

风华流美神韵朗，

雄姿英发看飞舟②。

古诗苍朴句劲瘦，

如入茂林石深幽。

笔法矫健喜拗变，

议论不新死不休③。

绝句一向享盛誉，

远韵远神思悠悠④。

味永趣长多风调，

明月孤映下西楼。

天才横逸似太白，

时或兼取梦得优⑤。

咏史警拔奇立意，

情景交融意相投。

---

① 杜牧《答庄充书》:“凡为文以意为主，以气为辅，以辞采章句为之兵卫。”陈伯海主编，查清华等编撰《唐诗学文献集粹》上，上海古籍出版社，2016 年，第 158 页。

② 刘熙载《艺概》:“杜樊川诗雄姿英发。”（清）刘熙载《艺概》，上海古籍出版社，1978 年，第 65 页。

③ 赵翼《瓯北诗话》:“杜牧之作诗，恐流于平弱，故措词必拗峭，立意必奇辟，多作翻案语，无一平正者。方岳《深雪偶谈》所谓‘好为议论，大概出奇立异，以自见其长’也。”王步高主编《唐诗三百首汇评》，凤凰出版社，2017 年，第 896 页。

④ 沈德潜《唐诗别裁》:“牧之绝句，远韵远神。”王步高主编《唐诗三百首汇评》，凤凰出版社，2017 年，第 895 页。

⑤ 管世铭《读雪山房唐诗序例》:“杜紫微天才横逸，有太白之风，而时出入于梦得。七言绝句一体，殆尤专长。”王步高主编《唐诗三百首汇评》，凤凰出版社，2017 年，第 829 页。

律诗比肩李商隐，
古朴潇洒雄赳赳。
豪宕波峭矫时弊[1]，
气力健举操吴钩。
兵符严重辞金马，
星剑光芒射斗牛[2]。
门外若无南北路，
人间应免别离愁[3]。
天赐妙手此等句，
不废后人长吟讴。
散文大体承韩柳，
纵横奥衍春枝抽[4]。
言之有物写时事，
讽笔未曾饶王侯。
人世难逢开口笑[5]，

---

① 赵翼《瓯北诗话》:“自中唐以后，律诗盛行，竞讲声病，故多音节和谐，风调圆美。杜牧之恐流于弱，特创豪宕波峭一派，以力矫其弊。”陈增杰编著《唐人律诗笺注集评》，浙江古籍出版社，2003 年，第 851 页。

② 杜牧《和宣州沈大夫登北楼书怀》:“兵符严重辞金马，星剑光芒射斗牛。笔落青山飘古韵，帐开红旆照高秋。”任文京选注《杜牧诗歌精选》，花山文艺出版社，1996 年，第 348 页。

③ 杜牧《赠别》:“眼前迎送不曾休，相续轮蹄似水流。门外若无南北路，人间应免别离愁。”陈世钟编《唐代送别诗新注》，河北教育出版社，1993 年，第 247 页。

④ 纪昀《四库全书总目提要》:“其古文纵横奥衍，多切经世之务。”郭预衡主编《中国古代文学史长编・隋唐五代卷》，北京师范学院出版社，1993 年，第 430 页。

⑤ 杜牧《九日齐山登高》:“江涵秋影雁初飞，与客携壶上翠微。尘世难逢开口笑，菊花须插满头归。”程千帆、沈祖棻注评《古诗今选》，凤凰出版社，2010 年，第 585 页。

转眼东郊黄叶稠①。
君诗每读仍俊爽②,
不与尘世共应酬。
春风细雨走马去③,
人生天地贵自由!

① 杜牧《洛中送冀处士东游》:"饯酒载三斗,东郊黄叶稠。我感有泪下,君唱高歌酬。"(唐)杜牧著《樊川文集》,上海古籍出版社,1978年,第11页。

② 胡应麟《诗薮》:"俊爽若牧之,藻绮若庭筠,精深若义山,整密若丁卯,皆晚唐铮铮者。"王步高主编《唐诗三百首汇评》,凤凰出版社,2017年,第1026页。

③ 杜牧《少年行》:"连环羁玉声光碎,绿锦蔽泥虬卷高。春风细雨走马去,珠落璀璀白罽袍。"(唐)杜牧著《樊川文集》,上海古籍出版社,1978年,第32页。

李商隐歌

李商隐，字义山，号玉溪生，又号樊南生，祖籍怀州河内。他的诗历来评价都很高，相提并论者亦声名不凡。他与杜牧并称“小李杜”，与温庭筠并称“温李”，又与李贺、李白合称“三李”。李商隐官场极为失意，原因在于卷入了牛李党争的漩涡；情场也异常坎坷，这常使他心力交瘁，甚至万念俱灰。政治与爱情，于他而言，要么是难言之痛，要么是欲说还休，因而写入诗中便有无题之思绪，朦胧幽深之迷雾，让读者有时候难以索解。李商隐还是晚唐骈文大家，他醉心于在诗文中用典，无形中又增加了理解的难度。

凌云之才字义山，
襟抱未开固堪怜①。
本为沁阳小吏子，
诵经弄笔童龀年。

① 崔珏《哭李商隐》其二：“虚负凌云万丈才，一生襟抱未曾开。鸟啼花落人何在，竹死桐枯凤不来。”陈伯海主编《唐诗汇评》（增订本）第6册，上海古籍出版社，2015年，第4034—4035页。

十岁父亲遽然去，

佣书贩舂生计艰①。

《圣论》《才论》名气出②，

令狐楚教文俪骈③。

岁给资装随绚游④，

情同兄弟幕府间。

也曾学道王屋山，

诗中往往写神仙。

中得进士妻王氏⑤，

深陷党争倍熬煎。

牛党恩遇李党婿，

一生困惑在选边⑥。

---

① 李商隐《祭裴氏姊文》："四海无可归之地，九族无可倚之亲。既祔故邱，便同逋骇，生人穷困，闻见所无。及衣裳外除，旨甘是急。乃占数东甸，佣书贩舂。"周绍良主编《全唐文新编》第4部第2册，吉林文史出版社，2000年，第9325页。

② 李商隐《樊南甲集叙》："樊南生十六能著《才论》《圣论》，以古文出诸公间。"周绍良主编《全唐文新编》第4部第2册，吉林文史出版社，2000年，第9285页。

③ 欧阳修、宋祁《新唐书·李商隐传》："商隐初为文，瑰迈奇古，及在令狐楚府，楚本工章奏，因授其学。商隐俪偶长短，而繁缛过之。"陈伯海主编，查清华等编撰《唐诗学文献集粹》上，上海古籍出版社，2016年，第262页。

④ 刘昫等《旧唐书·李商隐传》："楚以其少俊，深礼之，令与诸子游。楚镇天平、汴州，从为巡官，岁给资装，令随计上都。"许嘉璐主编，黄永年分史主编《二十四史全译·旧唐书》第6册，汉语大词典出版社，2004年，第4366页。

⑤ 刘昫等《旧唐书·李商隐传》："王茂元镇河阳，辟为掌书记，得侍御史。茂元爱其才，以子妻之。"许嘉璐主编，黄永年分史主编《二十四史全译·旧唐书》第6册，汉语大词典出版社，2004年，第4366页。

⑥ 刘昫等《旧唐书·李商隐传》："而俱无持操，恃才诡激，为当涂者所薄。名宦不进，坎坷终身。"许嘉璐主编，黄永年分史主编《二十四史全译·旧唐书》第6册，汉语大词典出版社，2004年，第4367页。

万事皆空溺佛典，
怀恨早逝泣涟涟。
情场失意肺痛彻，
柳枝荷花终无缘①。
纵有女冠宋华阳，
相思成灰难共眠。
唯有王氏总惜取，
回梦织机仍旧鸳②。
多少泪珠无限恨③，
凝结歌诗六百篇。

人爱玉溪情绵邈④，
清词丽句难比肩⑤。
独创无题写深婉，
辞藻精丽索事玄。

---

① 李商隐《柳枝五首》其四："柳枝井上蟠，莲叶浦中干。锦鳞与绣羽，水陆有伤残。"刘学锴编著《汇评本李商隐诗》，2002年，第49页。李商隐《暮秋独游曲江》："荷叶生时春恨生，荷叶枯时秋恨成。深知身在情长在，怅望江头江水声。"刘学锴、李翰撰《李商隐诗选评》，上海古籍出版社，2003年，第215页。

② 李商隐《悼伤后赴东蜀辟至散关遇雪》："剑外从军远，无家与寄衣。散关三尺雪，回梦旧鸳机。"刘学锴、李翰撰《李商隐诗选评》，上海古籍出版社，2003年，第217页。

③ 李璟《摊破浣溪沙》："多少泪珠无限恨，倚阑干。"木斋《唐宋词评译》，广西师范大学出版社，1996年，第61页。

④ 刘熙载《艺概》："李樊南深情绵邈。"(清)刘熙载《艺概》，上海古籍出版社，1978年，第65页。

⑤ 鲁迅《致杨霁云》："玉溪生清词丽句，何敢比肩，而用典太多，则为我所不满。"天津师范学院中文系编《鲁迅论文学艺术遗产》，陕西人民出版社，1974年，第83页。

意境要眇费思解，
《锦瑟》何意众纷言[①]。
幽微朦胧且哀怨，
辞难事隐似屈原。
律诗直逼杜工部[②]，
感时忧国憔悴颜。
或谓典故过繁缛，
獭祭之讥见不偏[③]。
宋有诗派西昆体，
学其皮毛讨人嫌[④]。
李杜之后别开路，
百代空匹总觉鲜[⑤]。
伤感唯美忘惊艳，

① 王士禛《戏仿元遗山论诗绝句》："獭祭曾惊博奥殚，一篇《锦瑟》解人难。"陈伯海主编，张寅彭、黄刚编撰《唐诗论评类编》(增订本)上，上海古籍出版社，2015年，第1587页。

② 施补华《岘佣说诗》："义山七律，得于少陵者深。故秾丽之中，时带沉郁。"刘逸生《诗话百一抄》，中国青年出版社，2016年，第211页。

③ 辛文房《唐才子传》："商隐工诗，为文瑰迈奇古，辞难事隐，及从楚学，俪偶长短而繁缛过之。每属缀，多检阅书册，左右鳞次，号'獭祭鱼'。"李立朴《唐才子传全译》，贵州人民出版社，1995年，第453—454页。

④ 葛立方《韵语阳秋》："咸平、景德中，钱惟演、刘筠首变诗格，而杨文公(亿)与之鼎立，号'江东三虎'……大率效李义山之所为，丰富藻丽，不作枯瘠语。"刘逸生《诗话百一抄》，中国青年出版社，2016年，第35页。

⑤ 叶燮《原诗》："寄托深而措辞婉，实可空百代而无其匹。"王步高主编《唐诗三百首汇评》，凤凰出版社，2017年，第906页。

何况绮密又瑰妍[①]。
心有灵犀自能爱[②],
否则霜打茄子蔫。
我读李诗本思静,
李诗却将心澜掀。

① 辛文房《唐才子传》:“后评者谓其诗‘如百宝流苏,千丝铁网,绮密瑰妍,要非适用之具’。斯言信哉!”李立朴《唐才子传全译》,贵州人民出版社,1995年,第454页。

② 李商隐《无题》:“昨夜星辰昨夜风,画楼西畔桂堂东。身无彩凤双飞翼,心有灵犀一点通。”陈洪、乔以钢主编《中华诗词900句》,南开大学出版社,2018年,第259页。

司空图歌

司空图，字表圣，自号知非子，又号耐辱居士，唐河中虞乡人。他生于唐末兵荒马乱间，归隐是其最好的选择。然而毕竟对唐朝忠心耿耿，听闻哀帝被杀，司空图竟绝食而亡。他的诗作闲淡有远致，颇有大历遗风的味道。比他诗歌更有名的，自然是他的诗论《二十四诗品》。他论诗超诣有妙悟，鉴赏眼光非寻常辈所能及。二十世纪九十年代，陈尚君、汪涌豪撰《司空图〈二十四诗品〉辨伪》一文，以其为明人伪作，引起学术界争鸣，至今尚无定论。

河中虞乡司空图，
少有俊才文称雄。
绛州刺史王凝赏，
进士及第在咸通。
为报知遇入幕府，
肝胆情义诚且忠。
洛阳卢携常过往，

复相迁图为郎中①。
僖宗凤翔得拜见,
中书舍人官亦荣。
未曾随驾到蜀地,
转归故园伴竹松。
将取一壶闲日月,
王官谷里醉花丛②。
侬家自有麒麟阁③,
不喜官府不喜农。
泉石林亭乐吟咏,
休休亭美甘坐拥。
自号知非兼耐辱④,

① 欧阳修、宋祁《新唐书·司空图传》:"司空图字表圣,河中虞乡人。……咸通末擢进士,礼部侍郎王凝特所奖待,俄而凝坐法贬商州,图感知己,往从之。凝起拜宣歙观察使,乃辟置幕府。召为殿中侍御史,不忍去凝府,台劾,左迁光禄寺主簿,分司东都。卢携以故宰相居洛,嘉图节,常与游。携还朝,过陕虢,属于观察使卢渥曰:'司空御史,高士也。'渥即表为僚佐。会携复执政,召拜礼部员外郎,寻迁郎中。"许嘉璐主编,黄永年分史主编《二十四史全译·新唐书》第7册,汉语大词典出版社,2004年,第4162—4163页。

② 司空图《丁未岁归王官谷》:"将取一壶闲日月,长歌深入武陵溪。"(唐)司空图著,王济亨、高仲章选《司空图选集注》,山西人民出版社,1989年,第172页。

③ 司空图《力疾山下吴村看杏花十九首》之六:"侬家自有麒麟阁,第一功名只赏诗。"(唐)司空图著,祖保泉、陶礼天笺校《司空表圣诗文集笺校》,安徽大学出版社,2002年,第137页。

④ 欧阳修、宋祁《新唐书·司空图传》:"图本居中修山王官谷,有先人田,遂隐不出。作亭观素室,悉图唐兴节士文人。名亭曰休休,作文以见志曰:'休、美也,既休而美具。故量才,一宜休;揣分,二宜休;耄而聩,三宜休;又少也惰,长也率,老也迂,三者非济时用,则又宜休。'因自目为耐辱居士。"许嘉璐主编,黄永年分史主编《二十四史全译·新唐书》第7册,汉语大词典出版社,2004年,第4163页。

人间万事皆看空。
朱温强迫主礼部，
佯装老朽态龙钟。
放回山间遂心愿，
直入青天鸟出笼。
预为棺冢圹中饮，
万物参差生死同。
忽闻唐亡哀帝弑，
呕血数升绝食终。
七十二载人生路，
到头殉节叹无穷①。

生前自编《一鸣集》②，
惜其亡佚失所宗。
诗多哀伤转怨愤，
天地翻覆气汹汹。
寄情山水歌隐逸，
萧索冷寂落残红。
自负诗佳应无怍，

① 辛文房《唐才子传》："(图)性苦吟，举笔缘兴，几千万篇。自致于绳检之外，豫置冢棺，遇胜日，引客坐圹中，赋诗酌酒，沾醉高歌。……后闻哀帝遇弑，不食扼腕，呕血数升而卒，年七十有二。"李立朴《唐才子传全译》，贵州人民出版社，1995 年，第 550—551 页。

② 辛文房《唐才子传》："先撰自为文于濯缨亭一鸣窗，今有《一鸣集》三十卷，行于世。"李立朴《唐才子传全译》，贵州人民出版社，1995 年，第 551 页。

火候尚欠金未融①。
论诗更比作诗好,
《诗品》才富识精工。
二十四品妙概括②,
以诗论诗见真功。
雄浑沉着又高古,
冲淡典雅连纤秾。
洗炼劲健接绮丽,
含蓄豪放自然从。
缜密委屈盘实境,
疏野超诣旷达弘。
流动清奇任飘逸,
悲慨精神费形容。
主旨重在味外味,
妙悟神韵备推崇③。
形神物意心观照,
创作奥理交错综。

---

① 胡震亨《唐音癸签》:“司空表圣自评其集,‘撑霆裂月,劼作者之肝脾’,夸负不浅。此公气体,不类衰末,似篇法未甚谙,每每意不贯浃,如炉金欠火未融。”陈伯海主编《唐诗汇评》(增订本)第6册,上海古籍出版社,2015年,第4158页。

② 苏轼《书黄子思诗集后》:“(图)盖自列其诗之有得于文字之表者二十四韵,恨当时不识其妙,予三复其言而悲之。”陈伯海主编《唐诗汇评》(增订本)第6册,上海古籍出版社,2015年,第4158页。

③ 翁方纲《石洲诗话》:“司空表圣在晚唐中,卓然自命,且论诗亦入超诣。……《二十四品》真有妙悟。”陈伯海主编《唐诗汇评》(增订本)第6册,上海古籍出版社,2015年,第4159页。

一品四言十二句，
文外韵致知几重？
夜到深处无睡意，
表圣文字若游龙。

皮陆歌

“皮陆”是晚唐诗人皮日休和陆龟蒙的合称。两人在吴中你唱我和,“以笔墨相娱乐”,诗歌合编成《松陵集》,这是唯一存世的唐人唱和集。皮陆唱和有炫奇逞博,力拼技巧的一面,但也要看到他们关怀时事、忧国忧民的另一面。这两位隐士并没有忘怀天下,他们还分别作有愤世讽刺的小品文,鲁迅先生赞之为“一塌糊涂的泥塘里的光彩和锋芒”。

皮日休与陆龟蒙,
合称皮陆好诗朋①。
皮氏自号鹿门子,
出身襄阳小富农。
少有兼济天下志,

① 辛文房《唐才子传》:“日休性冲泊无营,临难不惧……在乡里,与陆龟蒙交拟金兰,日相赠和。”李立朴《唐才子传全译》,贵州人民出版社,1995年,第542页。

《鹿门隐书》露峥嵘①。
编定《文薮》为行卷，
榜末及第官未封。
崔璞聘为州从事，
幕府江南看船篷。
结识鲁望共酬唱②，
《松陵集》情谊浓。
黄巢义军将其劫③，
或言主动要投盟。
身后之事乃公案，
死于何时迷重重。
陆氏号为天随子④，
家居甫里水乡中。
本为名门望族后⑤，

---

① 辛文房《唐才子传》："时值末年，虎狼放纵，百姓手足无措，上下所行，皆大乱之道，（日休）遂作《鹿门隐书》六十篇，多讥切谬政。"李立朴《唐才子传全译》，贵州人民出版社，1995 年，第 542 页。

② 王定保《唐摭言》："陆龟蒙，字鲁望，三关人也。幼而聪悟，文学之外，尤善谈笑，常体江、谢赋事，名振江左。"陈伯海主编《唐诗汇评》（增订本）第 6 册，上海古籍出版社，2015 年，第 4123—4124 页。

③ 计有功《唐诗纪事》："（日休）遭乱归吴中，黄巢寇江浙，劫以从军。"（宋）计有功辑撰《唐诗纪事》下，上海古籍出版社，2013 年，第 964 页。

④ 计有功《唐诗纪事》："不喜交流俗，不乘马升舟，设蓬席，斋束书、茶灶、笔床、钓具往来，时谓'江湖散人'，或号'天随子''甫里先生'，自比涪翁、渔父、江上丈人。"（宋）计有功辑撰《唐诗纪事》下，上海古籍出版社，2013 年，第 963 页。

⑤ 欧阳修、宋祁等《新唐书·陆龟蒙传》："陆龟蒙，字鲁望，元方七世孙也。"许嘉璐主编，黄永年分史主编《二十四史全译·新唐书》第 7 册，汉语大词典出版社，2004 年，第 4200 页。

无奈没落常受穷。
几度随人作游幕，
回首岁月太匆匆。
江湖散人逍遥乐，
晚归松江老至终。
名列唐书《隐逸传》，
留得后人仰高风。
并与范蠡与张翰，
吴中三高位尊崇。

唱和俱怀出尘想，
共有诗癖几近疯①。
两年得诗六百首，
体式完备见吟功。
相视莫逆意孚洽②，
两鹤竞闲作诗翁③。
相互推崇时激赏，
一日往复屡过从。

---

① 陆龟蒙《北禅院避暑联句》:“日下洲岛清，烟生苾苾碧。俱怀出尘想，共有吟诗癖。”王启兴主编《校编全唐诗》下，湖北人民出版社，2001 年，第 4189 页。

② 余成教《石园诗话》:“(皮陆)真意孚洽，不比后人之退有后言，而面相标榜也。”陈伯海主编《唐诗汇评》(增订本)第 6 册，上海古籍出版社，2015 年，第 4127 页。

③ 皮日休《鲁望读襄阳耆旧传，见赠五百言过褒庸材靡有称》:“既见陆夫子，驽心却伏厩。结彼世外交，遇之于邂逅。两鹤思竞闲，双松格争瘦。”陈伯海主编，张寅彭、黄刚编撰《唐诗论评类编》(增订本)下，上海古籍出版社，2015 年，第 945 页。

山水效法大小谢，
刻画真实求精工。
平生郁郁发乎此，
性情气象伴游踪。
渔樵酒茶隐者物，
长天归雁江边枫。
细致入微陶然咏，
逞才斗巧乐融融。
吴地胜迹常怀古，
观点翻新思力雄。
往体今体与杂体，
牢笼古今颇赅综。
游戏笔墨自不少，
也是诗坛另一宗。
铺张议论与学问，
宋调晚唐早相逢①。
两人小品笔力别，
兼合儒道思想通。
日休峭拔喜伟论，
龟蒙哀婉稍藏锋。

① 贺裳《载酒园诗话又编》:“(日休)集中诗亦多近宋调，吴体尤为可憎。四声、叠韵、离合、回文，俱无意味。”陈伯海主编《唐诗汇评》(增订本)第6册，上海古籍出版社，2015年，第4092页。

虽为偏裨领一队①，

皮陆标新破凡庸②。

运笔大气矫平弱，

但凭创境拓心胸。

① 胡应麟《诗薮》:"故宁甘作偏裨,自领一队,如皮、陆人是也。"赵永纪编《古代诗话精要》,天津古籍出版社,1989年,第263页。

② 胡应麟《诗薮》:"皮日休、陆龟蒙驰骛新奇,又一变也。"陈伯海主编《唐诗汇评》(增订本)第6册,上海古籍出版社,2015年,第4092页。

杜荀鹤歌

杜荀鹤，字彦之，号九华山人，池州石埭人。他上承元、白一派，继承杜甫的现实主义传统，用通俗真切的语言，将晚唐社会如实地表现出来。由于有充实的内容，杜诗不失为晚唐上乘之作。他也是一位苦吟诗人，他在意的是如何变俗为雅，于俚语中锻造佳句，将俗世中的意趣呈现。和一般苦吟诗人喜好古体不同，杜荀鹤工近体诗。

无人开口不言利，
只我白头空爱吟①。
余读此语屡致慨，
感同身受几泪奔。
九华山人杜荀鹤，
千载而下成知音。

---

① 杜荀鹤《山居自遣》："茅屋周回松竹阴，山翁时挈酒相寻。无人开口不言利，只我白头空爱吟。"王启兴主编《校编全唐诗》下，湖北人民出版社，2001年，第，第3445页。

池州石埭山水秀，
彦之寒微生穷村。
顾云康骈为好友，
同里切磋晨至昏。
风情雅度似魏晋，
一样嗜酒善弹琴。
连败文场兼世乱，
愤遣诗文状苦心。
大顺二年终登第①，
所遇贵人曰朱温。
宣州田頵辟从事，
梁帝力荐入翰林。
恃势傲侮犯众怒，
皆欲杀之而后欣②。
平生郁郁不得志，
抱恨长终名后闻。
留得十卷《唐风集》，
不负江湖苦吟人。

---

① 辛文房《唐才子传》:“荀鹤寒畯，连败文场，甚苦，至是遣送名春官。大顺二年，裴贽侍郎下第八人登科。”李立朴《唐才子传全译》，贵州人民出版社，1995 年，第 625 页。

② 刘昫《旧五代史》:“时田頵在宣州，甚重之。頵将起兵，乃阴令以笺问至，太祖遇之颇厚。及頵遇祸，太祖以其才表之，寻授翰林学士、主客员外郎。既而恃太祖之势，凡搢绅间己所不悦者，日屈指怒数，将谋尽杀之。”许嘉璐主编，曾枣庄分史主编《二十四史全译 · 旧五代史》第 1 册，汉语大词典出版社，2004 年，第 281—319 页。

盛传其为杜牧子①，
稍加考辨笑失真②。
诗承杜甫白居易，
揭弊忧民思虑深。
言论总要关时务，
国风小雅精神存③。
乱世偏有重税赋，
乐土无处可觅寻。
官家凶狠如豺虎，
杀民将尽更邀勋④。
满目兵戈染鲜血，
蓬蒿丛生掩荒坟⑤。
诗旨未能忘救物⑥，

---

① 辛文房《唐才子传》："荀鹤，字彦之，牧之微子也。"李立朴《唐才子传全译》，贵州人民出版社，1995年，第625页。

② 周必大《二老堂诗话》："余过池，尝有诗云：'千古风流杜牧之，诗材犹及杜筠儿。向来稍喜《唐风集》，今悟樊川是父师。'是成何语！且必欲证实其事，是诚何心！污蔑樊川，已属不堪，于彦之尤不可忍，杨森嘉树曾引《太平杜氏宗谱》辨之，殊合鄙意。"缪钺《杜牧年谱》，河北教育出版社，1999年，第179页。

③ 杜荀鹤《秋日山中寄李处士》："吾辈道何穷，寒山细雨中。儿童书懒读，果栗树将空。言论关时务，篇章见国风。升平犹可用，应不废为公。"王启兴主编《校编全唐诗》下，湖北人民出版社，2001年，第3434页。

④ 杜荀鹤《题所居村舍》："家随兵尽屋空存，税额宁容减一分。衣食旋营犹可过，赋输长急不堪闻。蚕无夏织桑充寨，田废春耕犊劳军。如此数州谁会得，杀民将尽更邀勋。"王启兴主编《校编全唐诗》下，湖北人民出版社，2001年，第3434页。

⑤ 杜荀鹤《哭山友》："在生未识公卿面，至死不离麋鹿群。从见蓬蒿丛坏屋，长忧雨雪透荒坟。"王启兴主编《校编全唐诗》下，湖北人民出版社，2001年，第3441页。

⑥ 杜荀鹤《自叙》："诗旨未能忘救物，世情奈值不容真。平生肺腑无言处，白发吾唐一逸人。"王启兴主编《校编全唐诗》下，湖北人民出版社，2001年，第3448页。

位卑未敢遗乾坤。
亦有自伤科场句,
渴求公道能荣身。
此时情景愁于雨,
窘途漂泊倍思亲。
体裁全用律与绝,
笔逐光景趋时新。
浅近平易尚流畅,
变俗为雅意趣醇①。
但以衰调写衰代②,
事情真切史有痕。
铸思清奇法大历③,
羁寒直通郊岛魂④。
《沧浪诗话》别一体⑤,
晚唐上乘足可珍。

---

① 辛文房《唐才子传》:"荀鹤苦吟,平生所志不遂,晚始成名。况丁乱世,殊多忧惋思虑之语,于一觞一咏,变俗方雅,极事物之情,足丘壑之趣,非易能及者也。"李立朴《唐才子传全译》,贵州人民出版社,1995年,第625页。

② 胡震亨《唐音癸签》:"杜彦之俚成,以衰调写衰代,事情亦真切。"陈伯海主编《唐诗汇评》(增订本)第6册,上海古籍出版社,2015年,第4406页。

③ 丁仪《诗学渊源》:"(荀鹤)诗思清奇,以大历为归。七言气质尤高,为晚唐之上乘。"陈伯海主编《唐诗汇评》(增订本)第6册,上海古籍出版社,2015年,第4407页。

④ 杜荀鹤《苦吟》:"世间何事好,最好莫过诗。一句我自得,四方人已知。生应无辍日,死是不吟时。始拟归山去,林泉道在兹。"肖占鹏主编《隋唐五代文艺理论汇编评注》下,南开大学出版社,2015年,第1254页。

⑤ 严羽《沧浪诗话》:"以人而论,则有……杜荀鹤体。"陈伯海主编,查清华等编撰《唐诗学文献集粹》上,上海古籍出版社,2016年,第455页。

罗隐歌

罗隐，本名横，字昭谏，号江东生，余杭新登（今浙江富阳）人。他自许颇高，以为当得大用，然久困科场，少不了满腹牢骚，转为诗笔自然容易语涉讥讽。诗不足以畅快其愤，乃作文集《谗书》。是书“几乎全部是抗争和愤激之谈”，名气是大了，但是也把权贵得罪了。罗隐诗长于咏史和咏物，好发雄俊新异之议论。七律沉郁顿挫，颇有杜甫之风。

采得百花成蜜后，
为谁辛苦为谁甜？①
何人发此千古问，
晚唐罗隐才不凡。
本名为横字昭谏，
生于富阳山水间。

---

① 罗隐《蜂》：“不论平地与山尖，无限风光尽被占。采得百花成蜜后，为谁辛苦为谁甜。”

罗隐罗虬与罗邺，
三罗并称乡里贤[①]。
少时英敏性简傲，
有人称赏有人嫌。
十试科举仍不第，
困顿文场命堪怜[②]。
云英钟陵醉里别，
重见已逾十来年。
我未成名卿未嫁，
笑中双看泪涟涟[③]。
郑畋少女欲委身，
见其寝陋庴诗篇[④]。
大梁淮润皆游历，
终不得意空手还。

---

① 薛雪《一瓢诗话》:“‘三罗’其名,隐为最,虬次之,邺斯下矣。”陈伯海主编,张寅彭、黄刚编撰《唐诗论评类编》(增订本)下,上海古籍出版社,2015年,第947页。

② 辛文房《唐才子传》:“罗隐,字昭谏,钱塘人也。少英敏,善属文,诗笔尤俊拔,养浩然之气。乾符初举进士,累不第。……性简傲,高谈阔论,满座风生。……诗文凡以讥刺为主,虽荒祠木偶,莫能免者。”李立朴《唐才子传全译》,贵州人民出版社,1995年,第586—587页。

③ 辛文房《唐才子传》:“隐初贫来赴举,过钟陵,见营妓云英有才思。后一纪,下第过之。英曰:‘罗秀才尚未脱白。’隐赠诗云:‘钟陵醉别十余春,重见云英掌上身。我未成名英未嫁,可能俱是不如人。’”李立朴《唐才子传全译》,贵州人民出版社,1995年,第587页。

④ 刘昫《旧五代史》:“隐虽负文称,然貌古而陋。畋女幼有文性,尝览隐诗卷,讽诵不已,畋疑其女有慕才之意。一日,隐至第,郑女垂帘而窥之,自是绝不咏其诗。”许嘉璐主编,曾枣庄分史主编《二十四史全译·旧五代史》第1册,汉语大词典出版社,2004年,第219页。

晚投钱镠受重用，
吴越国事担铁肩。
七十七岁驾鹤去，
诗随风雨钱塘烟。

先生善养浩然气，
性好谐谑喜高谈。
新登才子诗笔俊，
宣泄多有侘傺言。
一生偃蹇心纠结，
进乏梯媒退又难①。
生逢衰世长太息，
艰难险阻写波澜。
仔细思量成底事②，
钓鱼船上泪阑干。
怀古咏史语转讽，
后车不鉴前车翻。
吴国自亡莫生怨，
要为西施洗沉冤③。

---

① 罗隐《西京崇德里居》："进乏梯媒退又难，强随豪贵殢长安。风从昨夜吹银汉，泪拟何门落玉盘。"王茂福《皮陆诗传》上，吉林人民出版社，2005 年，第 316 页。

② 罗隐《淮南高骈所造迎仙楼》："子细思量成底事，露凝风摆作尘埃。"（唐）罗隐著，潘慧惠校注《罗隐集校注》，浙江古籍出版社，1995 年，第 89 页。

③ 罗隐《西施》："家国兴亡自有时，吴人何苦怨西施。西施若解倾吴国，越国亡来又是谁？"陈伯海主编《唐诗汇评》（增订本）第 6 册，上海古籍出版社，2015 年，第 4245 页。

咏物岂在争工巧①,
精神呼出意新鲜。
尽道雪为丰年瑞,
谁解长安贫者寒?②
诗虽激愤存风骨,
感慨苍凉非等闲③。
《谗书》小品抒愤懑,
议论纵横战声酣。
借古立论事兴感,
崭削自喜似狂癫④。
不平则鸣倚长剑,
长歌慷慨诗酒边。
寂寂灯火江东夜,
君颜憔悴过眼前。

---

① 高棅《唐诗品汇》:“(隐)工诗、长于咏物。”陈伯海主编《唐诗汇评》(增订本)第6册,上海古籍出版社,2015年,第4238页。

② 罗隐《雪》:“尽道丰年瑞,丰年事若何?长安有贫者,为瑞不宜多!”马茂元选注《唐诗选》上,上海古籍出版社,2017年,第916页。

③ 洪亮吉《北江诗话》:“七律至唐末造,惟罗昭谏最感慨苍凉,沉郁顿挫,实可以远绍浣花,近俪玉溪。盖由其人品之高,见地之卓,迥非他人所及。”陈伯海主编《唐诗汇评》(增订本)第6册,上海古籍出版社,2015年,第4239页。

④ 李慈铭《越缦堂读书录》:“昭谏诗格虽未醇雅,然峭直可喜,晚唐中之铮铮者。文亦崭然有骨气,如其诗与人。”(清)李慈铭著《越缦堂日记说诗全编》上,凤凰出版社,2010年,第227页。

唐代小说家歌

小说演变到唐代称为传奇,并进入到成熟时期。宋洪迈说:“唐人小说,不可不熟。小小情事,凄惋欲绝,洵有神遇而不自知者。与诗律可称一代之奇。”与唐诗发展轨迹略有不同,初唐、盛唐是传奇的发轫期,多沿袭六朝以来志怪小说的路子。中唐是传奇发展的高潮期,无论是题材还是笔法,都有质的飞跃。晚唐是退潮总结期,许多传奇结集出现,侠义小说得到拓展。传奇领域涌现了一大批名家名作,后世不断从中汲取营养。

唐代小说称传奇,
文言短篇惹人迷①。
初唐盛唐只发轫,
路漫漫兮摸索期。
张鷟王度率先作,

① 陈世熙《唐人说荟·例言》引洪迈语:“唐人小说,不可不熟。小小情事,凄惋欲绝,洵有神遇而不自知者。与诗律可称一代之奇。”程国赋编著《隋唐五代小说研究资料》,上海古籍出版社,2005年,第13—14页。

《游仙窟》与《古镜记》。
《古镜》一篇尚粗糙,
《游仙》写色真细腻[1]。
张荐存有《灵怪集》,
戴孚编成《广异记》。
牛肃《纪闻》类志怪,
玄祐闻名《离魂记》。
元代杂剧《倩女魂》,
自此可以寻踪迹。

中唐传奇始繁盛,
《任氏》作者沈既济。
公佐《南柯太守传》,
主旨类同《枕中记》。
人生不过一场梦,
富贵荣华皆空气。
陈鸿致慨《长恨传》,
匹配歌诗白居易[2]。

---

① 鲁迅《集外集拾遗·〈游仙窟序言〉》:"日本新罗使至,必出金宝购之,而又訾为浮艳少理致,论著亦率诋诮芜秽。鷟书之传于今者,尚有《朝野佥载》及《龙筋凤髓判》,诚亦多诋诮浮艳之辞。"刘运峰编《鲁迅序跋集》下,山东画报出版社,2004 年,第 401 页。

② 陈鸿《长恨传》:"乐天因为《长恨歌》,意者不但感其事,亦欲惩尤物,窒乱阶京,垂于将来者也。歌既成,使鸿传焉。"程国赋编著《隋唐五代小说研究资料》,上海古籍出版社,2005 年,第 115 页。

李杨爱情动地悲，
谈何人间结连理？
蒋防撰就《霍小玉》，
朝威着力传《柳毅》。
元稹自托《莺莺传》[①]，
行简《李娃》彰情义[②]。
四部名作传久远，
后来改编多少戏！

晚唐趋势日衰落，
众多名家出专集。
《玄怪》又有《续玄怪》，
僧孺复言像接力。
袁郊书名《甘泽谣》，
裴铏叙事留《传奇》。
《三水小牍》皇甫枚[③]，
张读《宣室志》怪异。
《虬髯客传》杜光庭，

---

① 鲁迅《中国小说史略》："元稹以张生自寓，述其亲历之境。虽文章尚非上乘，而时有情致，固亦可观，惟篇末文过饰非，遂堕恶趣。"鲁迅《中国小说史略》，江西教育出版社，2017 年，第 44 页。

② 鲁迅《中国小说史略》："行简本善文笔，李娃事又近情而耸听，故缠绵可观；元人已本其事为《曲江池》，明薛近兖则以作《绣襦记》。" 鲁迅《中国小说史略》，江西教育出版社，2017 年，第 42 页。

③ 卢文弨《抱经堂外集·〈三水小牍提要〉》："是书成于天祐四年，枚当旅食汾、晋，而追记咸通时事。"侯忠义《 隋唐五代小说史》，浙江古籍出版社，1997 年，第 235 页。

豪侠题材应声起。
唐前写实陈梗概，
唐人虚构始有意①。
至此小说方成熟，
叙述宛转境新辟。

① 胡应麟《少室山房笔丛》："凡变异之谈，盛于六朝，然多是传录舛讹，未必尽幻设语。至唐人乃作意好奇，假小说以寄笔端。"朱一玄编《明清小说资料选编》下，南开大学出版社，2006年，第960页。

唐宋古文家歌

骈文和古文的斗争，在大一统的唐代愈来愈尖锐。在先驱不断努力的基础上，韩愈、柳宗元倡导的古文运动在中唐蔚然大盛。晚唐骈文又再度兴盛，延续古文者总觉势单力薄。北宋初年，“西昆体”“太学体”等张扬骈文，声势浩大。欧阳修凭借其政治地位，团结一批古文作家，以韩愈为旗帜，领导了波澜壮阔的古文运动，至苏轼时取得压倒性胜利。古文运动中脱颖而出的唐宋八大家，家喻户晓，成为后人争相学习的典范。

先秦汉魏作文章，
单行散句纲目张。
自从六朝骈文盛，
文道渐离人心荒。
知几四杰并子昂[①]，

---

① 刘知几《史通》：“若事皆不谬，言必近真，庶几可与古人同居，何止得其糟粕而已。”侯昌吉、钱安琪译注《史通选译》(修订本)，凤凰出版社，2011年，第52页。

革弊呼声响初唐。
李华元结萧颖士①,
宗经明道好主张。
梁肃柳冕独孤及,
复古先驱声未央。
文起八代赞韩愈②,
气势磅礴胜大江。
载道明道志卫道,
不平则鸣浩气刚③。
精裁密致柳子厚④,
山水游记清韵长。
寓言传记称国手,
至今读来口齿香。
韩门弟子交相映,
李翱复性说堂皇。

---

① 元结《箧中集序》:“元结作《箧中集》,或问曰:‘公所集之诗,何以订之?’对曰:‘风雅不兴,几及千年,溺于时者,世无人哉?’呜呼!有名位不显,年寿不将,独无知音,不见称颂,死而已矣,谁云无之!近世作者,更相沿袭,拘限声病,喜尚形似,且以流易为辞,不知丧于雅正,然哉!”陈伯海主编,查清华等编撰《唐诗学文献集粹》上,上海古籍出版社,2016年,第84页。

② 苏轼《潮州韩文公庙碑》:“文起八代之衰,而道济天下之溺,忠犯人主之怒,而勇夺三军之帅。”(清)李扶九、黄仁黼选评,姚敏杰校点《古文笔法百篇》,三秦出版社,1998年,第135页。

③ 韩愈《送孟东野序》:“大凡物不得其平则鸣,草木之无声,风挠之鸣。水之无声,风荡之鸣。”庄适、臧励和选注《韩愈文》,崇文书局,2014年,第90页。

④ 刘昫等《旧唐书·柳宗元传》:“柳宗元少聪警绝众,尤精西汉、《诗》《骚》。下笔构思,与古为侔,精裁密致,粲若珠贝,当时流辈咸推之。”许嘉璐主编,黄永年分史主编《二十四史全译·旧唐书》第5册,汉语大词典出版社,2004年,第3578页。

李汉张籍皇甫湜，
转相传授成效彰。
晚唐罗隐陆龟蒙，
光辉耀眼出泥塘。
《皮子文薮》多讽刺，
小品文里骂无妨。
诸君虽已尽己力，
宋初骈文仍势昌。
柳开穆修王禹偁，
承继韩柳未肯降。
姚铉孙复与石介，
参与其中复古忙。
李觏尹洙范仲淹，
前赴后继到欧阳。
永叔打击太学体[1]，
复兴古文放光芒。
从此龙腾又虎跃，
梅苏黄秦争逞强。
临川曾巩王安石，
文风严正态度庄。
更有三苏出峨眉，

---

① 脱脱等撰《宋史·欧阳修传》："时士子尚为险怪奇涩之文，号'太学体'，修痛排抑之，凡如是者辄黜。"郭预衡主编《中国古代文学史长编·宋辽金卷》，北京师范学院出版社，1993年，第114页。

势如奔流浩汤汤。
行于当行止乎止①,
东坡散文堪称王。
南宋政论何慷慨,
胡铨陈亮写忠良。
陆游诚斋与成大,
中兴文章挑大梁。
朱熹祖谦真德秀,
理学论文周且详。
宋末何人写巨痛,
谢翱邓牧文天祥。
唐宋盛衰文中见,
代代秉笔著兴亡。

① 苏轼《答谢民师书》:"大略如行云流水,初无定质。但常行于所当行,常止于所不可不止,文理自然,姿态横生。"王水照、朱刚著《苏轼诗词文选评》,上海古籍出版社,2019 年,第 338 页。

晚唐五代词人歌

一般认为，“依曲拍为句”的词肇始于中唐。词发展至晚唐五代，形成了西蜀和南唐两个中心。西蜀“花间词派”以温庭筠、韦庄为代表，刻红剪翠，状写男女情事，为婉约之始，俨然词之正宗。南唐以李璟、李煜和冯延巳为代表，风格总体仍婉约，但内容超出花间许多，境界较为高远。晚唐五代至北宋初年很长一段时期，词以小令为主。

晚唐五代诗衰飒，
南方安定词艳发。
西蜀南唐曲荟萃，
小令涌起蔚云霞。
《花间集》编赵崇祚，
欧阳炯序展文华。
代表词人有温韦，
集中闪耀两奇葩。

温庭筠为花间祖[①]，
秾艳绵密感官佳。
小山重叠金明灭[②]，
仕女无聊遣有涯。
密丽词藻巧装饰，
隐约暗示颇复杂。
也有流丽明快句，
《望江南》里盼归家[③]。
韦庄自然尚疏朗，
元白影响迹可查。
深婉低回略惆怅，
语淡而悲外旷达[④]。
初日芙蓉春月柳，
清艳绝伦思欲遐[⑤]。
十八作者五百首，

---

① 王士祯《花草蒙拾》:“温为《花间》鼻祖。”李冰若《花间集评注》,浙江古籍出版社,2018年,第7页。

② 温庭筠《菩萨蛮》:“小山重叠金明灭,鬓云欲度香腮雪。懒起画蛾眉,弄妆梳洗迟。照花前后镜,花面交相映。新帖绣罗襦,双双金鹧鸪。”吴熊和、肖瑞峰编选《唐宋词精选》,凤凰出版社,2018年,第13页。

③ 温庭筠《望江南》:“梳洗罢,独倚望江楼。过尽千帆皆不是,斜晖脉脉水悠悠。肠断白蘋洲。”方笑一主编《中华经典诗词2000首》第5卷,上海教育出版社,2018年,第36页。

④ 许昂霄《词综偶评》:“语淡而悲,不堪多读。”李冰若《花间集评注》,浙江古籍出版社,2018年,第67页。

⑤ 周济《介存斋论词杂著》:“端己词清艳绝伦,初日芙蓉春月柳,使人想见风度。”李冰若《花间集评注》,浙江古籍出版社,2018年,第58页。

《花间集》可作词筏。

南唐元老冯延巳，
堂庑特大自高拔①。
独立小桥风满袖②，
愁苦如叶遍枝桠。
吹皱春水卿何事③？
君臣论词趣对答。
李璟忧患已深广，
菡萏香销秋肃杀④。
李煜身历亡国痛，
兵败迫降被收押。
前期纵情写享乐，
春殿嫔娥绚丽花。
后期笔端字字血，
呜咽缠绵似刀扎。

---

① 王国维《人间词话》："冯正中词，虽不失五代风格，而堂庑特大，开北宋一代风气。"黄霖等导读《人间词话》卷上，上海古籍出版社，1998年，第5页。

② 冯延巳《鹊踏枝》："河畔青芜堤上柳，为问新愁，何事年年有？独立小桥风满袖，平林新月人归后。"方笑一主编《中华经典诗词2000首》第5卷，上海教育出版社，2018年，第169页。

③ 马令《南唐书·冯延巳传》："元宗乐府词云：'小楼吹彻玉笙寒'，延巳有'风乍起，吹皱一池春水'之句，皆为警策。元宗尝戏延巳曰：'吹皱一池春水，干卿何事？'延巳曰："未如陛下'小楼吹彻玉笙寒'。"王兆鹏主编《唐宋词汇评·唐五代卷》，浙江教育出版社，2004年，第486页。

④ 李璟《摊破浣溪沙》："菡萏香销翠叶残，西风愁起绿波间。还与韶光共憔悴，不堪看。"马大品编《中国历代爱情诗三百首》，甘肃人民出版社，1989年，第175页。

最是仓皇辞庙日，
宫娥泪如雨点砸①。
人生愁恨何能免②，
潺潺一曲《浪淘沙》。
性情真纯少节制，
感情喷涌似放闸。
感慨遂深眼界大③，
神秀情胜论者夸。
作个才子真绝代，
可怜薄命重担压④。
并与易安称二李，
后主词名顶呱呱。

① 李煜《破阵子》:“一旦归为臣虏，沈腰潘鬓消磨。最是仓皇辞庙日，教坊犹奏别离歌，垂泪对宫娥。”蒋方编选《李璟李煜集·名家精注精评本》，凤凰出版社，2014年，第163—164页。

② 李煜《子夜歌》:“人生愁恨何能免，销魂独我情何限！故国梦重归，觉来双泪垂。”(南唐)李璟、李煜著，詹安泰校注《李璟李煜词校注》，上海古籍出版社，2017年，第71页。

③ 王国维《人间词话》:“词至李后主而眼界始大，感慨遂深，遂变伶工之词而为士大夫之词。”黄霖等导读《人间词话》卷上，上海古籍出版社，1998年，第4页。

④ 郭麐《南唐杂咏》:“我思昧昧最神伤，予季归来更断肠。作个才人真绝代，可怜薄命作君王。”(清)袁枚著，吕树坤译评《随园诗话》，吉林文史出版社，2004年，第267页。

李煜歌

李煜，字重光，号钟隐，南唐后主。他的词以亡国为界，分为前后两个时期。前期词写宫廷生活和对隐士生活的向往，惆怅动人，仍不出传统畛域。后期他成了亡国奴，词作风格全然不同，用血泪来写对故国的思与痛，情真语挚，感人至深。李煜满身才子气，阴差阳错做了国君，最后落得悲惨下场，其人生悲剧引发后人许多感慨和同情。

丰额骈齿目重瞳①，
生在金陵帝王宫。
风神洒落出尘外，

① 欧阳修《新五代史·李煜传》："煜为人仁孝，善属文，工书画，而丰额骈齿，一目重瞳子。"许嘉璐主编，曾枣庄分史主编《二十四史全译·新五代史》第1册，汉语大词典出版社，2004年，第618页。

翰林学士卧花丛[①]。
做个才子真绝代,
可怜国主哭途穷。
李煜生性本仁懦,
心醉佛与文艺中。
卧榻之侧难酣睡[②],
宋统天下铁蹄攻。
一筹莫展唯酣饮,
多少悲歌付酒盅。
委屈求全皆不许,
不战如何面祖宗?
兵败连连失领地,
敌军杀气正如虹。
金陵围困守不住,
奉表投降国运终。
北到汴京作囚客,

---

① 叶梦得《石林燕语》:"江南李煜既降,太祖尝因曲燕问:'闻卿在国中好作诗',因使举其得意者一联。煜沈吟久之,咏其《咏扇》云:'揖让月在手,动摇风满怀。'……上顾近臣曰:'好一个翰林学士!'"(宋)叶梦得撰,田松青、徐时仪校点《石林燕语》,上海古籍出版社,2012 年,第 40 页。

② 陈邦瞻《宋史纪事本末》:"帝按剑怒曰:'不须多言! 江南亦有何罪,但天下一家,卧榻之侧,岂容他人鼾睡耶!'铉惶恐,辞归江南。"朱祖延、张金煌主编《中华掌故类编》(第 3 辑),河南人民出版社,1990 年,第 225 页。

林花凋春太匆匆①！
故国江山怎肯忘，
梦里故都马如龙②。
七夕一弯钩肠月，
更添愁绪几万重。
《虞美人》唱声悲切，
字字血泪吐哀衷。
杀机因此而惹起③，
人生长恨水长东！

性尚奢侈纵声色，
前期词艳满翠红。
读其花明月暗句④，
惜其立身不谨恭。
春殿嫔娥鱼贯列，
转瞬化作可怜虫。

---

① 李煜《相见欢》："林花谢了春红，太匆匆。无奈朝来寒雨晚来风。胭脂泪，相留醉，几时重？自是人生长恨水长东。"陈洪、乔以钢主编《中华诗词900句》，南开大学出版社，2018年，第297页。

② 李煜《忆江南》："多少恨，昨夜梦魂中。还似旧时游上苑，车如流水马如龙，花月正春风。"俞平伯《唐宋词选释》，陕西师范大学出版社，2010年，第41页。

③ 王铚《默记》："又后主在赐第，因七夕，命故妓作乐，声闻于外。太宗闻之，大怒。又传'小楼昨夜又东风'及'一江春水向东流'之句，并坐之，遂被祸云。"（南唐）李璟、李煜著，詹安泰校注《李璟李煜词校注》，上海古籍出版社，2017年，第78页。

④ 李煜《菩萨蛮》："花明月暗笼轻雾，今宵好向郎边去。刬袜步香阶，手提金缕鞋。画堂南畔见，一向偎人颤。奴为出来难，教君恣意怜。"唐圭璋《唐宋词简释》，上海古籍出版社，1981年，第32页。

最是仓皇辞庙日，
一夜白头见衰容。
后期尽书思与痛，
也应无计寄归鸿。
流水落花春去也①，
梦里愁倚香薰笼。
帘外潺潺雨长落，
情怀阑珊冷似冬。
世上悔药最是苦，
碗碗皆用泪泡冲。
白描简笔着淡墨，
眼景心情浑相融。
传神妙毫善变幻，
时或明朗时朦胧。
语言通俗而精炼，
寻常白话意味浓。
抒情真率而强烈，
不受控捉马扬鬃②。
今昔对比显巨变，
富贵繁华一场空。

---

① 李煜《浪淘沙》:“帘外雨潺潺，春意阑珊。罗衾不耐五更寒。梦里不知身是客，一晌贪欢。独自莫凭栏，无限江山，别时容易见时难。流水落花春去也，天上人间。”陈洪、乔以钢主编《中华诗词900句》，南开大学出版社，2018年，第368页。

② 周济《介存斋论词杂著》:“李后主词如生马驹，不受控捉。”吴颖等编著《李璟李煜全集·辑校·汇笺·集传》，汕头大学出版社，2002年，第122页。

结尾往往戛然止，
余音袅袅出远钟。
词从花间到后主，
眼界始大境恢弘。
清便宛转追王孟①，
开山地位自不同。
词中二李真本色②，
一片神秀水芙蓉③。
亲历兴亡写心史，
大地苍茫留影踪。
后人同情兼感叹，
今古人性总相通。

---

① 胡应麟《诗薮》:“后主目重瞳子,乐府为宋人一代开山。盖温、韦虽丽藻,而气颇伤促,意不胜辞。至此君方是当行作家,清便宛转,词家王、孟。”吴颖等编著《李璟李煜全集·辑校·汇笺·集传》,汕头大学出版社,2002年,第121页。

② 沈谦《填词杂说》:“男中李后主,女中李易安,极是当行本色。”吴颖等编著《李璟李煜全集·辑校·汇笺·集传》,汕头大学出版社,2002年,第121页。

③ 王国维《人间词话》:“温飞卿之词,句秀也;韦端己之词,骨秀也;李重光之词,神秀也。”黄霖等导读《人间词话》卷上,上海古籍出版社,1998年,第4页。

宋代诗人歌

一切好诗似乎都出自唐人。饱读诗书、文化更为全面的宋代诗人,不甘落后,想通过别开生面的创作来与唐诗一比高低。严羽《沧浪诗话》对宋诗的特点作言简意赅的点评,那就是"以文字为诗,以议论为诗,以才学为诗"。这三个"为诗"之秘密,其实在唐人杜甫、韩愈等人那里已经肇端,此恰恰说明所有创造皆不是凭空起高楼。宋诗无论是作品还是作者数量,都远超唐诗,其风格和流派特征也十分鲜明。历来都有唐宋诗之争,这不是简单的审美趣味选择,背后更多是学术思考的深化。

宋生唐后开辟难①;
另寻蹊径竞新篇。
杨亿刘筠钱惟演,

① 蒋士铨《辩诗》:"宋人生唐后,开辟真难为。"转引自周振甫、冀勤编著《钱钟书〈谈艺录〉读本》,上海教育出版社,1992年,第500页。

西昆酬唱学义山[①]。
惠崇怀古诸九僧[②]，
诗宗晚唐贾浪仙[③]。
潘阆魏野并林逋，
徘徊穿行姚白间。
李昉徐铉王禹偁，
唱和效仿白乐天。
宋貌崭露欧苏梅，
议论才学风气先[④]。
雅丽精绝王安石，
暮年笔触实堪怜。
命短王令谁来惜[⑤]？

---

① 王士祯《香祖笔记》："宋初诸公竞尚西昆体，世但知 杨、刘、钱思公耳。"（清）工士祯撰，湛之点校《香祖笔记》，上海古籍出版社，1982 年，第 115 页。

② 司马光《温公续诗话》曰："所谓九诗僧者：剑南希昼，金华保暹，南越文兆，天台行肇，沃州简长，青城惟凤，淮南惠崇，江南宇昭，峨眉怀古也。"傅璇琮、许逸民等主编《中国诗学大辞典》，浙江教育出版社，1999 年，第 706 页。

③ 方回《瀛奎律髓》："有宋国初，未远唐也。凡此九人诗，皆学贾岛、周贺，清苦工密。所谓景联，人人着意，但不及贾之高、周之富耳。"陶文鹏主编《宋诗精华》，广西师范大学出版社，1996 年，第 62 页。

④ 严羽《沧浪诗话》："近代诸公作奇特解会，遂以文字为诗，以议论为诗，以才学为诗，以是为诗，夫岂不工，终非古人之诗也。"郭预衡主编《中国古代文学史长编 · 宋辽金卷》，北京师范学院出版社，1993 年，第 47 页。

⑤ 王安石《王逢原墓志铭》："逢源，左武卫大将军讳奉谨之曾孙，大理评事讳珙之孙，而郑州管城县主簿讳世伦之子。五岁而孤，二十八而卒，卒之九十三日，嘉祐四年九月丙申，葬于常州武进县南乡薛村之原。"熊礼汇编撰《唐宋八大家文章精华》第 2 版，湖北人民出版社，2007 年，第 463 页。

回想欧公哭延年①。
健笔纵横苏东坡，
卷地风来散云烟。
无事不入题材广，
诗中大骂小人奸。
江西宗派祖杜甫，
公推领袖黄庭坚。
点石成金真秘诀，
以俗为雅尚新鲜。
两陈后山与简斋，
派中地位相比肩。
靖康南渡思项羽②，
无限伤感李易安。

高宗一朝歌慷慨，
壮怀岳飞共胡铨。
陆杨尤范四君子③，
中兴诗坛成大观。

---

① 欧阳修《祭石曼卿文》:“呜呼曼卿！盛衰之理，吾固知其如此，而感念畴昔，悲凉凄怆，不觉临风而陨涕者，有愧乎太上之忘情。”胡怀琛编，蒙木点校《言文对照·古文笔法百篇》，文津出版社，2018年，第73页。

② 李清照《夏日绝句》:“生当作人杰，死亦为鬼雄。至今思项羽，不肯过江东。”陈洪、乔以钢主编《中华诗词900句》，南开大学出版社，2018年，第156页。

③ 方回《跋遂初尤先生尚书诗》:“宋中兴以来，言诗必曰尤、杨、范、陆。”陶文鹏主编《宋诗精华》，广西师范大学出版社，1996年，第648页。

陆游喜言从军乐①，
志在恢复旧岳川。
万里创立诚斋体，
活法机趣心灯传。
成大石湖有逸致，
四时风俗写田园。
尤袤诗如藏书失，
不知何故难保全。
姜夔裁云缝月妙②，
德藻瘦硬枯如禅。
江湖诗派成员众，
复古克庄马首瞻。
永嘉四灵旨趣合，
清虚便利行笔端③。
黍离悲切亡国恨，
文山啼血摧铁肝。
诗史湖州汪元量，

---

① 梁启超的《读陆放翁集》："诗界千年靡靡风，兵魂销尽国魂空。集中什九从军乐，亘古男儿一放翁。"董雁南编《梁启超爱国诗文选》，北京时代华文书局，2016 年，第 11 页。

② 毛晋《白石词跋》："范石湖尧章诗云：'有裁云缝月之妙手，敲金戛玉之奇声'，予以其词亦云。"詹安泰著《詹安泰词学论稿》附录《姜词集评》，中山大学出版社，2018 年，第 336 页。

③ 全祖望《宋诗纪事序》："永嘉徐、赵诸公以清虚便利之调行之，见赏于水心，则四灵派也，而宋诗又一变。嘉定以后，《江湖小集》盛行，多四灵之徒也。"湛之编《古典文学研究资料汇编 · 杨万里 范成大卷》，中华书局，1964 年，第 74 页。

景熙愁肠痛欲穿。
思肖《心史》读腾跃①,
泪洒墨画无土兰。
金末巨擘元好问,
笔翻风云倍心酸。
一唱三叹说诗史,
搅得心底起波澜。

---

① 潘永因《宋稗类抄》:"所南当宋社既墟,无策自奋,著《心史》六万余言,铁函重匮,外著'大宋铁函经'五字,内题'大宋孤臣郑思肖再拜书'十字,沈于吴门承天寺眢井。"金沛霖主编《四库全书子部精要》下,天津古籍出版社,1998年,第561页。

钱惟演歌

钱惟演，字希圣，杭州临安人，吴越忠懿王钱俶第七子。吴越钱氏纳土归宋，惟演随家族入汴京。作为旧王孙，他有生存的危机感和振兴家族的使命感。他拼命藏书、读书，主要凭借自身才华步入仕途，渐成为家族的骄傲。然而，他为寻求安全，阿附权贵，急于柄用，也为人所诟病，以至于谥号三次才改定。惟演为“西昆体”骨干诗人，他在洛阳任西京留守期间，奖掖欧阳修、梅尧臣等，客观上培养了一个文学集团。

太平兴国三年初，
钱俶祭祖痛声哭。
此行北去恐难返，
祈愿列宗佑我族①。

① 文莹《玉壶清话》：“俶最后入觐，知必不还，离杭之日，遍别先王陵庙。泣拜以辞，词曰，‘嗣孙俶不孝，不能守祭祀，又不能死社稷，今去国修觐，还邦未期，万一不能再扫松槚，愿王英德各遂所安，无恤坠绪。’拜讫，恸绝，几不能起，山川为之惨然。”倪进选注《唐宋笔记选注》，上海教育出版社，2016 年，第 245 页。

惟演此时才两岁，
被人抱着奔前途。
纳土归宋受优待，
子弟好学爱读书。
取字希圣般期盼，
忠孝之家育名儒。
少小赋诗惊四座，
诗题不凡为《远出》①。
生日当晚父遽去，
史记只说是暴卒②。
太宗召见多安慰，
弘毅致远作丈夫。
献文《咸平圣政录》，
才华渐为众人服。
《册府元龟》共修撰③，
青史留迹荣名殊。
西昆酬唱成诗派，

---

① 王称《东都事略》:“惟演，字希圣。幼有俊才，父俶使赋《远山》诗，有句曰:‘高为天一柱，秀作海三峰。’俶深器之。”(清)陶元藻辑，蒋寅点校《全浙诗话·外一种》第1册，浙江古籍出版社，2015年，第163页。

② 脱脱等撰《宋史·吴越钱氏》:“会朝廷遣使赐生辰器币，与使者宴饮至幕，有大流星堕正寝前，光烛一庭，是夕暴卒，年六十。”张瑞贤、任志英《中华人物传库·宋卷》，华夏出版社，1996年，第975页。

③ 脱脱等撰《宋史·钱惟演传》:“博学能文辞，召试学士院，以笏起草立就，真宗称善。改太仆少卿，献《咸平圣政录》。命直秘阁，预修《册府元龟》，诏与杨亿分为之序。”许嘉璐主编，倪其心分史主编《二十四史全译·宋史》第11册，汉语大词典出版社，2004年，第7126页。

貌与义山相仿佛[1]。
名比杨刘未多让，
文辞清丽何曾输[2]？
后进学者争仿效，
风雅一变弃轻俗。
写诗原非主要事，
倾心宦海主沉浮。
联姻后族靠山大，
妹嫁刘美求鸿福。
结交权贵附丁谓，
力排寇准政敌除。
后见丁谓又失势，
急忙自解不糊涂。
宰相冯拯恶其变，
调其外任离中枢[3]。
留守西京招才俊，

---

① 葛立方《韵语阳秋》："咸平、景德中，钱惟演、刘筠首变诗格，而杨文公与王鼎、王绰号'江东三虎'，诗格与钱、刘亦绝相类，谓之'西昆体'，大率效李义山之为。"刘逸生《诗话百一抄》，中国青年出版社，2016年，第35页。

② 潜说友《咸淳临安志》："惟演少富贵，能志于学。有文章与杨亿、刘筠齐名。"（清）陶元藻辑，蒋寅点校《全浙诗话·外一种》第1册，浙江古籍出版社，2015年，第165页。

③ 脱脱等撰《宋史·钱惟演传》："初，惟演见丁谓权盛，附之，与为婚。谓逐寇准，惟演与有力焉。及序枢密题名，独刊去准，名曰'逆准'，削而不书。谓祸既萌，惟演虑并得罪，遂挤谓以自解。宰相冯拯恶其为人，……乃罢为镇国军节度观察留后，即日改保大军节度使、知河阳。"许嘉璐主编，倪其心分史主编《二十四史全译·宋史》第11册，汉语大词典出版社，2004年，第7126页。

济济英彦满堂屋①。
文雅向善是天性,
宽容待士乐帮扶。
文学后劲尽荟萃,
中有明星欧梅苏。
振兴家族担大任,
续修家谱别亲疏。
钱氏旧事勤著述,
表彰功德不容诬。
奏为王父争配享,
仁厚勋高正相符。
惜乎此请终不济,
不愧祖宗不愧吾②。
暮年贬谪颇凄婉,
彭婆别宴泪盈珠③。
今日芳樽惟恐浅,

① 欧阳修《过钱文僖公白莲庄》:“命宾曾授简,开府最多才。今日西州路,何人更独来。”李之亮《欧阳修集编年笺注》第1册,巴蜀书社,2007年,第434页。

② 徐松《宋会要辑稿》:“枢密使钱惟演上言:‘真宗皇帝将祔大宫,有司议以功臣配飨。臣先臣尚父秦国忠懿王俶,勋隆奕叶,位重累朝。……伏望依礼降诏,配飨祖宗庙庭。’诏两制与崇文院检讨、礼官同共详议以闻。翰林学士承旨利瓦伊等奏议,请钱俶配飨太宗庙庭。奏入,不下。”(宋)钱惟演著,胡耀飞点校《钱惟演集》,浙江古籍出版社,2014年,第283—284页。

③ 邵伯温《邵氏闻见录》:“后钱相谪汉东,诸公送别至彭婆镇,钱相置酒作长短句,俾妓歌之,甚悲,钱相泣下,诸公皆泣下。”(清)陶元藻辑,蒋寅点校《全浙诗话·外一种》第1册,浙江古籍出版社,2015年,第164页。

自撰新曲不忍读。
白发歌鬟今犹在，
闻听不觉先惊呼。
昔日先王行将死，
亦歌《木兰》声喑呜①。
身亡汉东葬于洛，
萧萧风雨冷灯烛。
谥号不定凡三改，
身后微浪起江湖②。
王孙气质人称道，
仙骨清朗立雪庐。
平生最爱诗中画，
金风玉露鹤伴竹③。

---

① 王铚《侍儿小名录》："钱思公谪汉东日，撰《玉楼春》词曰：'城上风光莺语乱。城下烟波春拍岸。绿杨芳草几时休，泪眼愁肠先已断。情怀渐变成衰晚。鸾鉴朱颜惊暗换。昔年多病厌芳尊，今日芳尊惟恐浅。'每酒阑歌之，则泣下。后阁有白发妓，乃旧日邓王歌鬟惊鸿也，遽言：'先王将薨，预戒挽铎中歌《木兰花》引绋为送，今相公其将亡乎？'果薨于随州。邓王旧曲尝有'帝卿烟雨锁春愁，故国山川空泪眼'之句。"吴熊和主编《唐宋词汇评・两宋卷》第1册，浙江教育出版社，2004年，第12页。

② 脱脱等撰《宋史・钱惟演传》："《谥法》敏而好学曰'文'，贪而败官曰'墨'，请谥文墨。其家诉于朝，诏章得象等覆议，以惟演无贪黩状，而晚节率职自新，有惶惧可怜之意，取《谥法》追悔前过曰'思'，改谥曰思。庆历间，二太后始升祔真宗庙室，子暖复诉前议，乃改谥曰文僖。"许嘉璐主编，倪其心分史主编《二十四史全译・宋史》第11册，汉语大词典出版社，2004年，第7127页。

③ 钱惟演《对竹思鹤》："瘦玉萧萧伊水头，风宜清夜露宜秋。更教仙骥旁边立，尽是人间第一流。"陶文鹏主编《宋诗精华》，广西师范大学出版社，1996年，第55页。

欧阳修歌

欧阳修，字永叔，号醉翁，晚号六一居士，庐陵永丰县人。欧阳修在文学、经学、史学、金石学、谱学、农学等领域均取得重要成就，是不可多得的文化全才。他是北宋诗文革新运动的领袖，在他周边聚集了一批师友和学生，他领导这些骨干力量开创了崭新文风，成就一代宗师的地位。欧阳修凭散文位列“唐宋八大家”之一，还与韩愈、柳宗元、苏轼被后人合称“千古文章四大家”。欧阳修凭借诗歌与梅尧臣、苏舜钦一道，展现了宋诗面目。欧阳修的词则在抒情和通俗化上跃进一步，指明了未来发展方向。

醉翁亭边醉者谁？
自谓庐陵欧阳修①。
旷代文豪耀千古，
千秋史学属一流。

① 欧阳修《醉翁亭记》：“醉能同其乐，醒能述以文者，太守也。太守谓谁？庐陵欧阳修也。”胡怀琛编，蒙木点校《言文对照·古文笔法百篇》，文津出版社，2018年，第135页。

金石开山《集古录》，
书法中刚外优游[①]。
卓有政声官副相，
学术精微罕匹俦。
一生勤苦书千卷，
万事销磨酒浇愁。
琴棋常伴自得乐，
六一居士复何求[②]。
永叔少年多不幸，
父亲撒手狠心丢[③]。
好在贤母担大任，
画荻教子芳名留[④]。
叔父悉心养且育，
期许他年成文侯。
两次科考皆落榜，

---

① 朱熹《跋欧阳文忠公帖》："欧阳公作字如其为人，外若优游，中实刚劲。"戴丕昌、范乡之编译《古代书论选译》，山东文艺出版社，1999 年，第 151 页。

② 欧阳修《六一居士传》："六一居士初谪滁山，自号醉翁。既老而衰且病，将退休于颍水之上，则又更号六一居士。客有问曰：'六一，何谓也？'居士曰：'吾家藏书一万卷，集录三代以来金石遗文一千卷，有琴一张，有棋一局，而常置酒一壶。'客曰：'是为五一尔，奈何？'居士曰：'以吾一翁，老于此五物之间，是岂不为六一乎？'。"黄进德《欧阳修诗词文选评》，上海古籍出版社，2019 年，第 271—272 页。

③ 欧阳修《泷冈阡表》："修不幸，生四岁而孤。太夫人守节自誓；居穷，自力于衣食，以长以教俾至于成人。"黄进德《欧阳修诗词文选评》，上海古籍出版社，2019 年，第 260 页。

④ 脱脱等撰《宋史·欧阳修传》："欧阳修，字永叔，庐陵人。四岁而孤，母郑，守节自誓，亲诲之学，家贫，至以获画地学书。"郑翔主编《江西历代进士全传》第 4 册，上海古籍出版社，2016 年，第 2310 页。

龙门未跳先碰头。
天圣八年终登第，
从此波海乘宦舟。
曾是洛阳花下客①，
结交梅尹舒诗喉②。
仗义执言贬夷陵③，
听鸣鹧鸪与山鸠。
被召还京参新政，
再贬滁扬与颍州。
回朝主持礼部试，
慧眼识才百代讴。
安石变法多不合，
辞职居家心暗幽。
熙宁五年巨星落，
谥号文忠传千秋④。

---

① 欧阳修《戏答元珍》:"夜闻归雁生乡思，病入新年感物华。曾是洛阳花下客，野芳虽晚不须嗟。"黄进德《欧阳修诗词文选评》，上海古籍出版社，2019 年，第 65 页。

② 脱脱等撰《宋史 · 欧阳修传》:"始从尹洙游，为古文，议论当世事，迭相师友，与梅尧臣游，为歌诗相倡和，遂以文章名冠天下。"郑翔主编《江西历代进士全传》第 4 册，上海古籍出版社，2016 年，第 2310 页。

③ 脱脱等撰《宋史 · 欧阳修传》:"范仲淹以言事贬，在廷多论救，司谏高若讷独以为当黜。修贻书责之，谓其不复知人间有羞耻事。若讷上其书，坐贬夷陵令。"郑翔主编《江西历代进士全传》第 4 册，上海古籍出版社，2016 年，第 2310 页。

④ 脱脱等撰《宋史 · 欧阳修传》:"又以请止散青苗钱，为安石所诋，故求归愈切。熙宁四年，以太子少师致仕。五年，卒，赠太子太师，谥曰文忠。"郑翔主编《江西历代进士全传》第 4 册，上海古籍出版社，2016 年，第 2312 页。

诗文革新为领袖，
承继韩柳骋骅骝。
文气纡徐句简洁[①]，
诗尚议论为国忧。
妙丽古雅轻虚字[②]，
情文并茂美阴柔。
游戏小词有俗艳[③]，
风靡一时情采优。
沾溉后人自多矣，
何止深婉开少游[④]？
文赋神品《秋声赋》，
悲秋无言月如钩。
《六一诗话》开新体，
仿者络绎不能休。
精益求精文百改[⑤]，

---

① 苏洵《上欧阳内翰书》："执事之文，纡徐委备，往复百折，而条达疏畅，无所间断。气尽语极，急言竭论，而容与间易，无艰难劳苦之态。"吴孟复、蒋立甫主编《古文辞类纂评注》中，安徽教育出版社，2004 年，第 1001 页。

② 罗大经《鹤林玉露》："然韩、柳犹用奇字重字，欧、苏唯用平常轻虚字，而妙丽古雅，自不可及，此又韩、柳所无也。"（宋）罗大经撰《鹤林玉露》，上海古籍出版社，2012 年，第 57 页。

③ 罗大经《鹤林玉露》："欧阳公虽游戏作小词，亦无愧唐人《花间集》。"孙克强编著《唐宋人词话》（增订本），南开大学出版社，2012 年，第 249 页。

④ 冯煦《宋六十家词选・例言》："疏隽开子瞻，深婉开少游。"萧东海编著《宋代吉安名家诗词文选》，江西高校出版社，2001 年，第 39 页。

⑤ 丁传靖《宋人轶事汇编》："欧公晚年，尝自窜定平生所为文，用思甚苦。其夫人止之曰：'何自苦如此！尚畏先生耶？'公笑曰：'不畏先生嗔，却怕后生笑！'"郭预衡主编《中国古代文学史长编・宋辽金卷》，北京师范学院出版社，1993 年，第 119 页。

更览风光上层楼。
逢人说项乐奖掖，
宋文大家皆出欧。
想见风标磊落在，
风神潇洒气相投。
哲人日远何人续？
沙溪江畔思悠悠①。

① 欧阳修《寄题沙溪宝锡院》:“为爱江西物物佳,作诗尝向北人夸。青林霜日换枫叶,白水秋风吹稻花。”萧东海编著《宋代吉安名家诗词文选》,江西高校出版社,2001年,第22页。

梅尧臣歌

梅尧臣，字圣俞，宣州宣城人，世称宛陵先生，因官而又称“梅直讲”“梅都官”；诗与欧阳修、苏舜钦齐名，并称“梅欧”“苏梅”。欧阳修自认为诗不如梅尧臣，幽默地称赞梅诗“譬如妖韶女，老自有余态”。刘克庄也推许梅尧臣为宋诗“开山祖师”，“其功不在欧、尹下”。梅尧臣不满西昆体的雕琢，主张“作诗无古今，惟造平淡难”。

宛陵先生梅尧臣，
早随叔父到西京。
叔父梅询以仕显，
贤侄日后主诗盟。
受知留守钱惟演，
结交欧阳等文青①。
辗转地方任官职，

① 脱脱《宋史·梅尧臣传》：“钱惟演留守西京，特嗟赏之，为忘年交，引与酬倡，一府尽倾。欧阳修与为诗友，自以为不及。”许嘉璐主编，倪其心分史主编《二十四史全译·宋史》第15册，汉语大词典出版社，2004年，第9613页。

五十始得进士名。
建德数年为县令,
仁厚善治有政声。
引得人民永怀念,
古城至今叫梅城。
参修《太常因革礼》,
编次林逋诗集成。
宣城居丧研医药,
常为邻人治燃疼。
服满返京任直讲,
旋即都官稍迁升。
上奏自著《唐载纪》①,
补正旧史多发明。
因之命其与修撰,
《新唐书》成未及呈②。
忽染疫病竟长逝,
人间唯此最伤情。
帝念其功官其子,
激励大臣忠朝廷。

① 脱脱《宋史·梅尧臣传》:"注《孙子》十三篇,撰《唐载记》二十六卷,《毛诗小传》十卷,《宛陵集》四十卷。"许嘉璐主编,倪其心分史主编《二十四史全译·宋史》第15册,汉语大词典出版社,2004年,第9613页。

② 欧阳修《归田录》:"梅圣俞以诗知名,三十年终不得一馆职。晚年与修《唐书》,书成未奏而卒,士大夫莫不叹惜。"段青峰译《唐宋八大家文选》,崇文书局,2017年,第88页。

叶落归根葬故里[①]，
永叔撰定墓志铭。
文章简古又纯粹[②]，
下笔流露是至诚。
不书烟云与风月，
要将风雅比兴承[③]。
本乎济时扬美刺，
直斥奸丑使人惊。
《田家语》如杜工部，
怒为民生鸣不平。
里胥苦狠催租税，
诏书严令抽壮丁。
忍见民疾不能救，
自惭归去心方宁。
残害忠良实可恶，
寓意辛辣《猛虎行》。
圣俞情深见人品，

---

① 欧阳修《梅圣俞墓志铭》:"粤六月甲申，其孤增载其柩南归，以明年正月丁丑，葬于宣州阳城镇双归山。"吴孟复、蒋立甫主编《古文辞类纂评注》中，安徽教育出版社，2004年，第1485页。

② 欧阳修《梅圣俞诗集序》:"其为文章，简古纯粹，不求苟说于世，世之人徒知其诗而已。"黄进德《欧阳修诗词文选评》，上海古籍出版社，2019年，第121页。

③ 刘克庄《后村诗话》:"本朝诗惟宛陵为开山祖师。宛陵出，然后桑濮之哇淫稍息，风雅之气脉复续。"郭预衡主编《中国古代文学史长编·宋辽金卷》，北京师范学院出版社，1993年，第474页。

悼亡诗读泪光盈①。
诗重形象与含蓄,
平淡境界最难能②。
覃思精微融哲理③,
和平简远句清灵。
野凫眠岸有闲意④,
先生乐意本不争。
要问人家在何许?
云外一声鸡啼晴⑤。
淡而不枯有真味,
宋诗开山乃定评。
君实留为子孙宝⑥,

---

① 陈衍《石遗室诗话》:"按潘安仁诗,以《悼亡》三首为最,然除'望庐'二句,'流芳'二句,'长簟'二句外,无沉痛语。盖熏心富贵,朝命刻不去怀,人品不可与都官同日而语也。"郭预衡主编《中国古代文学史长编·宋辽金卷》,北京师范学院出版社,1993年,第143页。

② 胡应麟《诗薮》:"梅诗和平简远,淡而不枯,丽而有则,实为宋人之冠。"(明)胡应麟撰《诗薮》,上海古籍出版社,1958年,第213页。

③ 欧阳修《六一诗话》:"子美笔力豪俊,以超迈横绝为奇;圣俞覃思精微,以深远闲淡为意。各极其长,虽善论者不能优劣也。"黄进德《欧阳修诗词文选评》,上海古籍出版社,2019年,第90页。

④ 梅尧臣《东溪》:"行到东溪看水时,坐临孤屿发船迟。野凫眠岸有闲意,老树着花无丑枝。"方笑一主编《中华经典诗词2000首》第6卷,上海教育出版社,2018年,第57页。

⑤ 梅尧臣《鲁山山行》:"霜落熊升树,林空鹿饮溪。人家在何许,云外一声鸡。"王水照、朱刚注译《宋诗一百首》,上海古籍出版社,1997年,第15页。

⑥ 司马光(字君实)《圣俞惠诗复以二章为谢》其二:"我得圣俞诗,于家果何如?留为子孙宝,胜有千年珠。"李之亮《司马温公集编年笺注》第1册,巴蜀书社,2009年,第159页。

务观亦足慰平生[①]。

人见人爱至如此，

宛陵无愧诗中英。

① 陆游《书宛陵集后》:“赵璧连城价，隋珠照乘明。粗能窥梗概，亦足慰平生。”(南宋)陆游著《放翁诗话》,凤凰出版社,2009 年,第 76 页。

苏舜钦歌

苏舜钦,字子美,梓州铜山县人,生于开封,为人豪爽正直,作诗学李白,故《宋史》说他:“时发愤懑于歌诗,其体豪放,往往惊人。”他以《汉书》佐酒的故事,历来为人所津津乐道,其真率可爱的书生气栩栩如生。苏舜钦很早就学习古文,连欧阳修都承认,虽然自己年纪更大,但学习古文反倒落在苏子美后边了。他在苏州造沧浪亭,并为之作记,很有柳宗元“永州八记”的风味。

铜山三苏所指谁?
易简舜钦与舜元。
祖孙三人皆寿短,
空有才高惹人怜。
其中舜钦名最著,
并与欧梅称诗贤。
生于开封门第贵,
性格豪纵敢直言。
取字子美绍杜甫,

要为黎元写诗篇①。
娶妻名臣杜衍女，
风华少年喜气添。
《汉书》佐酒真快意，
动辄一斗入胃间②。
进士高中做县令，
先是蒙城后长垣。
庆历新政获重用，
感恩伯乐范仲淹。
进奏院里多废纸，
索性卖了当酒钱③。
益柔饮宴作狂语，

---

① 脱脱等撰《宋史·苏舜钦传》:"苏舜钦，字子美，参知政事易简之孙。父耆，有才名，尝为工部郎中、直集贤院。舜钦少慷慨有大志，状貌怪伟。当天圣中，学者为文多病偶对，独舜钦与河南穆修好为古文、歌诗，一时豪俊多从之游。"许嘉璐主编，倪其心分史主编《二十四史全译·宋史》第15册，汉语大词典出版社，2004年，第9598页。

② 陆友仁《砚北杂志》:"苏子美豪放不羁，好饮酒。在外舅杜祁公家，每夕读书，以一斗为率。公深以为疑，使子弟密觇之。闻子美读《汉书·张良传》，至'良与客狙击秦皇帝，误中副车'，遽抚掌曰:'惜乎，击之不中!'遂满饮一大白。又读，至'良曰'始臣起下邳，与上会于留，此天以授陛下'，又抚案曰:'君臣相遇，其难如此!'复举一大白。公闻之，大笑曰:'有如此下酒物，一斗不为多也。'"孙文光编《中国历代笔记选粹》上，华东师范大学出版社，1998年，第305—306页。

③ 脱脱等撰《宋史·苏舜钦传》:"范仲淹荐其才，召试，为集贤校理，监进奏院。舜钦娶宰相杜衍女，衍时与仲淹、富弼在政府，多引用一时闻人，欲更张庶事。御史中丞王拱辰等不便其所为。会进奏院祠神，舜钦与右班殿直刘巽辄用鬻故纸公钱召妓乐，间夕会宾客。"许嘉璐主编，倪其心分史主编《二十四史全译·宋史》第15册，汉语大词典出版社，2004年，第9604页。

《傲歌》顿把风暴掀[①]。
被人弹劾去官职，
闲居苏州烟水边。
废园买下四万贯，
沧浪亭造别有天。
复官湖州为长史，
未及赴任作鬼仙。
享年四十有一岁，
亲者痛惜泪涟涟。

少时慷慨有大志，
文章敢为天下先。
不满西昆铺藻丽[②]，
文取质实去拇骈。
原于古而致于用，
要将韩柳精神宣。
言者必归于道义，
志同穆修石延年。

---

① 脱脱等撰《宋史·王益柔传》："预苏舜钦奏邸会，醉作《傲歌》。时诸人欲遂倾正党，宰相章得象、晏殊不可否，参政贾昌朝阴主之，张方平、宋祁、王拱辰攻排不遗力，至列状言益柔罪当诛。"许嘉璐主编，倪其心分史主编《二十四史全译·宋史》第15册，汉语大词典出版社，2004年，第6503页。

② 宋荦《苏子美文集序》："文章雄健负奇气，如其为人……独倔兴于举世不为之时，挽杨刘之颓波，导欧苏之前驱，其才识尤有过人者。"(宋)苏舜钦著，沈文倬校点《苏舜钦集》附录二，上海古籍出版社，1981年，第252页。

勇于革新任哂笑，
独行不为世俗牵。
诗乃人生相偕者，
民俗世风总关联。
豪放惊人发愤懑[①]，
超迈横绝辞卑谦。
下笔不离忧国事，
铁骨铮铮心刚坚。
抗击外侮英雄气，
久而不见觉新鲜。
《庆州败》里斥边备，
《吾闻》跃跃赴时艰。
一生肝胆如星斗，
但见陋弊痛针砭。
山水诗亦有风力，
满川风雨打船舷[②]。
传世词作独一首，
豪情更在苏轼前。
寒潭垂钓非素志，

① 脱脱等撰《宋史·苏舜钦传》："时发愤懑于歌诗，其体豪放，往往惊人。"许嘉璐主编，倪其心分史主编《二十四史全译·宋史》第15册，汉语大词典出版社，2004年，第9606页。

② 苏舜钦《淮中晚泊犊头》："春阴垂野草青青，时有幽花一树明。晚泊孤舟古祠下，满川风雨看潮生。"方笑一主编《中华经典诗词2000首》第6卷，上海教育出版社，2018年，第79页。

但言丈夫耻疏闲①。
酣醉落笔生古意②,
墨宝雄劲苍虬颜。
梅苏齐开宋面目③,
诗坛名与日月悬。

---

① 苏舜钦《水调歌头·沧浪亭》:“丈夫志,当景盛,耻疏闲。壮年何事憔悴,华发改朱颜。拟借寒潭垂钓,又恐鸥鸟相猜,不肯傍青纶。刺棹穿芦荻,无语看波澜。”吴熊和主编《唐宋词精华》上,太白文艺出版社,2001年,第414页。

② 脱脱等撰《宋史·苏舜钦传》:“善草书,每酣酒落笔,争为人所传。”许嘉璐主编,倪其心分史主编《二十四史全译·宋史》第15册,汉语大词典出版社,2004年,第9606页。

③ 叶燮《原诗》:“开宋诗一代之面目者,始于梅尧臣、苏舜钦二人。”傅璇琮总主编《中国古代诗文名著提要·宋代卷》,河北教育出版社,2009年,第69页。

苏轼歌

苏轼，字子瞻，号东坡居士，四川眉山人，与父苏洵、弟苏辙合称“三苏”。苏轼是继欧阳修之后的文坛领袖，在诗、词、散文等方面取得很高成就。其散文代表了宋代最高水准，与欧阳修并称“欧苏”；诗与黄庭坚并称“苏黄”；词开豪放一派，与辛弃疾并称“苏辛”。苏轼还善书，与黄庭坚、米芾、蔡襄并称“北宋四大家”。苏轼还擅长文人画，主张追求神似，怪石、枯木等在其笔下皆能化腐朽为神奇。此外，苏轼对医药、烹饪、水利等都深有研究和实践。苏轼是百科全书式的人物，是宋代文化精神的代表。苏轼热爱生活、乐观向上、随缘自适、和蔼机智的形象，为各阶层人士所喜爱，其受欢迎的程度恐怕很难有人出其右了。

眉生常死葬于汝①,
身魂漂泊等鸿雁②。
苏轼苏轼字子瞻,
乃父取名意深远。
惧轼不饰招人嫌,
不如车辙祸能免③。
年少即为范滂激,
慈母嘉许善策勉④。
弱冠出川赴京城,
一举成名万人羡。
欧公青眼识贤才,
文坛逢人便引荐⑤。

---

① 脱脱等撰《宋史·苏轼传》:"苏轼,字子瞻,眉州眉山人。……建中靖国元年,卒于常州,年六十六。"郭预衡主编《中国古代文学史长编·宋辽金卷》,北京师范学院出版社,1993年,第181、183页。又,苏辙《亡兄子瞻端明墓志铭》:"闰六月癸酉,葬于汝州郏城县钓台乡上瑞里。"曾枣庄、舒大刚主编《三苏全书》第18册,语文出版社,2001年,第223页。

② 苏轼《和子由渑池怀旧》:"人生到处知何似,应似飞鸿踏雪泥。泥上偶然留指爪,鸿飞那复计东西。"方笑一主编《中华经典诗词2000首》第3卷,上海教育出版社,2018年,第135页。

③ 苏洵《名二子说》:"轮辐盖轸,皆有职乎车,而轼独若无所为者。虽然,去轼,则吾未见其为完车也。轼乎,吾惧汝之不外饰也。天下之车莫不由辙,而言车之功者,辙不与焉。虽然,车仆马毙,而患亦不及辙,是辙者,善处乎祸福之间也。辙乎,吾知免矣。"曾枣庄、曾涛选注《三苏选集》,巴蜀书社,2018年,第344页。

④ 苏辙《亡兄子瞻端明墓志铭》:"太夫人尝读《东汉史》至《范滂传》,慨然太息。公侍侧,曰:'轼若为滂,夫人亦许之否乎?'太夫人曰:'汝能为滂,吾顾不能为滂母耶?'公亦奋厉有当世志。太夫人喜曰:'吾有子矣。'"曾枣庄、舒大刚主编《三苏全书》第18册,语文出版社,2001年,第214页。

⑤ 欧阳修《与梅圣俞书》:"读(苏)轼书,不觉汗出,快哉快哉!老夫当避路,放他出一头地也。"李之亮《欧阳修集编年笺注》第8册,巴蜀书社,2007年,第155页。

安石变法多不合，
自请出京掌府县。
通判杭州知密徐，
湖州任上受诬陷。
乌台诗案气汹汹，
下狱百日口难辩。
从轻发落贬黄州，
开荒东坡养家眷①。
赤壁月朗夜泛游②，
郁闷为文气如电。
旧党执政召还朝，
翰林学士一时选。
自请外调再入杭，
西湖筑堤分湖面。
新党复起遭重击，
天涯海角又走遍。
先到惠州啖荔枝③，

---

① 苏轼《东坡八首并序》："余至黄州二年，日以困匮。故人马正卿哀予乏食，为於郡中请故营地数十亩，使得躬耕其中。"曾枣庄、曾涛选注《三苏选集》，巴蜀书社，2018年，第131页。

② 苏轼《前赤壁赋》："壬戌之秋，七月既望，苏子与客泛舟游于赤壁之下。清风徐来，水波不兴。举酒属客，诵明月之诗，歌窈窕之章。少焉，月出于东山之上，徘徊于斗牛之间。白露横江，水光接天。"魏耕原主编《历代小赋观止》，陕西人民教育出版社，2019年，第469页。

③ 苏轼《惠州一绝》："罗浮山下四时春，卢橘杨梅次第新。日啖荔枝三百颗，不辞长作岭南人。"陈洪、乔以钢主编《中华诗词900句》，南开大学出版社，2018年，第99页。

继遣儋州不生怨①。
徽宗即位返中原,
病逝途中遥祭奠。
遗嘱安葬小眉山,
子由为铭了其愿②。
患难与共手足情,
对床夜语常记惦③。
辙卒亦葬兄长旁,
昆仲日日可相见。

诗文书画皆精通,
文化星空最亮眼。
书法尚意墨丰腴,
娟秀有韵出台砚④。
画爱竹石与枯松,
笔法尚简意非浅。

---

① 苏轼《自题金山画像》:"心似已灰之木,身如不系之舟。问汝平生功业,黄州惠州儋州。"刘乃昌选注《苏轼选集》,齐鲁书社,1980年,第142页。

② 苏辙《亡兄子瞻端明墓志铭》:"公始病,以书属辙曰:'即死,葬我嵩山下,子为我铭。'辙执书,哭曰:'小子忍铭吾兄!'"曾枣庄、舒大刚主编《三苏全书》第18册,语文出版社,2001年,第214页。

③ 苏辙《逍遥堂会宿二首并引》:"辙幼从子瞻读书,未尝一日相舍,既壮,将游宦四方,读韦苏州诗至'宁知风雨夜,复此对床眠',恻然感之,乃相相约早退,为闲居之乐。"曾枣庄、曾涛选注《三苏选集》,巴蜀书社,2018年,第227页。

④ 黄庭坚《跋自所书与宗室景道》:"翰林苏子瞻书法娟秀,虽用墨太丰,而韵有余,于今为天下第一。"(宋)黄庭坚著,屠友祥校注《山谷题跋》,上海远东出版社,1999年,第142页。

古文革新成就高，
有论有作勤实践。
求物之妙要辞达①，
精金美玉价自显②。
文理自然姿态生，
流水淙淙云舒卷。
纵横恣肆政论文，
札记说赋味深隽。
丰富广泛诗题材，
忧及时事直讽谏。
写景抒怀法门多，
触处生春意雅健。
才思敏捷见解新，
理趣盎然句精炼。
以文为诗承退之，
好发议论喜用典。
七言各体尤擅长，
明快动荡劈波舰。

---

① 苏轼《答谢民师书》:“夫言止于达意，即疑若不文，是大不然。求物之妙，如系风捕影；能使是物了然于心者，盖千万人而不一遇也，而况能使了然于口与手者乎！是之谓辞达。辞至于能达，则文不可胜用矣。”牛宝彤选注《三苏文选》，四川人民出版社，1983年，第155页。

② 苏轼《答谢民师书》:“欧阳文忠公言，文章如精金美玉，市有定价，非人所能以口舌定贵贱也。”牛宝彤选注《三苏文选》，四川人民出版社，1983年，第156页。

倾荡磊落成奇观①,
词至东坡始大变。
胸有万卷笔无尘,
涵盖气象境无限。
风格清雄殆类仙,
逸怀浩气轻俗贱②。
以诗为词扫花间,
提升词品作贡献。
吸引后进在周围,
苏门弟子遍文苑。
文采风流士共钦,
逆来顺处道至简。
苏学盛于北金源③,
声势直入古朝鲜④。
透过南宋元明清,

---

① 刘辰翁《辛稼轩词序》:“词至东坡,倾荡磊落,如诗如文,如天地奇观。”(宋)辛弃疾著,徐汉明编《辛弃疾全集》,四川文艺出版社,1994 年,第 396 页。

② 胡寅《酒边词序》:“及眉山苏氏,一洗绮罗香泽之态,摆脱绸缪宛转之度,使人登高望远,举首高歌,而逸怀浩气,超然乎尘垢之外。于是花间为皂隶,而柳氏为舆台矣!”四川大学中文系唐宋文学研究室编《苏轼资料汇编》上编第 1 册,中华书局,1994 年,第 303 页。

③ 彭汝寔《中州乐府序》:“宋、金分疆,程学行于南,苏学行于北。”施蛰存主编《词籍序跋萃编》,中国社会科学出版社,1994 年,第 693 页。

④ 李奎报《全州牧新雕东坡文集跋尾》:“夫文集之行乎世,亦各一时所尚而已。然今古已来,未若东坡之盛行,尤为人所嗜者也……自士大夫至于新进后学,未尝斯须离其手,咀嚼余芳者皆是。”转引自张伯伟《域外汉籍研究入门》,复旦大学出版社,2012 年,第 287 页。

坡仙光芒不可掩[1]。
光阴任他随水流，
丽辉未曾丝毫减。
好竹连山觉笋香[2]，
君书尽读不挑拣。

① 张矩《应天长·曲院风荷》："换桥渡舫，添柳护堤，坡仙旧迹今续。"（清）朱彝尊、汪森编《词综》，上海古籍出版社，2014 年，第 360 页。

② 苏轼《初到黄州》："自笑平生为口忙，老来事业转荒唐。长江绕郭知鱼美，好竹连山觉笋香。"刘乃昌选注《苏轼选集》，齐鲁书社，1980 年，第 71 页。

王安石歌

王安石，字介甫，号半山，抚州临川人，因曾封“荆国公”，故又称之为“王荆公”。王安石以“天变不足畏，祖宗不足法，人言不足恤”的“三不足”斗争精神，雷厉风行推行变法，是非功过在封建社会尚有争论。作为文学家，王安石享有崇高地位，其散文简洁峻切，鲜明精悍，名列“唐宋八大家”之一；诗歌学杜甫和李商隐，晚年诗风一改意气，以深婉不迫，“雅丽精绝”见长，世称“王荆公体”；词开豪放先河，意境壮阔，笔力雄深。朱熹高度赞扬王安石“以文章节行高一世，而尤以道德经济为己任”，其伟大的人格精神不容诋毁。

安石自号曰半山①，
葬在金陵籍在赣。

---

① 陆游《入蜀记》：“归途过半山，少留。半山者，王文公旧宅，所谓报宁禅院也。自城中上钟山，此为中途，故曰半山。”（宋）陆游《放翁诗话》，凤凰出版社，2009 年，第 82 页。

临川山水出人杰[1]，
先生之名如雷贯。
宇内承平若无事，
唯君深忧国家乱。
少有壮志担大任，
自求四方作游宦。
幕府青衫当年日[2]，
蓬头垢面不释卷[3]。
苍生黎元问疾苦，
常思兼济成习惯。
创立新学达天下，
经术造士出独断[4]。
非议汹汹自不免，
矫俗立异集责难。

---

① 脱脱等撰《宋史·王安石传》："王安石，字介甫，抚州临川人。"郑翔主编《江西历代进士全传》第 2 册，上海古籍出版社，2016 年，第 942 页。

② 王安石《入瓜步望扬州》："落日平村一水边，芜城掩映只苍然。白头追想当时事，幕府青衫最少年。"(宋)王安石著，秦克、巩军标点《王安石全集》，上海古籍出版社，1999 年，第 538 页。

③ 邵伯温《邵氏闻见录》："韩魏公自枢密副使以资政殿学士知扬州，王荆公初及第为佥判，每读书至达旦，略假寐，日已高，急上府，多不及盥漱。魏公及荆公少年，疑夜饮放逸。一日从容谓荆公曰：'君少年，无废书，不可自弃。'荆公不答，退而言曰：'韩公非知我者。'"(宋)邵伯温、邵博撰，王根林校点《邵氏闻见录·邵氏闻见后录》，上海古籍出版社，2012 年，第 53 页。

④ 王安石《除左仆射谢表》："窃以经术造士，实始盛王之时；伪说诬民，是为衰世之俗。盖上无躬教立道之明辟，则下有私学乱治之奸氓。"(宋)王安石著，秦克、巩军标点《王安石全集》，上海古籍出版社，1999 年，第 152 页。

神宗慨然欲变法，
君臣相得两辉焕。
何妨举世嫌迂阔①，
一往无前谁能撼？
皆云相公性执拗②，
可曾识得为忧患？
两度为相推新法，
新设机构严督办。
无奈收效甚微小，
意见不一人心散。
闲居金陵疗伤痛，
功败垂成堪扼腕。
司马温公起用后，
尽废新法无忌惮。
一生志业付流水，
留在世间何堪看③？
元祐元年忙更化，
介甫辞世大江畔。

---

① 王安石《孟子》："沉魄浮魂不可招，遗编一读想风标。何妨举世嫌迂阔，故有斯人慰寂寥。"王水照、朱刚注译《宋诗一百首》，上海古籍出版社，1997 年，第 34 页。

② 脱脱等撰《宋史・王安石传》："安石性强忮，遇事无可否，自信所见，执意不回。"郑翔主编《江西历代进士全传》第 2 册，上海古籍出版社，2016 年，第 946 页。

③ 郑昂《卮史》："荆公闻朝廷变其法，夷然不以为意；又闻罢助役，复差役，愕然失声曰：'亦罢至此乎？'" 李德自《王安石诗文系年》，陕西人民教育出版社，1987 年，第 306—307 页。

或功或罪论难定，
时而尊崇时清算①。
先生私德如日月，
具体参见《宋史》传。
文章节行高一世②，
财利酒色不相伴。
道德经济为己任，
浩然之气冲霄汉。
洁白之操冰霜质，
凛然史间不可犯。

少有文名笔飞动，
初不经意成精湛③。
结交皆是文章手，
胜场不容君独擅。
文学主张甚斩截，
直面现实作典范。

---

① 脱脱等撰《宋史·王安石传》："绍圣中，谥曰文，配享神宗庙庭。崇宁三年，又配祀文宣王庙，列于颜、孟之次，追封舒王。钦宗时，杨时以为言，诏停之。高宗用赵鼎、吕聪问言，停宗庙配享，削其王封。"郑翔主编《江西历代进士全传》第2册，上海古籍出版社，2016年，第945—946页。

② 脱脱等撰《宋史·王安石传》："性不好华腴，自奉至俭，或衣垢不浣，面垢不洗，世多称其贤。"郑翔主编《江西历代进士全传》第2册，上海古籍出版社，2016年，第946页。

③ 脱脱等撰《宋史·王安石传》："安石少好读书，一过目终身不忘。其属文动笔如飞，初若不经意，既成，见者皆服其精妙。"郑翔主编《江西历代进士全传》第2册，上海古籍出版社，2016年，第933页。

崇经重道作指导，
有补于世反扯淡①。
存诗千有五百首，
前后诗风泾渭判。
少年意气颇自许，
诗语说尽不留憾。
政治民生在笔底，
咏史精警人盛赞。
后期荆公体深婉，
雅丽脱俗律称善②。
丰神远迈复唐韵，
岿然一家他恣绽。
为文雄健又峻洁，
片语扫他数大段③。
瘦硬通神论透辟④，
凌厉贯注何精悍！

---

① 王安石《上人书》:“且所谓文者，务为有补于世而已矣；所谓辞者，犹器之有刻镂绘画也。诚使巧且华，不必适用；诚使适用，亦不必巧且华。要之以适用为本，以刻镂绘画为之容而已。”霍松林主编《古代文论名篇详注》，上海古籍出版社，2002 年，第 275 页。

② 胡仔《苕溪渔隐丛话前集》:“荆公暮年作小诗，雅丽精绝，脱去流俗，每讽味之，便觉沆瀣生牙颊间。”戎默整理《王安石全集 · 王安石全集附录》，复旦大学出版社，2016 年，第 345 页。

③ 刘熙载《艺概》:“只下一二语，便可扫却他人数大段，是何简贵！”(清)刘熙载《艺概》，上海古籍出版社，1978 年，第 32 页。

④ 刘熙载《艺概》:“半山文瘦硬通神，此是江西本色，可合黄山谷诗派观之。”(清)刘熙载《艺概》，上海古籍出版社，1978 年，第 33 页。

词境开拓洗旧习，
清迥高峻气伟岸。
登临送目天气肃①，
《桂枝香》词千古叹。
草草杯盘昏昏火②，
灯下赋诗将君探。
不畏浮云遮望眼③，
爬到高层浑身汗。
我敬荆公勇任怨④，
真金不惧千回锻。

---

① 王安石《桂枝香》："登临送目，正故国晚秋，天气初肃。"邓乔彬选注《豪放词三百首》，上海交通大学出版社，2016年，第48页。

② 王安石《示长安君》："草草杯盘共笑语，昏昏灯火话平生。自怜湖海三年隔，又作尘沙万里行。"方笑一主编《中华经典诗词2000首》第6卷，上海教育出版社，2018年，第109页。

③ 王安石《登飞来峰》："飞来山上千寻塔，闻说鸡鸣见日升。不畏浮云遮望眼，自缘身在最高层。"方笑一主编《中华经典诗词2000首》第6卷，上海教育出版社，2018年，第95页。

④ 马端临《文献通考》："介甫之行新法，其意勇于任怨，而不为毁誉所动。"白寿彝等主编，曾贻芬编注《文史英华·典志卷》，湖南出版社，1993年，第160页。

曾巩歌

曾巩，字子固，江右南丰人，世称“南丰先生”。他曾在家族中发挥中流砥柱的作用，《宋史·曾巩传》记载他“性孝友，父亡，奉继母益至，抚四弟、九妹于委废单弱之中。宦学昏嫁，一出其力”。曾巩作为“唐宋八大家”之一，文学成就最突出的自然是散文。他的古文宗经明道，“纡徐而不烦，简奥而不悔，卓然自成一家”；诗词为文名所掩，钱钟书先生对其评价甚高，认为其比苏洵、苏辙父子好。曾巩重视人才，曾向老师欧阳修推荐挚友王安石。他自己也培养了陈师道、王无咎、曾肇、曾布等名人。

南丰曾巩出世家①，

三代皆以儒名夸②。

祖父行世《凫绎集》，

---

① 脱脱等撰《宋史·曾巩传》：“曾巩，字子固，建昌南丰人。”许嘉璐主编，倪其心分史主编《二十四史全译·宋史》第11册，汉语大词典出版社，2004年，第7170页。

② 曾巩《上欧阳学士第一书》：“巩性朴陋，无所能似，家世为儒，故不业他。”张觉选注《曾巩散文精选》，东方出版中心，1998年，第118页。

诗赋朴实本无华。
父亲正直性刚正，
受诬除名反通达。
家风若此自振奋，
天资聪慧笔生霞。
如皋寄读大长进，
弱冠声名满天涯。
结识安石成挚友①，
欧公青睐赞有加②。
醉翁门下多能士，
最喜曾君顶呱呱③。
不惑之年方入仕，
校理古籍贡献佳。
推行新法合实际，
廉洁奉公明赏罚。

---

① 脱脱等撰《宋史·曾巩传》："少与王安石游，安石声誉未振，巩导之于欧阳修，及安石得志，遂与之异。"许嘉璐主编，倪其心分史主编《二十四史全译·宋史》第11册，汉语大词典出版社，2004年，第7172页。

② 欧阳修《与余襄公书》："广文曾生，文识可骇，云尝学于君子，略能道动静。"李之亮《欧阳修集编年笺注》第8册，巴蜀书社，2007年，第93页。

③ 苏辙《亡兄子瞻端明墓志铭》："嘉祐二年，欧阳文忠公考试礼部进士，疾时文之诡异，思有以救之。梅圣俞时与其事，得公《论刑赏》以示文忠。文忠惊喜，以为异人，欲以冠多士，疑曾子固所为，子固，文忠门下士也，乃置公第二。"曾枣庄、舒大刚主编《三苏全书》第18册，语文出版社，2001年，第214－215页。

晚年留京掌史事①，
卒于江宁葬于家。

南丰先生文古雅，
平正温厚立意嘉②。
穷尽事理思透彻，
情感克制少激发。
纡徐简奥卓然立③，
要归仁义道不杂。
序记最为人称道④，
委曲周详善穿插。
严谨有序长布置，
法度从容才有暇。
愈出愈工若织锦，
上下驰骋如骝骅。

---

① 脱脱等撰《宋史·曾巩传》:“帝以《三朝》《两朝国史》各自为书，将合而为一，加巩史馆修撰，专典之。”许嘉璐主编，倪其心分史主编《二十四史全译·宋史》第 11 册，汉语大词典出版社，2004 年，第 7172 页。

② 朱熹《跋曾南丰帖》:“余年二十许时，便喜读南丰先生之文。而窃慕效之，竟以才力浅短，能遂其所愿。今五十年乃得见其遗墨，简严静重，盖亦如其为文也。”曾枣庄主编《宋代序跋全编》第 7 册，齐鲁书社，2015 年，第 4382 页。

③ 脱脱等撰《宋史·曾巩传》:“曾巩立言于欧阳修、王安石间，纡徐而不烦，简奥而不晦，卓然自成一家，可谓难矣。”郭预衡主编《中国古代文学史长编·宋辽金卷》，北京师范学院出版社，1993 年，第 193 页。

④ 茅坤《唐宋八大家文钞·南丰文钞引》:“曾之序记为最，而志铭稍不及。”高海夫主编《唐宋八大家文钞校注集评·南丰文钞·老泉文钞》，三秦出版社，1998 年，第 3627 页。

存诗超过四百首,
雄浑质朴不浮滑。
巉削道洁峰天外①,
平实清健剑在匣②。
吾喜《咏柳》理中趣,
乱条猖狂终白搭③。
兴教劝学功绩在,
门生弟子皆挺拔。
无已悼师《妾薄命》,
愿得相从将身杀④。
当年文章一落纸,
手抄口诵众喧哗。
惜乎身后长寂寞,
风雅精妙多不察。

---

① 陈訏《宋十五家诗选·南丰诗选》:“南丰诗巉削遒洁,如孤峰天外,卓立万仞。其气格在少陵、昌黎之间。”李震编《曾巩研究资料汇编》下,中华书局,2009年,第656页。

② 方回《瀛奎律髓》:“子固诗一扫昆体,所谓饾饤刻画咸无之。平实清健,自为一家。后山未见山谷时,不惟文学南丰,诗亦学南丰。既见山谷,然后诗变而文不变耳。”(元)方回选,(清)纪昀刊误,诸伟奇、胡益民点校《瀛奎律髓》,黄山书社,1994年,第358页。

③ 曾巩《咏柳》:“乱条犹未变初黄,倚得东风势便狂。解把飞花蒙日月,不知天地有清霜。”金辛编注《宋诗先读二百首》,浙江古籍出版社,第8页。

④ 陈师道《妾薄命二首》其二:“天地岂不宽?妾身自不容。死者如有知,杀身以相从。向来歌舞地,夜雨鸣寒蛩。”方笑一主编《中华经典诗词2000首》第7卷,上海教育出版社,2018年,第33页。

我为子固作歌咏，

四面风开水上花①。

① 曾巩《水西亭书事》："一番雨熟林间杏，四面风开水上花。岸尽龙鳞盘翠筱，溪深鳌背露晴沙。"余冠英等主编《唐宋八大家全集》，国际文化出版公司，1998年，第2062页。

黄庭坚歌

黄庭坚，字鲁直，号山谷道人、涪翁，洪州分宁人。性孝顺，为母亲涤溺器编入《二十四孝图》。与张耒、晁补之、秦观游学于苏轼门下，合称为“苏门四学士”。在诗歌方面，黄庭坚不仅和苏轼并称，而且是宋代最大诗派江西诗派的开山之祖。他提出的一系列理论和创作实绩，几乎影响到之后宋代每一个大诗人。黄庭坚的词与秦观并称“秦七黄九”，词风疏宕，也有俚俗生僻之处。

豫章先生黄庭坚，
人如精金美玉般①。
取字鲁直号山谷②，
天生高才万古传。

---

① 苏轼《答黄鲁直书》：“此人如精金美玉，不即人而人即之，将逃名而不可得，何以我称扬为？”曾枣庄、刘琳主编《全宋文》第 88 册，上海辞书出版社、安徽教育出版社，2006 年，第 1 页。

② 脱脱等撰《宋史·黄庭坚传》：“初，游潜皖山谷寺、石牛洞，乐其林泉之胜，因自号山谷道人云。”许嘉璐主编，倪其心分史主编《二十四史全译·宋史》第 11 册，汉语大词典出版社，2004 年，第 9628 页。

自幼聪颖惊四座，
七步开口诗道谙[①]。
进士中后任县尉，
教授太学两相欢。
太和知县登快阁，
澄江一道月映川[②]。
供职京师修实录，
胆气豪壮不欺瞒。
鄂州知府贬别驾，
晚号涪翁多心酸。
暮年宜州严管制，
贫病交加双鬓斑。
客死是州何寂寞[③]，
归葬双井返乡关。
亲涤溺器性至孝，

---

① 佚名《桐江诗话》:“世传山谷七岁，作《牧童诗》云：骑牛远远过前村，短笛风吹隔陇闻。多少长安名利客，机关用尽不如君。”轻言主编《历代小品诗话》，崇文书局，2010年，第83页。

② 黄庭坚《登快阁》:“痴儿了却公家事，快阁东西倚晚晴。落木千山天远大，澄江一道月分明。”陈洪、乔以钢主编《中华诗词900句》，南开大学出版社，2018年，第447页。

③ 脱脱等撰《宋史·黄庭坚传》:“挺之执政，转运判官陈举承风旨，上其所作《荆南承天院记》，指为幸灾，复除名，羁管宜州。三年，徙永州，未闻命而卒，年六十一。”许嘉璐主编，倪其心分史主编《二十四史全译·宋史》第11册，汉语大词典出版社，2004年，第9628页。

孝子图中事可参①。
江湖夜雨六十载，
桃李春风酒未酣②。
读书不辍面目好，
义理交胸气岸然③。
诗与苏轼称国手，
师友风谊铸美谈。
江西诗派开山祖④，
此功足可盖子瞻。
派中远祖推杜甫，
开启法门无数端。
字字来处勤锻炼⑤，
句法简易大巧含。

---

① 郭居敬《二十四孝图》:“宋黄庭坚，元符中为太史，性至孝。身虽贵显，奉母尽诚。每夕，亲自为母涤溺器，未尝一刻不供子职。”古敏土编《孝经》，北京燕山出版社，2001年，第65页。

② 黄庭坚《寄黄几复》:“我居北海君南海，寄雁传书谢不能。桃李春风一杯酒，江湖夜雨十年灯。”方笑一主编《中华经典诗词2000首》第3卷，上海教育出版社，2018年，第194页。

③ 苏轼《记黄鲁直语》:“士大夫三日不读书，则义理不交于胸中。对镜觉面目可憎，向人亦语言无味。”李之亮笺注《苏轼文集编年笺注·诗词附》第10册，巴蜀书社，2011年，第109页。

④ 刘克庄《江西诗派小序》:“豫章稍后出，会萃百家句律之长，究极历代体制之变，蒐猎奇书，穿穴异闻，作为古律，自成一家，虽只字半句不轻出，遂为本朝诗家宗祖，在禅学中比得达磨，不易之论也。”王大鹏编选《中国历代诗话选》第2册，岳麓书社，1985年，第885页。

⑤ 黄庭坚《答洪甥驹父书》:“老杜作诗，退之作文，无一字无来处，盖后人读书少，故谓韩杜自作此语耳。”陈伯海主编，查清华等编撰《唐诗学文献集粹》上，上海古籍出版社，2016年，第334页。

章法曲折如绣锦，
山高水深平淡湾①。
点铁成金指尤妙②，
夺胎换骨似仙丹③。
但将诗法细细觅，
笔底尘俗一扫完。
早岁作词陷浮艳，
痛自改悔因悟禅④。
用意深至多俚语，
滥觞曲家越篱藩⑤。
作书最擅行与草，

① 黄庭坚《与王观复第二书》中说："但熟观杜子美到夔州后古律诗，便得句法：简易而大巧出焉，平淡而山高水深，似欲不可企及。文章成就，更无斧凿痕，乃为佳耳。"陈伯海主编，查清华等编撰《唐诗学文献集粹》上，上海古籍出版社，2016年，第333页。

② 黄庭坚《答洪甥驹父书》："古之能为文章者，真能陶冶万物，虽取古人之陈言入于翰墨，如灵丹一粒，点铁成金也。"陈伯海主编，查清华等编撰《唐诗学文献集粹》上，上海古籍出版社，2016年，第334页。

③ 吴曾《能改斋漫录》："山谷云：'诗意无穷，而人之才有限，以有限之才，追无穷之意，虽渊明、少陵不得工也。然不易其意而造其语，谓之换骨法；规模其意而形容之，谓之夺胎法。'"陈伯海主编，查清华等编撰《唐诗学文献集粹》上，上海古籍出版社，2016年，第337页。

④ 赵钺《鹖林子》："法秀禅师尝语黄鲁直云：'公作艳歌小词，可罢之。'鲁直曰：'空中语耳，非杀非偷，不至坐此堕恶道。'师曰：'君以邪言荡人淫心，使逾礼越禁，岂止堕恶道而已。'鲁直由此不作词曲。"王利器《元明清三代禁毁小说戏曲史料》，上海古籍出版社，1981年，第262页。

⑤ 刘熙载《艺概》："黄山谷词，用意深至，自非小才所能办。惟故以生字、俚语侮弄世俗，若为金、元曲家滥觞。"(清)刘熙载《艺概》，上海古籍出版社，1978年，第108页。

学得张怀立标杆①。
东坡论其曰“三反”②，
不出新意死不甘。
功夫确乎在诗外，
书进得之道与船③。
自成一家谓本色，
诗词书法如是观。
风前横笛斜吹雨，
醉里簪花倒著冠④。
每读先生如此句，
手舞足蹈总忘餐。

---

① 黄庭坚《书草老杜诗后与黄斌老》：“予学草书三十余年，初以周越为师……其后又得张长史、僧怀素、高闲墨迹，乃窥笔法之妙……”（宋）黄庭坚著《黄庭坚全集》第3册，四川大学出版社，2001年，第14页。

② 苏轼《跋鲁直为王晋卿小书尔雅》：“鲁直以平等观作欹侧字，以真实相出游戏法，以磊落人书细碎事，可谓‘三反’。”李之亮笺注《苏轼文集编年笺注·诗词附》第9册，巴蜀书社，2011年，第540页。

③ 黄庭坚《跋唐道人编余草稿》：“在黔中时，字多随意曲折，意到笔不到。及来僰道舟中，观长年荡浆，群丁拔棹，乃觉少进，意之所到，辄能用笔。”（宋）黄庭坚著，屠友祥校注《山谷题跋》，上海远东出版社，1999年，第256页。

④ 黄庭坚《鹧鸪天·座中有眉山隐客史应之和前韵即席答之》：“黄菊枝头生晓寒。人生莫放酒杯干。风前横笛斜吹雨，醉里簪花倒著冠。身健在，且加餐。舞裙歌板尽清欢。黄花白发相牵挽，付与时人冷眼看。”方笑一主编《中华经典诗词2000首》第6卷，上海教育出版社，2018年，第201页。

陈师道歌

陈师道，字履常，一字无己，号后山居士，徐州人。一生气骨傲岸，好像只乐于闭门苦吟，拙于生计和功名。他甚至穷到无钱养家的地步，只能让妻子带着三个孩子投奔岳父，看到他诗中写到不忍分别的场景以及由此产生的自责心情，读者都深感无奈和心酸。陈师道是江西诗派重要作家，是该派“三宗”之一，现存理论著作《后山诗话》一卷，时有灼见。

徐州诗人陈师道，
后山居士字履常。
跻身苏门六学士，
却将南丰来瓣香①。

① 陈师道《观兖文忠家六一堂图书》诗：“向来一瓣香，敬为曾南丰。”（清）梁廷楠原著，汤开建、陈文源点校，常绍温主编《东坡事类》，暨南大学出版社，1992年，第77页。

心非王说绝进取[①]，
安贫乐道著文章。
曾巩荐之修国史，
受阻布衣徒空忙。
苏轼孙觉等力举，
徐州教授展其长。
新旧党争遭连累，
罢官回家甚凄惶。
经日不炊寻常事，
妻子愠怒泪汪汪[②]。
生性耿直恶附贵，
不为圆融但持方。
穷困岂有长生计，
四十九岁即身亡。
诸经尤邃《诗》与《礼》，
精深雅奥文确当。
诗癖从来难治愈，
登览得句急归床。

① 脱脱等撰《宋史·陈师道传》："熙宁中，王氏经学盛行，师道心非其说，遂绝意进取。"许嘉璐主编，倪其心分史主编《二十四史全译·宋史》第15册，汉语大词典出版社，2004年，第9632页。

② 脱脱等撰《宋史·陈师道传》："巩典五朝史事，得自择其属，朝廷以白衣难之。元祐初，苏轼、傅尧俞、孙觉荐其文行，起为徐州教援，又用梁焘荐，为太学博士。言者谓在官尝越境出南京见轼，改教授颍州。又论其进非科第，罢归。调彭泽令，不赴。家素贫，或经日不炊，妻子愠见，弗恤也。"许嘉璐主编，倪其心分史主编《二十四史全译·宋史》第15册，汉语大词典出版社，2004年，第9632页。

以被蒙首寻绎出,
吟榻之名渐传扬。
家人猫狗皆散去,
诗成乃敢近身旁①。

黄陈并称享盛誉,
江西派中两栋梁。
诗尚先道后文艺,
求美于内格高昂。
温柔敦厚莫怨刺,
时事力避锋敛藏。
冥心孤诣如修炼,
时至换骨自生光。
法严力劲求其正②,
学赡用变勤绳缰。
句简语拙追古意③,
执著有余反受伤。
人讥嚼蜡又气短④,

---

① 张泰来《江西诗社宗派图录》:"陈无已每登览得句,即急归卧一榻,以被蒙首,恶闻人声,谓之'吟榻'。家人知之,即婴儿稚子,亦抱寄邻家。"赵永纪编《古代诗话精要》,天津古籍出版社,1989 年,第 535 页。

② 吴之振《宋诗钞》:"盖法严而力劲,学赡而用变,涪翁以后殆难与敌也。"山右历史文化研究院编《山右丛书·初编》第 12 册,上海古籍出版社,2014 年,第 540 页。

③ 陈师道有《后山诗话》:"诗文宁拙毋巧,宁朴毋华,宁粗毋弱,宁僻毋俗。"陈伯海主编,张寅彭、黄刚编撰《唐诗论评类编》(增订本)下,上海古籍出版社,2015 年,第 1613 页。

④ 李调元《雨村诗话》:"后山诗则味如嚼蜡,读之令人气短。"(清)李调元著,詹杭伦、沈时蓉《雨村诗话校正》,巴蜀书社,2006 年,第 22 页。

除却偏见可商量。
最赏诗中真情境，
流连往复动人肠。
读其拮据贫苦句，
纸上忽下一层霜。
《送内》吞声不敢尽[1]，
贫贱夫妻尝炎凉。
更有凄恻《别三子》，
妻儿相离泪泱泱。
寄食巴蜀使有信，
忐忑不忍问细详[2]。
转将诗笔写小词，
笔力甚健风味良。
自诩不减秦与黄[3]，
平心而论略显狂。
无己若与唐人比，
可共郊岛入一堂。

---

① 陈师道《送内》："吞声不敢尽，欲怨当归谁？"张永芳等编著《古代情诗三百首》，辽宁大学出版社，1997 年，第 224 页。

② 陈师道《寄外舅郭大夫二首》其一："巴蜀通归使，妻孥且旧居。深知报消息，不忍问何如。"(元)方回选，(清)纪昀刊误，诸伟奇、胡益民点校《瀛奎律髓》，黄山书社，1994 年，第 910 页。

③ 吴聿《观林诗话》："予他文未能及人，独于词，自谓不减秦七黄九。"张惠民编《宋代词学资料汇编》，汕头大学出版社，1993 年，第 21 页。

陈与义歌

陈与义，字去非，号简斋，洛阳人。早年尝赋《墨梅》诗，得到宋徽宗的嘉赏。靖康南渡，陈与义任南宋朝廷重臣，宋高宗很赏识他。陈与义虽与黄庭坚、陈师道合为江西诗派三宗，但其作诗并不太拘泥用典和来处，喜欢用白描手法，重现实意境，与江西诗派中之主流明显有别。严羽《沧浪诗话》列有"陈简斋体"，肯定其个性。陈与义亦擅词作，词风清婉明丽。

洛阳诗俊陈与义，
天资卓伟才过人。
早登科第任教授，
辗转仕途尝苦辛。
靖康南下来避难，
襄汉湖湘岭南奔。
绍兴元年入行在，
官职屡变承皇恩。
七年升迁作参政，

历练多年成重臣。

尊主威严振纲纪，

先和后战国策陈[①]。

君臣相得堪大用，

奈何沉疴日益深。

一病不起令人痛，

国事艰难泪满襟。

容状俨恪少言笑，

外谦内刚莫可侵。

荐士于朝不外语，

赢得感佩布人心[②]。

体物寓兴诗才富，

高举横厉见风神。

《简斋集》共十六卷，

一生行迹此中寻。

前后诗风大变化，

---

① 脱脱等撰《宋史・陈与义传》："七年正月，参知政事，唯师用道德以辅朝廷，务尊主威而振纲纪。时丞相赵鼎言：'人多谓中原有可图之势，宜便进兵，恐他时咎今日之失机。'上曰：'今梓宫与太后、渊圣皆未还，若不与金议和，则无可还之理。'与义曰：'若和议成，岂不贤于用兵，万一无成，则用兵必不免。'上曰：'然。'"许嘉璐主编，倪其心分史主编《二十四史全译・宋史》第15册，汉语大词典出版社，2004年，第9643—9644页。

② 脱脱等撰《宋史・陈与义传》："与义容状俨恪，不妄言笑，平居虽谦以接物，然内刚不可犯。其荐士于朝，退未尝以语人，士以是多之。"许嘉璐主编，倪其心分史主编《二十四史全译・宋史》第15册，汉语大词典出版社，2004年，第9644页。

南渡转调奏强音。
名列三宗江西派，
下笔偶有求生新。
陶谢韦柳取清邃，
东坡后山化无痕①。
沉郁顿挫逼杜甫，
身履百罹乃主因。
孤臣霜发三千丈②，
十年伊洛仍蒙尘。
万里来游还望远③，
自伤南国客子身。
干戈未定书生老④，
可怜杜鹃啼归魂！
悲壮慷慨力沈挚，
气势雄浑规模存。

---

① 吴澄《震翁诗序》："简斋古体自东坡氏，近体自后山氏，而神化之妙，简斋自简斋也。"郭预衡主编《中国古代文学史长编·宋辽金卷》，北京师范学院出版社，1993年，第294页。

② 陈与义《伤春》："孤臣霜发三千丈，每岁烟花一万重。"方笑一主编《中华经典诗词2000首》第7卷，上海教育出版社，2018年，第151页。

③ 陈与义《登岳阳楼二首》其一："万里来游还望远，三年多难更凭危。白头吊古风霜里，老木沧波无限悲。"陶文鹏主编《宋诗精华》，广西师范大学出版社，1996年，第516页。

④ 陈与义《居夷行》："人世多违壮士悲，干戈未定书生老。"钱志熙等著《江西诗派诗传》，吉林人民出版社，2002年，第448页。

句律流丽对仗美①，
片段细节锻成金。
读其杏花消息句，
情景交融雨中春②。
缙绅士庶争传诵，
摘句题写众纷纷。
号为新体学者盛③，
去非之名天下闻。
《无住词》篇惜乎少，
语意超绝迈群伦。
吐言天拔无作态④，
肺腑流出字字真。
吹笛杏花疏影里⑤，
古今多少事如云。

① 吴师道《吴礼部诗话》："世称宋诗人，句律流丽，必曰陈简斋。"郭预衡主编《中国古代文学史长编・宋辽金卷》，北京师范学院出版社，1993年，第296页。

② 陈与义《怀天经智老因访之》："客子光阴诗卷里，杏花消息雨声中。"霍松林《历代好诗诠评》，陕西师范大学出版社，2018年，第476页。

③ 葛胜仲《陈去非诗集序》："晚年赋咏尤工，缙绅士庶争传诵，而旗亭传舍摘句，题写殆遍，号称'新体'。"高志忠、张福勋编著《〈全宋诗〉补阙——补诗人、补诗事、补诗评》，商务印书馆，2018年，第103页。

④ 纪昀等《四库全书总目提要》："吐言天拔，不作柳亸莺娇之态，亦无蔬笋之气，殆于首首可传，不能以篇帙之少而废之。"郭预衡主编《中国古代文学史长编・宋辽金卷》，北京师范学院出版社，1993年，第297页。

⑤ 陈与义《临江仙・夜登小阁忆洛中旧游》："忆昔午桥桥上饮，坐中多是豪英。长沟流月去无声。杏花疏影里，吹笛到天明。"庄泽义编选《宋词精读》，浙江人民出版社，2018年，第156页。

平淡而工卓然立，
自然背后推敲勤。
《沧浪诗话》简斋体[①]，
拈出表彰法可循。

---

① 严羽《沧浪诗话》:“陈简斋体，陈去非与义也。亦江西之派而小异。”高志忠、张福勋编著《〈全宋诗〉补阙——补诗人、补诗事、补诗评》，商务印书馆，2018 年，第 103 页。

杨万里歌

杨万里，字廷秀，号诚斋，吉州吉水人，与陆游、尤袤、范成大并称为南宋“中兴四大诗人”。杨万里异常勤奋，一生笔耕不辍，光诗作就有两万多首，传世将近四千三百首。他力图融合唐宋诗之所长，直寻大自然的乐趣和理趣，采用最天然和最富幽默情趣的语言，将才性与学问融为一体，如盐融水，不着痕迹，表现出十分鲜明的个性。即使放在整个中国文学史，“诚斋体”也是最富创造性的风格之一。杨万里是当时诗坛盟主，所谓“四海诚斋独霸诗”，连陆游也明确承认：“我不如诚斋，此评天下同。”综合起来看，陆游所言并非客套话。

吾郡先贤杨万里，
生在黄桥湴塘村。
古村沧桑历风雨，
生机盎然满眼春。
严父杨芾深研《易》，
耳濡目染得其真。

广拜名师自勤奋，
学问日进亦日新。
再考进士终及第，
初授赣州小参军。
永州零陵县丞任，
得见张浚何其欣！
正心诚意相勉励，
自号诚斋明其心①。
不惑之年《千虑策》，
激赏再三虞允文②。
短暂出知奉新县，
又同京城倍苦辛。
转眼即至五十岁，
为官常州诗破闷。
岭南三年逢母丧，
服除临安栖宦身。
侍读东宫屡荐士③，

① 脱脱等撰《宋史·杨万里传》："时张浚谪永，杜门谢客，万里三往不得见，以书力请，始见之。浚勉以正心诚意之学，万里服其教终身，乃名读书之室曰诚斋。"郑翔主编《江西历代进士全传》第4册，上海古籍出版社，2016年，第2165页。

② 罗大经《鹤林玉露》："虞雍公初除枢密，偶至陈丞相应求阁子内，见杨诚斋《千虑策》，读一篇，叹曰：'东南乃有此人物！某初除合荐两人，当以此人为首。'"(宋)罗大经撰《鹤林玉露》，上海古籍出版社，2012年，第113页。

③ 脱脱等撰《宋史·杨万里传》："东宫讲官阙，帝亲擢万里为侍读。宫僚以得端人相贺。……即疏朱熹、袁枢以下六十人以献，淮次第擢用之。"郑翔主编《江西历代进士全传》第4册，上海古籍出版社，2016年，第2165页。

配享之争节坚贞[①]。
光宗即位升迁快，
奈何正直屡遭嗔。
六十五岁回吉水，
从此不为朝中臣。
嘲风弄月南溪畔，
访友赣江边上寻。
时事何曾真忘却，
侂胄误国急如焚。
开禧北伐何轻率，
听闻消息泪满襟。
忧愤而死谥文节[②]，
英名共与日月存。

雄吞诗界前无古[③]，

---

① 罗大经《鹤林玉露》:"洪容斋在翰苑,以吕颐浩、赵鼎、韩世忠、张俊四人为请。盖文武各用两人,出于孝宗圣意也,遂令侍从议。……时杨诚斋时为秘书少监,上书争之,以欺、专、私三罪斥容斋,且言魏公有社稷大功五……于是有旨再令详议。越数日,上忽谕大臣曰:'吕颐浩等配享,正合公论,更不须议。洪迈固是轻率,杨万里亦未免浮薄。'于是二人皆求去,容斋守南徐,诚斋守高安,而魏公讫不得配食。"(宋)罗大经撰《鹤林玉露》,上海古籍出版社,2012 年,第 75 页。

② 脱脱等撰《宋史·杨万里传》:"忽族子自外至,遽言侂胄用兵事。万里恸哭失声,亟呼纸书曰:'韩侂胄奸臣,专权无上,动兵残民,谋危社稷,吾头颅如许,报国无路,惟有孤愤!'又书十四言别妻子,笔落而逝。"郑翔主编《江西历代进士全传》第 4 册,上海古籍出版社,2016 年,第 2166 页。

③ 项安世《题刘都监所藏杨秘监诗卷》:"雄吞诗界前无古,新创文机独有今。"湛之编《杨万里范成大资料汇编》,中华书局,1964 年,第 15 页。

诚斋体出动乾坤。
一官一集求新变①,
打破藩篱辟法门。
曾学江西溯晚唐,
唐宋一炉未曾分。
铺叙纤悉曲尽妙②,
才思健拔扫千钧。
清新刻露特生拗③,
肆意有作才气奔。
理学禅学为底蕴,
活泼剌底有所循④。
一双慧眼如快镜,
写生捕态叹为神。
踪矢蹑风手敏捷⑤,

---

① 方回《瀛奎律髓》:"杨诚斋诗一官一集,每一集必一变。"湛之编《杨万里范成大资料汇编》,中华书局,1964 年,第 41 页。

② 周必大《跋杨廷秀石人峰长篇》:"状物姿态,写人情意,则铺叙纤悉,曲尽其妙。"湛之编《杨万里范成大资料汇编》,中华书局,1964 年,第 9 页。

③ 钱基博《中国文学史》:"南宋诗集传于今者,惟杨万里及陆游最富。游清新刻露而出以圆润,为媲于苏。万里清新刻露而特为生拗,则原出黄。"

④ 刘祁《归潜志》:"(李屏山)晚甚爱杨万里诗,日'活泼剌底,人难及也。'"陈伯海主编,查清华等编撰《唐诗学文献集粹》上,上海古籍出版社,2016 年,第 473 页。

⑤ 钱钟书《谈艺录》:"诚斋则如摄影之快镜,兔起鹘落,鸢飞鱼跃,稍纵即逝而及其未逝,转瞬即改而当其未改,眼明手捷,踪矢蹑风,此诚斋之所独也。"周振甫、冀勤编著《钱钟书〈谈艺录〉读本》,上海教育出版社,1992 年,第 205 页。

处处山川怕见君①。
别出机杼无俗雅，
新创文机万象亲。
胸襟透脱如童稚②，
幽默风趣元气淋。
轻笑颓唐粗俚者③，
城府无边一径深。
诗存竟超四千首，
代代相传到子孙。
当时诗坛为盟主，
陆游自愧奉为尊④。
先生一代好作手⑤，
诗外各体皆可珍。
《诚斋诗话》尚意味，

---

① 姜夔《送朝天续集归诚斋时在金陵》:“翰墨场中老斩轮，真能一笔扫千军。年年花月无闲日，处处山川怕见君。”湛之编《杨万里范成大资料汇编》，中华书局，1964 年，第 12 页。

② 杨万里《和李天麟二首》:“学诗须透脱，信手自孤高。”周汝昌《杨万里选集》，中华书局，1962 年，第 42 页。

③ 纪昀《四库全书总目提要》:“虽沿江西诗派之末流，不免有颓唐粗俚之处；而才思健拔，包孕富有，自为南宋一作手，非后来四灵、江湖诸派可得而并称。”湛之编《杨万里范成大资料汇编》，中华书局，1964 年，第 79—80 页。

④ 陆游在《谢王子林判院惠诗编》:“文章有定价，议论有至公。我不如诚斋，此评天下同。”湛之编《杨万里范成大资料汇编》，中华书局，1964 年，第 4 页。

⑤ 袁枚《随园诗话》:“诚斋，一代作手，谈何容易！”湛之编《杨万里范成大资料汇编》，中华书局，1964 年，第 76 页。

词有奇致着俗尘[①]。
辞赋散文皆上品，
《诚斋易传》植史根[②]。
其子长孺编著作，
《诚斋集》成世人钦。
四部丛刊影宋本，
最为善籍冠古今。
后辈岂能只仰止，
奋蹄扬鞭须紧跟。

---

① 王奕清等《历代词话》:“杨万里不特诗有别才，即词亦有奇致。”吴熊和主编《唐宋词汇评·两宋卷》，浙江教育出版社，2004 年，第 2116 页。

② 全祖望《跋〈杨诚斋易传〉》:“易至南宋，康节之学盛行，鲜有不眩惑其说。其卓然不惑者，则诚斋之《易传》乎！……中以史事证经学，尤为洞邃。”吴国武《两宋经学学术编年》下，凤凰出版社，2015 年，第 886 页。

陆游歌

陆游，字务观，号放翁，越州山阴人。他出生于南北宋之交，对靖康之耻体会深刻，一生都是坚定的抗战派。他有意做诗人，自述"六十年间万首诗"，今存 9300 余首。如果乾隆皇帝不算作诗人，陆游就是存诗最多的。陆游是辛派词人的中坚，词风既胸慨奔放，又纤丽婉约。陆游是著名史学家，私修《南唐书》，体例严谨，观点鲜明，为后世所重。散文《入蜀记》、笔记《老学庵笔记》不只文笔可观，更保存有重要史料。陆游给人印象深刻的是强烈的爱国主义精神，他以从军抗敌为乐，难忘亲临剑南的烽火岁月，将诗稿定名为《剑南诗稿》。与诚斋志在创新不同，陆游擅长综合。李白与杜甫的诗风在他诗中神奇融合，使其诗风浪漫与现实交替，俨然是两宋之集大成者。

宣和七年风雨夜，
淮河舟中诞诗魁①。
靖康逃难多辗转，
山河破碎国事非。
名门望族书香第，
陆游大笔潇洒挥。
锁厅试中列榜首，
得罪秦桧空手归②。
献策张浚力恢复，
可憾北伐志未遂。
受此牵连遭罢职③，
四年之后入峨眉。
先判夔州再为幕，
亲临前线马正肥。
蜀中岁月最难忘，

① 陆游《十月十七日，予生日也。孤村风雨萧然，偶得二绝句。予生淮上，是日平旦，大风雨骇人，及余堕地，雨乃止》："少傅奉诏朝京师，舣船生我淮之湄。宣和七年冬十月，犹是中原无事时。"张永鑫、刘桂秋译注《陆游诗词选译》(修订版)，凤凰出版社，2011 年，第 215 页。

② 脱脱等撰《宋史・陆游传》："锁厅荐送第一，秦桧孙埙适居其次，桧怒，至罪主司。明年，试礼部，主司复置游前列，桧显黜之，由是为所嫉。"(宋)陆游著，夏承焘、吴熊和笺注《放翁词编年笺注》附录三，上海古籍出版社，2017 年，第 174 页。

③ 脱脱等撰《宋史・陆游传》："言者论游交结台谏，鼓唱是非，力说张浚用兵，免归。"(宋)陆游著，夏承焘、吴熊和笺注《放翁词编年笺注》附录三，上海古籍出版社，2017 年，第 175 页。

自号放翁赏寒梅①。
宦海浮沉不由己，
投闲置散令人悲。
　夜阑卧听风吹雨②，
梦里战血溅四围。
八十五载空北望，
至死犹盼王师威③。
爱情凄婉一生痛④，
沈园柳老泪絮飞⑤。
百年谁愿遇此事？
千秋不可无诗随⑥。

---

① 陆游《梅花绝句二首》其一："闻道梅花坼晓风，雪堆遍满四山中。何方可化身千亿，一树梅花一放翁。"蒋凡、白振奎编选《陆游集》，凤凰出版社，2014 年，第 139 页。

② 陆游《十一月四日风雨大作》："僵卧孤村不自哀，尚思为国戍轮台。夜阑卧听风吹雨，铁马冰河入梦来。" 霍松林《历代好诗诠评》，陕西师范大学出版社，2018 年，第 509 页。

③ 陆游《示儿》："死去元知万事空，但悲不见九州同。王师北定中原日，家祭无忘告乃翁。" 霍松林《历代好诗诠评》，陕西师范大学出版社，2018 年，第 514 页。

④ 陈鹄《耆旧续闻》："余弱冠客会稽，游许氏园，见壁间有陆放翁题词云……。放翁先室内琴瑟甚和，然不当母夫人意，因出之。夫妇之情，实不忍离。……务观一日至园中，去妇闻之，遣遗黄封酒果馔通殷勤。公感其情，为赋此词。其妇见而和之，有'世情薄，人情恶'之句，惜不得其全阕。未几，怏怏而卒，闻者为之怆然。此园后更许氏。淳熙间，其壁犹存，好事者以竹木来护之，今不复有矣。" 吴熊和主编《唐宋词汇评·两宋卷》第 3 册，浙江教育出版社，2004 年，第 2038 页。

⑤ 陆游《沈园二首》其二："梦断香消四十年，沈园柳老不吹绵。此身行作稽山土，犹吊遗踪一泫然。"霍松林《历代好诗诠评》，陕西师范大学出版社，2018 年，第 513 页。

⑥ 陈衍《宋诗精华录》："无此绝等伤心事，亦无此绝等伤心之诗。就百年论，谁愿有此事？就千年论，不可无此诗。" 陶文鹏主编《宋诗精华》，广西师范大学出版社，1996 年，第 609 页。

六十年间诗万首①，
高山仰止何巍巍！
亘古男儿从军乐，
高歌慷慨扫卑微。
模写事情俱透脱②，
新意不破旧律规。
对偶精警佳句涌，
遒峭沉郁如魏碑③。
少时学诗工藻绘，
不脱江西诸人胚。
中务宏肆如侠客，
舞剑驰马到边陲。
晚造平淡化绚烂④，
看山是山一轮回⑤。

① 陆游《小饮梅花下作》:“脱巾莫叹发成丝，六十年间万首诗。”(宋)陆游《放翁诗话》，凤凰出版社，2009年，第153页。

② 袁宗道《偶得〈放翁集〉，快读数日志喜，因效其语》:“模写事情俱透脱，品题花鸟亦清奇。尽同元白诸人趣，绝是苏黄一辈诗。”(明)袁宗道、袁宏道、袁中道著《三袁集》，三晋出版社，2008年，第34页。

③ 冯煦《蒿庵论词》:“剑南屏除纤绝，独往独来，其遒峭沉郁之概，求之有宋诸家，无可方比。”(宋)陆游著，夏承焘、吴熊和笺注《放翁词编年笺注》附录二，上海古籍出版社，2017年，第162页。

④ 赵翼《瓯北诗话》:“(陆游诗)少工藻绘，中务宏肆，晚造平淡。”(宋)陆游《放翁诗话》，凤凰出版社，2009年，第143页。

⑤ 普济《五灯会元》:“老僧三十年前未参禅时，见山是山，见水是水。及即至后来，亲见知识，有个入处；见山不是山，见水不是水。而今得个休歇处，依前见山只是山，见水只是水。”桑大鹏、许苏民著《月印万川 · 历代禅语小品》，湖北辞书出版社，2017年，第213页。

词风纤丽或雄慨①，
笔力欲将稼轩追。
文笔简健称良史，
意致深远气势恢。
诗多难免率意作②，
也有批评一大堆。
瑕不掩瑜古今理，
剑南精神生光辉。

① 毛晋《宋六十名家词・放翁词跋》："纤丽处似淮海，雄慨处似东坡。"（宋）陆游著，夏承焘、吴熊和笺注《放翁词编年笺注》附录一，上海古籍出版社，2017 年，第 162 页。

② 叶燮《原诗》："陆游集佳处固多，而率意无味者更倍。"湛之编《古典文学研究资料汇编・杨万里 范成大卷》，中华书局，1964 年，第 65 页。

范成大歌

范成大，字至能（一作致能），早年自号此山居士，晚号石湖居士，平江府吴县人。中兴四大诗人中，他功业最为卓著。张镃赞扬他“事业文章两足尊，南北东西曾遍历”，这是符合事实的。范成大诗中价值最高的是使金纪行诗和田园诗，前者体现了持节不移的爱国主义精神，后者呈现了当时农村最真实的田园生活。以《四时田园杂兴》为代表的田园诗颇具创造性，他将中唐新乐府与盛唐山水田园诗派融合起来，使得隐逸趣味不再田园牧歌，而是接上了地气，退隐士大夫与田园的主人——农民有了更为亲切的互动。钱钟书先生在《宋诗选注》中谓之“也算得中国古代田园诗的集大成”，这是前所未有的至高评价。

平江吴县范成大，
系情桑梓号石湖。
怀抱已识屏间字，

父喜力教期不俗[①]。
显仁皇后金归宋，
应试献赋声满吴。
十年禅寺只苦读，
此山居士德不孤[②]。
早成家中顶梁柱，
一举登第入仕途。
主政处州创义役，
公私便利载史书。
出使金国不惧死，
全节而归敌酋服[③]。
南赴静江抚桂郡，
西入巴蜀练边卒。
因功回朝升参政，
旋遭弹劾谏官诬。
东薄明州罢进奉，
赈灾建康减民租。

---

① 周必大《资政殿大学士赠银青光禄大夫范公成大神道碑》："公讳成大，字至能。……公在怀抱，已识屏间字，少师力教之。"湛之编《古典文学研究资料汇编・杨万里 范成大卷》，中华书局，1964 年，第 112 页。

② 周必大《资政殿大学士赠银青光禄大夫范公成大神道碑》："（公）十年不出，竭力嫁二妹，无科举意。欲买山无赀，取唐人'只在此山中'之语，自号此山居士。"湛之编《古典文学研究资料汇编・杨万里 范成大卷》，中华书局，1964 年，第 112 页。

③ 脱脱等撰《宋史・范成大传》："左右以笏标起之，成大屹不动，必欲书达。既而归馆所，金主遣伴使宣旨取奏。成大之未起也，金庭纷然，太子欲杀成大，越王止之，竟得全节而归。"湛之编《古典文学研究资料汇编・杨万里 范成大卷》，中华书局，1964 年，第 161 页。

苦于风眩准致仕，
从此优游在姑苏。
行人半出稻花上，
梅花指路江海浮。
一生体弱多劳累，
苦痛遍身疾难除①。
未至古稀身先陨，
引得万民同声哭。

诗名比肩尤杨陆，
中兴大家诗艺熟。
使金壮诗七十二，
悲歌泪目沦陷图。
连昌尚有花临砌，
肠断宜春寸草无②！
志士读此能不怒？
愿为恢复拼头颅！
《田园杂兴》六十首，
别于传统重情抒。
妙笔温润偶峭拔，

---

① 周必大《资政殿大学士赠银青光禄大夫范公成大神道碑》："卿南至桂广，北使幽燕，西入巴蜀，东薄鄞海，可谓贤劳，宜其多疾。"湛之编《古典文学研究资料汇编·杨万里 范成大卷》，中华书局，1964年，第120页。

② 范成大《宜春苑》："狐冢獾蹊满路隅，行人犹作御园呼。连昌尚有花临砌，肠断宜春寸草无。"程千帆、沈祖棻注评《古诗今选》，凤凰出版社，2010年，第539页。

风光农事熔一炉。
采菱辛苦废犁锄，
血指流丹鬼质枯①。
此等句子近乐府，
好官为民鼓与呼。
清新妩媚奄鲍谢，
大篇短章风神足②。
《石湖词》存百余阕，
清雅莹洁旨格殊③。
纪行地理笔记体④，
史料价值莫轻忽。
书法庭坚与苏轼，
生意郁然丽如姝⑤。

---

① 范成大《夏日田园杂兴》："采菱辛苦废犁锄，血指流丹鬼质枯。无力买田聊种水，近来湖面亦收租。" 方笑一主编《中华经典诗词 2000 首》第 8 卷，上海教育出版社，2018 年，第 4 页。

② 杨万里《石湖居士大资参政范公文集序》："大篇决流，短章敛芒，缛而不酿，缩而不僒。清新妩媚，奄有鲍谢；奔逸隽伟，穷追太白。"湛之编《古典文学研究资料汇编 · 杨万里 范成大卷》，中华书局，1964 年，第 128 页。

③ 何梦华抄本《石湖词》评："文穆以诗雄一代，而词亦清雅莹洁。迥异尘嚣，小令更胜于长调。"蒋哲伦、杨万里编纂《唐宋词书录》，岳麓书社，2007 年，第 404 页。

④ 周必大《资政殿大学士赠银青光禄大夫范公成大神道碑》："别著《吴门志》五十卷，使北又《揽辔录》，入粤有《骖鸾录》《桂海虞衡志》，出蜀有《吴船录》各一卷。"湛之编《古典文学研究资料汇编 · 杨万里 范成大卷》，中华书局，1964 年，第 121－122 页。

⑤ 王世贞《弇州山人稿》："（成大）归隐石湖时作即诗。无论竹枝、鹧鸪、家言，已曲尽吴中农圃故事矣！书法出入眉山、豫章，间有米颠笔，圆熟遒丽，生意郁然，真是二绝。"转引自李志敏主编《中国传世书法鉴赏》卷 3，民主与建设出版社，2015 年，第 281 页。

政事文章耀一世①，
四方风物笔底逐。
苏州两范高节在，
流风余韵励后儒。

① 龚明之《纪闻》:“范公文章政事，震耀一世。”吴熊和主编《唐宋词汇评·两宋卷》第3册，浙江教育出版社，2004年，第2102页。

戴复古歌

戴复古，字式之，自号石屏、石屏樵隐，温岭石屏村人。其家庭有作诗传统，他也以此为志业。戴氏一生大部分时间行走江湖，这自然含有行万里路为诗找素材、积累感受的目的。他拜陆游为师，诗风俊爽。他以苦吟求工，主要精力放在五律上，晚年写成《论诗十绝》，有不少精辟见解。

南宋贤士戴复古，
名列江湖诗人谱。
生于温岭屏上村，
自号石屏系故土。
乃父戴敏大诗痴，
不屑应举有硬骨①。
子承父业诗事传，

① 楼钥《跋戴式之诗卷》："以诗自适，不肯作举子业，终穷而不悔。"曾枣庄、刘琳主编《全宋文》第264册，上海辞书出版社、安徽教育出版社，2006年，第290页。

负奇尚气歌者苦①。
身着布衣万里行,
南游瓯闽穿吴楚②。
京华作梦十年余③,
归来却把悼亡赋④。
人在江湖身漂泊⑤,
南北东西万里路。
晚归故乡享天伦,
探梅观鹤诗酒舞。
年逾八旬终长眠,
留得诗声震山谷。

学诗博采众家长,
晚唐江西相交互。
近世诸公勤切磋,

---

① 贡师泰《重刊石屏先生诗序》:"(复古)负奇尚气,慷慨不羁。"吴熊和主编《唐宋词汇评·两宋卷》第4册,浙江教育出版社,2004年,第2900页。

② 贡师泰《重刊石屏先生诗序》:"南游瓯闽,北窥吴越,上会稽,绝重江,浮彭蠡,泛洞庭,望匡庐、五老、九嶷诸峰,然后放于淮、泗,以归老于委羽之下。"吴熊和主编《唐宋词汇评·两宋卷》第4册,浙江教育出版社,2004年,第2900页。

③ 戴复古《都下书怀》:"京华作梦十年余,不道南山有弊庐。白发生来美人笑,黄金散尽故交疏。"戴福年主编《戴复古全集》,文汇出版社,2008年,第264页。

④ 戴复古《题亡室真像》:"求名求利两茫茫,千里归来赋悼亡。梦井诗成增怅恨,鼓盆歌罢转凄凉。"戴福年主编《戴复古全集》,文汇出版社,2008年,第293页。

⑤ 戴复古《减字木兰花》:"阻风中酒,流落江湖成白首。历尽艰关,赢得虚名在世间。"戴福年主编《戴复古全集》,文汇出版社,2008年,第363页。

后师放翁心有主[①]。
集中多怀国事忧，
肝胆精神似杜甫。
《论诗十绝》识不凡，
于人学诗有益补。
诗家气象贵雄浑[②]，
妙手偶得若神助。
古今胸次浩江河[③]，
一气磅礴奔如注。
欲参诗律似参禅[④]，
要在自然性情笃。
直截痛快度金针，
以诗论诗畅无阻。
眼手虽然有高低，
式之灼见不惑蛊。

---

① 楼钥《跋戴式之诗卷》:“尤笃意古律……又登三山陆放翁之门,而诗益进。”曾枣庄、刘琳主编《全宋文》第264册,上海辞书出版社、安徽教育出版社,2006年,第290页。

② 戴复古《论诗十绝》其三:“曾向吟边问古人,诗家气象贵雄浑。雕锼太过伤于巧,朴拙惟宜怕近村。”戴福年主编《戴复古全集》,文汇出版社,2008年,第343页。

③ 戴复古《论诗十绝》其二:“古今胸次浩江河,才比诸公十倍过。时把文章供戏谑,不知此体误人多。”戴福年主编《戴复古全集》,文汇出版社,2008年,第343页。

④ 戴复古《论诗十绝》其七:“欲参诗律似参禅,妙趣不由文字传。个里稍关心有误,发为言句自超然。”戴福年主编《戴复古全集》,文汇出版社,2008年,第344页。

词格清健又轻捷①，
豪放锦丽或可睹。
高处不减孟浩然②，
壮采奇声鸣乐府。
诗能穷人古今同③，
念之慨然痛肺腑。
谒客实出无奈计④，
不必苛论将人辱。

---

① 纪昀《四库总目提要》："方回《瀛奎律髓》称其豪迈清快，自成一家。今观其词，亦音韵天成，不费斧凿。"戴福年主编《戴复古全集》附录，文汇出版社，2008 年，第 417 页。

② 真德秀《石屏词跋》："戴复古诗词，高处不减孟浩然。"蒋哲伦、杨万里编纂《唐宋词书录》，岳麓书社，2007 年，第 481 页。

③ 楼钥《跋戴式之诗卷》："一日携一大编访余，且言：'吾以此传父业，然亦以此而穷。'……余答之曰："夫诗能穷人，或谓惟穷然后工，……子惟能固穷，则诗昌矣！"曾枣庄、刘琳主编《全宋文》第 264 册，上海辞书出版社、安徽教育出版社，2006 年，第 290 页。

④ 方回《瀛奎律髓》："庆元、嘉定以来，乃有诗人为谒客者，龙洲刘过改之之徒不一人，石屏亦其一也。相率成风，至不务举子业，干求一二要路之书为介，谓之'阔匾'，副以诗篇，动获数千缗，以致万缗。"戴福年主编《戴复古全集》附录，文汇出版社，2008 年，第 408 页。

洪咨夔歌

洪咨夔，字舜俞，号平斋，临安於潜人。洪氏酷爱读书，亦是有名的藏书家。为人正直敢言，深知民间疾苦，故其诗中有不少反映农村民生疾苦、贫富悬殊的诗；对于贪赃枉法者，其诗也不乏尖锐讽刺。洪咨夔的诗风受江西诗派和杨万里的影响较为明显，其词"淋漓激壮，多抑塞磊落之感"，词风类似辛弃疾。除《宋史》本传外，《咸淳临安志》亦有《洪咨夔传》。

宋有於潜洪咨夔，
鲠亮忠悫称贤人①。
其父洪钺号谷隐，
一生于诗用力勤。
不只教子作诗好，
亦盼立朝为良臣。

① 脱脱等撰《宋史·洪咨夔传》："御笔：'洪咨夔鲠亮忠悫，有助亲政，与执政恩例，特赠两官。'"许嘉璐主编，倪其心分史主编《二十四史全译·宋史》第14册，汉语大词典出版社，2004年，第8871页。

耐苦吃得茄子饭，
励儿直行勿忧心①。
父子得书共诵读，
学益宏肆情更亲②。
夔字舜俞号平斋，
好学不倦甘苦辛。
嘉定元年中进士，
渐入仕途声渐闻。
敢言触怒吏弥远，
读书故山全其真。
七年复出性不改，
谏论君子小人分。
君臣相得官屡迁，
曾知制诰入翰林③。
口疡已深力求去，
唯愿叶落能归根。
花甲之年捐馆舍，

---

① 脱脱等撰《宋史・洪咨夔传》:"其父见其疏，曰:'吾能吃茄子饭，汝无忧。'"许嘉璐主编，倪其心分史主编《二十四史全译・宋史》第 14 册，汉语大词典出版社，2004 年，第 8869 页。

② 纪昀《四库全书总目提要》:"咨夔父名鈇，号谷隐，有诗名。咨夔出蜀时，得书数千卷，藏萧寺。父子考论讽诵，学益宏肆。"蒋哲伦、杨万里编纂《唐宋词书录》，岳麓书社，2007 年，第 494 页。

③ 吴泳《洪咨夔授试中书舍人制》:"性从敏悟，学以博闻。刚大直方，不改山林之操；温纯深润，能为廊庙之文。"(宋)洪咨夔著，侯体健点校《洪咨夔集》下附录，浙江古籍出版社，2015 年，第 1085 页。

特赠两官谥忠文。
留下诗词千余首，
旧文字里光景新。

近世词宗溢美甚，
驰骛艺文世所钦①。
人说中有富贵气，
寿词连篇或为因②。
看人物风流如画，
斑衣起舞喜津津③。
又云轩轩多爽致④，
振衣千仞气象深⑤。
工于发端笔洒落，
提起文意顿展伸。
淋漓激壮感磊落，

① 潜说友《咸淳临安志·洪咨夔传》："咨夔研穷经史，驰骛艺文，蔚为近世词宗。"（宋）洪咨夔著，侯体健点校《洪咨夔集》下附录，浙江古籍出版社，2015年，第1075页。

② 毛晋《跋〈平斋词〉》："其诗余四十有奇，多送行献寿之作，无判花嗜酒之篇。昔人谓王歧公文多富贵气，余于舜俞之词亦云。"（宋）洪咨夔著，侯体健点校《洪咨夔集》下附录，浙江古籍出版社，2015年，第1077页。

③ 洪咨夔《老人生朝为寿》："斑衣奉酒多为寿，满眼光风正可人。"（宋）洪咨夔著，侯体健点校《洪咨夔集》上，浙江古籍出版社，2015年，第223页。

④ 李调元《雨村词话》："其词轩轩多爽致。"吴熊和主编《唐宋词汇评·两宋卷》第4册，浙江教育出版社，2004年，第3003页。

⑤ 冯煦《蒿庵论词》云："平斋工于发端。……皆有振衣千仞气象。"吴熊和主编《唐宋词汇评·两宋卷》第4册，浙江教育出版社，2004年，第3004页。

稼轩刘过遗风存①。
左搏龙蛇右驯虎,
饮马咸池辔昆仑②。
诗通乐府写疾苦,
忍睹饥寒泪沾巾。
对月捶胸几家哭,
卖妻鬻子萧索村。
使金途中伤往事,
望眼欲穿怜遗民。
集中也多天伦乐,
诗书传家家风淳。
李杜苏黄皆效法,
屈陶陆杨熔成金。
意境雄伟兼奇谲,
风云变幻满天云。
太行擘破黄河出,

---

① 纪昀《四库全书总目提要》:"故其词淋漓激壮,多抑塞磊落之感,颇有似稼轩、龙洲者。"吴熊和主编《唐宋词汇评·两宋卷》第4册,浙江教育出版社,2004年,第3002页。

② 洪咨夔《沁园春》:"饮马咸池,总辔昆仑,横骛九州。庆中兴机会,天生山甫,非常事业,天授留侯。左搏龙蛇,右驯虎兕,万里中原谈笑收。"吴熊和主编《唐宋词汇评·两宋卷》第4册,浙江教育出版社,2004年,第3004页。

北斗之柄挹天盆[1]。

亦有生擒活捉力[2]，

折射透脱大胸襟。

善用通感与比喻，

趣妙入脾无迹痕。

《三叠泉》如《百步洪》，

声色气势水奔浑。

欲问夔诗何以此？

道似参乎任以仁[3]。

---

① 洪咨夔《三峡桥》："太行擘破黄河出，赑屃翻身沧海立。老龙抱宝正鼾睡，地底黑风吹霹雳。挹之以北斗之柄，瀹之以明月之璧。啜之以太白东坡两谪仙，尚不负乎此山之泉石。"(宋)洪咨夔著，侯体健点校《洪咨夔集》上，浙江古籍出版社，2015 年，第 14 页。

② 项安世《题刘都监所藏杨秘监诗卷》："我虽未识诚斋面，道得诚斋句里心。醉语梦书辞总巧，生擒活捉力都任。"湛之编《古典文学研究资料汇编 · 杨万里 范成大卷》，中华书局，1964 年，第 15 页。

③ 洪咨夔《寄题成都张宰压云楼二绝》其二："气如轲也生于义，道似参乎任以仁。"(宋)洪咨夔著，侯体健点校《洪咨夔集》上，浙江古籍出版社，2015 年，第 102 页。

文天祥歌

文天祥，字宋瑞，又字履善，号文山，吉州庐陵县人。文氏早年读书白鹭洲书院，慕乡贤欧阳修、杨邦乂、胡铨之气节风骨，发誓向他们学习。理宗宝祐四年(1256)文氏考中状元，散尽家财，勤王抗元，历经千难万险，始终不改其志；兵败被俘，拒绝任何劝降，狱中作《正气歌》，最后慷慨就义，践行了“孤臣腔血满，死不愧庐陵”的诺言，用生命实现了“留取丹心照汗青”的壮举，成为历史上著名的民族英雄。文天祥的诗词雄伟豪壮，或自述心志，或纪行抗战，或集杜自励，永远闪耀着不可磨灭的爱国主义光辉！

鸣呼文山遭宋季，
殉国亡身取大义①。
至元十九腊月九，
英雄一生志业毕。

---

① 于谦《赞文山》：“呜呼文山，遭宋之季。殉国亡身，舍生取义。气吞寰宇，诚感天地。”王鸿鹏编选《浩气长存·历代歌咏文天祥诗钞》，百花文艺出版社，2007年，第47页。

尸身凛凛尚如生，
山河呜咽妻悲泣①。
及于死者不知几②，
囚室作诗歌正气。
当初孤苦过零丁，
志在杀身报社稷。
人生自古谁无死，
留取丹心名节立③。
先生初名唤云孙，
改作天祥好登第④。
集英殿上论对策，
一气呵成惊宋帝。
御笔钦点为状元，

---

① 脱脱等撰《宋史·文天祥传》："天祥临刑殊从容，谓吏卒曰：'吾事毕矣。'南乡拜而死。数日，其妻欧阳氏收其尸，面如生，年四十七。其衣带中有赞曰：'孔曰成仁，孟曰取义，惟其义尽，所以仁至。读圣贤书，所学何事，而今而后，庶几无愧。'"许嘉璐主编，倪其心分史主编《二十四史全译·宋史》第14册，汉语大词典出版社，2004年，第9125页。

② 文天祥《指南录后序》："呜呼！予之及于死者不知其几矣！"曾枣庄主编《宋代序跋全编》第8册，齐鲁书社，2015年，第5697页。

③ 文天祥《过零丁洋》："惶恐滩头说惶恐，零丁洋里叹零丁。人生自古谁无死？留取丹心照汗青。"方笑一主编《中华经典诗词2000首》第8卷，上海教育出版社，2018年，第210页。

④ 厉鹗等《南宋杂事诗》："予以五月二日子时生，大父梦予腾紫云而上，命名云孙，既长，朋友字曰天祥。后以字贡于乡，字之者改曰履善。理宗览对策，见其名曰：'此天之祥，乃宋之瑞也。'朋友又字之曰宋瑞。"周勋初主编《宋人轶事汇编》第5册，上海古籍出版社，2015年，第2661页。

天祥宋瑞如雪霁①。
体貌丰伟美如玉,
顾盼烨然展大器。
昔岁读书慕乡贤,
志在忠烈欲承继②。
故相万里奇其节,
以拯国运相勉励。
国事危急诏勤王,
手捧皇书痛流涕。
朝廷养士三百年,
不忍目睹国坐毙。
生性豪华俸禄厚,
痛自贬损遣声伎。
尽以家赀为军费,
忧乐天下关大计③。
辗转抗元多坎坷,

① 脱脱等撰《宋史·文天祥传》:"年二十举进士,对策集英殿。时理宗在位久,政理浸怠,天祥以法天不息为对,其言万余,不为稿,一挥而成。帝亲拔为第一。"许嘉璐主编,倪其心分史主编《二十四史全译·宋史》第14册,汉语大词典出版社,2004年,第9115页。

② 脱脱等撰《宋史·文天祥传》:"文天祥,字宋瑞,又字履善,吉之吉水人也。体貌丰伟,美皙如玉,秀眉而长目,顾盼烨然。自为童子时,见学宫所祠乡先生欧阳修、杨邦乂、胡铨像,皆谥'忠',即欣然慕之。"许嘉璐主编,倪其心分史主编《二十四史全译·宋史》第14册,汉语大词典出版社,2004年,第9115页。

③ 脱脱等撰《宋史·文天祥传》:"天祥性豪华,平生自奉甚厚,声伎满前。至是,痛自贬损,尽以家赀为军费。"许嘉璐主编,倪其心分史主编《二十四史全译·宋史》第14册,汉语大词典出版社,2004年,第9116页。

风雨如晦何曾避。
九死一生不能屈，
气壮山河板荡际。
五坡岭上终被擒，
可怜三年幽燕蓟。
求仁得仁心欢喜，
视死如归血化碧。

传诗共有九百余，
堪称诗史山河忆。
文公笔势人莫及，
每一吟哦泪满溢。
其面如生其事在，
声调字句遥相祭。
二百绝句《集杜诗》，
咏歌之词褒贬意①。
诗如自传尽纪实，
南冠多悲朝更替。
早期字句已忧患，

① 文天祥《集杜诗序》："予所集杜诗，自余颠沛以来，世变人事，概见于此矣，是非有意于为诗者也，后之良史尚庶几有考焉。"(清)庄仲方编《南宋文范》，吉林人民出版社，1998年，第709页。

独善其身持节气①。
中期奔走赴国难,
披肝沥胆歌勇毅。
被俘押赴燕京时,
悲凉慷慨写胸臆。
狱中志节老弥坚,
正气磅礴声尤厉②。
超越生死转旷达,
心有主宰笔飘逸。
浑浩流转发肺腑,
不琢而工道相济③。
七百余载先生去,
汗青光照代相递。
吾读先生刚烈诗,
疏瀹热肠神采奕。

---

① 杨士奇《重修文丞相祠记》:"文丞相甫冠,奉廷对,即极口论国家大计。未几,元兵渡江,又上书乞斩嬖近之主迁幸议者,以一人心安社稷,固已气盖天下矣。"(清)孙承泽著,王剑英点校《春明梦余录》上,北京出版社,2018 年,第 321 页。

② 文天祥《正气歌·序》:"孟子曰:'我善养吾浩然之气。'彼气有七,吾气有一,以一敌七,吾何患焉。况浩然者,乃天地之正气也。"霍松林《历代好诗诠评》,陕西师范大学出版社,2018 年,第 565 页。

③ 吴之振等《宋诗钞·文山诗钞序》:"志益愤而气益壮,诗不琢而日工,此风雅正教也。"转引萧东海编著《宋代吉安名家诗词文选》,江西高校出版社,2001 年,第 339 页。

邓剡歌

邓剡，字光荐，又字中甫，号中斋，庐陵人，早年与文天祥、刘辰翁同出名臣江万里门下，同学于白鹭洲书院。他力赞文天祥起兵，全家作出了巨大牺牲。宋元崖山大战，邓氏数次投海不死，被俘后与文天祥同押大都，由于病重，于金陵分手告别。文天祥就义后，邓氏首先为之作传记。邓剡所存诗词不多，但“浑涵有英气，锻炼如自然”。

文章节义耀华夏，
自古庐陵涌典型。
邓剡中斋字光荐，
少负奇气以诗名。
幸与文山同门友，
白鹭洲头论点兵。
恩师万里屡推举，

不肯为官享太平①。
临安告急烽火起,
天祥勤王起庐陵。
中斋纾难力赞募,
家人全向军中行。
一门十二死于火,
随驾崖山漂泊程。
义从秀夫再投海,
元兵救起续残生。
弘范敬之待以礼,
命子师事心亦诚②。
楚囚同押齐北上,
文邓唱和悲壮声。
江山有恨销人骨③,
路经故乡步难停。
金陵因病驿中别,

① 陆心源《宋史翼·邓光荐传》:"邓光荐,字中父,庐陵人,文天祥门友也。少负奇气,以诗名世。登进士第,江万里屡荐不就。"吴熊和主编《唐宋词汇评·两宋卷》第5册,浙江教育出版社,2004年,第3894页。

② 宋濂等《元史·张珪传》:"至元十六年,弘范平广海,宋礼部侍郎邓光荐将赴水死,弘范救而礼之,命珪受学。"许嘉璐主编,李修生分史主编《二十四史全译·元史》第6册,汉语大词典出版社,2004年,第3252页。

③ 文天祥《和中斋韵》:"见说黄沙接五原,飘零只影向南辕。江山有恨销人骨,风雨无情断客魂。"方笑一主编《中华经典诗词2000首》第7卷,上海教育出版社,2018年,第214页。

水天空阔孤月冰①。
久之放归桑梓地，
守节不仕新朝廷。
誓为天祥作诗传，
要让青史正气明②。
大德七年终谢世，
志士滂沱泪濯缨。

堪恨西风吹世换③，
故国离宫烟草青。
不见当时王谢宅，
怀君忆旧梦魂萦。
国破家亡写不尽，
后庭玉娥泪盈盈。
痛惜豪杰文丞相，
时运不济如坠鹰。
堂堂剑气徒慨叹，

---

① 邓剡《念奴娇·驿中言别友人》："水天空阔，恨东风、不惜世间英物。蜀鸟吴花残照里，忍见荒城颓壁！铜雀春情，金人秋泪，此恨凭谁雪？堂堂剑气，斗牛空认奇杰。"张璋选编，黄畬笺注《历代词萃》，河南人民出版社，1983年，第256页。

② 文天祥《送行中斋三首》其三："愿持丹一寸，写入青琅玕。会有抚卷人，孤灯起长叹。"吴熊和主编《唐宋词汇评·两宋卷》第5册，浙江教育出版社，2004年，第3888页。

③ 邓剡《唐多令》："雨过水明霞。潮回岸带沙。叶声寒、飞透窗纱。堪恨西风吹世换，更吹我、落天涯。"沙灵娜《宋遗民词选注》，巴蜀书社，1995年，第157页。

千古冲冠怒眼睁①。
蛟龙不是池中物②,
故人知我意纵横。
丞相大都就义后,
忍痛为之作墓铭。
敢留传记表忠信,
光照千秋日月星。
挽诗精诚感天地,
丈夫气魄化英灵③。
敬题丞相画像赞,
斯人长在音貌仍。
碧血丹心风凛凛,
目煌煌兮气英英④。
闲诗气象也苍劲,
胸中岩壑风雷兴。
砻山惊禽忽冲起,

---

① 邓剡《念奴娇·驿中言别友人》:"睨柱吞嬴,回旗走懿,千古冲冠发。"张璋选编,黄畲笺注《历代词萃》,河南人民出版社,1983 年,第 256 页。

② 文天祥《酹江月·和友驿中言别》:"乾坤能大,算蛟龙、元不是池中物。风雨牢愁无著睡,那更寒虫四壁。横槊题诗,登楼作赋,万事空中雪。江流如此,方来还有英杰。"吴熊和、肖瑞峰编选《唐宋词精选》,凤凰出版社,2018 年,第 238 页。

③ 邓剡《挽文信公诗》:"精诚揭天日,气魄动夷夏。丈夫如此何,一死尤足怕。"(清)厉鹗辑撰《宋诗纪事》第 4 册,上海古籍出版社,2013 年,第 1925 页。

④ 邓剡《赞文丞相像》:"目煌煌兮,疏星晓寒,气英英兮,晴雷殷山。头碎柱而璧完,血化碧而心丹。呜呼,谁谓斯人,不在世间。"(元)陶宗仪著,文灏点校《南村辍耕录》,文化艺术出版社,1998 年,第 62 页。

似石投掷前山坑[①]。
此等描写令人骇，
山水诗添飞动情。
词也刚柔能相济，
数量虽少质地精。
千磨百炼丈夫烈[②]，
客身轻叶只飘零。
一生著述本丰富，
仅存一二传门庭。
人间究竟多少憾，
仰首茫然问苍冥。

---

① 邓剡《砻山》："斜阳客如画，路转丛薄间。惊禽忽冲起，似石投前山。"罗振玉校补《雪堂丛刻》第2册，北京图书馆出版社，2000年，第152页。

② 文天祥《满江红》："酹酒天山，今方许、征鞍少歇。凭铁胁、千磨百炼，丈夫功烈。"高守德、迟乃义主编《历代词曲一万首》上，花山文艺出版社，1997年，第989页。

汪元量歌

汪元量，字大有，号水云，亦自号水云子、楚狂、江南倦客等，钱塘人。汪元量原为宫廷琴师，宋亡后随宫室北上，其曾两次探望关押狱中的文天祥，为其弹奏，勉励其尽节。文天祥殉国后，汪氏仿杜甫《同谷七歌》作《浮丘道人招魂歌》以为祭奠。汪元量诗如《湖州歌》《越州歌》《醉歌》等记录了宋朝亡国前后之事，后人许之"亦宋亡之诗史"。

以诗为史记宋亡①，
多少沉痛迫中肠！
亦琴亦诗汪元量，
湖山隐处在钱塘。
入得宫中作供奉，

---

① 李珏《书汪水云诗后》："水云之诗，亦宋亡之诗史也。"曾枣庄主编《宋代序跋全编》第8册，齐鲁书社，2015年，第5599页。

太后昭仪听笙簧[①]。
德祐二年惊天变，
满朝朱紫皆出降。
三宫北上谒新主，
一夜头白胜雪霜。
琴师不忍弃旧去，
万里随行远故乡。
《醉歌》慷慨痛往事[②]，
声声骂杀贾平章[③]。
国母无心勤听政，
书生空有泪成行[④]。
囚所探视文丞相，
期勉尽节忠孝彰[⑤]。
丞相为其集杜句，
壮其心志励其强。
北地生活十三载，

① 刘将孙《湖山隐处记》："水云汪氏，盛年以词章给事宫掖，如沉香亭北太白。"吴熊和主编《唐宋词汇评·两宋卷》第5册，浙江教育出版社，2004年，第3664页。

② 纪昀《四库全书总目提要》："其诗多慷慨悲歌，有故宫离黍之感。于宋末诸事，皆可据以征信。"司马朝军编撰《四库全书总目精华录》，武汉大学出版社，2008年，第795页。

③ 汪元量《醉歌十首》其一："吕将军在守襄阳，十载襄阳铁脊梁。望断援兵无信息，声声骂杀贾平章。"计其迁选注《宋诗》，贵州人民出版社，2000年，第191页。

④ 汪元量《醉歌十首》其三："淮襄州郡尽归降，鞞鼓喧天入古杭。国母已无心听政，书生空有泪成行。"计其迁选注《宋诗》，贵州人民出版社，2000年，第191页。

⑤ 汪元量《妾薄命呈文山道人》："君当立高节，杀身以为忠。岂无春秋笔，为君纪其功。"胡才甫《汪元量集校注》，浙江古籍出版社，1999年，第102页。

旧主凋零悲未央。
得道自号水云子，
太祖准其南归杭。
有似神仙无定所，
飘忽彭蠡与潇湘。
终老不知何年月，
天地倦客一楚狂①。

多写亡国前后事，
以诗补史细思量②。
南逃北徙诸情状，
凄恻感怆叙周祥③。
组诗磅礴抒别恨，
字字血泪溅哀伤。
《湖州歌》吟近百首，
怒斥国事多乖张。
抛却故家风雨外④，

① 汪元量《暗香》:“肠断江南倦客，歌未了、琼壶敲缺。更忍见，吹万点、满庭绛雪。”吴熊和主编《唐宋词汇评·两宋卷》第5册，浙江教育出版社，2004年，第3949页。

② 李珏《书汪水云诗后》:“纪其亡国之戚，去国之苦，艰关愁叹之状，备见于诗。微而显，隐而彰，哀而不怨，欷歔而悲，甚于痛苦。”曾枣庄主编《宋代序跋全编》第8册，齐鲁书社，2015年，第5599页。

③ 钱谦益《书汪水云集后》:“记国亡北徙之事，周详恻怆，可谓诗史。”(清)钱谦益《牧斋初学集》下，上海古籍出版社，1985年，第1764页。

④ 汪元量《湖州歌九十八首》其三十:“太皇太后过江都，遥指淮山似画图。抛却故家风雨外，夜来归梦绕西湖。”胡才甫《汪元量集校注》，浙江古籍出版社，1999年，第63页。

杜鹃啼血云水苍。
此夜此歌如此酒①，
西湖月色可冰凉？
师法杜甫秉实录，
情怀相亲笔意长。
片言只语形容尽，
身经目击愤满腔。
读其《鲁港败北》句，
便觉沉郁继草堂。
文山壮烈殉国后，
招魂作歌声铿锵②。
南归诗笔触山水，
清冷寂寞意低昂。
早期词风主典丽，
徜徉宫廷写日常。
江山不幸格调换，
颠沛流离赋沧桑。

---

① 汪元量《湖州歌九十八首》其六十五："日中转柁到河间，万里羁人强自宽。此夜此歌如此酒，长安月色好谁看。"胡才甫《汪元量集校注》，浙江古籍出版社，1999 年，第 75 页。

② 《浮丘道人招魂歌》其一："我公就义何从容，名垂竹帛生英雄。呜呼一歌兮歌无穷，魂招不来何所从。"王鸿鹏编选《浩气长存·历代歌咏文天祥诗钞》，百花文艺出版社，2007 年，第 7 页。

重过金陵春憔悴①，
人间今古路茫茫。
青史有信难磨灭②，
浩然正气大而刚。
《湖山类稿》爱国泪，
岁月不能减其光。

---

① 汪元量《莺啼序·重过金陵》："嗟倦客、又此凭高，槛外已少佳致。更落尽梨花，飞尽杨花，春也成憔悴。"吴熊和主编《唐宋词汇评·两宋卷》第4册，浙江教育出版社，2004年，第3945页。

② 纪昀《四库全书总目提要》："然元量以一供奉琴士，不预士大夫之列，而眷怀故主，终始不渝。宋季公卿，实视之有愧，其节概亦不可及。"司马朝军编撰《四库全书总目精华录》，武汉大学出版社，2008年，第795页。

宋代词人歌

词发展到宋代，蔚然成风。据唐圭璋编、王仲闻参订、孔凡礼补辑的《全宋词》统计，两宋词人超过1400家。词之初，乃为合乐的歌词，故又称曲子词、乐府、乐章、长短句、诗余、琴趣等。习惯上人们把词分为婉约派和豪放派两大类，婉约派体现了“词为艳科”的传统，代表性的词人有欧阳修、柳永、晏殊、晏几道、周邦彦、李清照、秦观、姜夔、吴文英、史达祖等。豪放派突破艳科，扩大题材，将诗和散文的表现手法融入词中，代表人物有苏轼、辛弃疾、陈亮、陆游、张孝祥、张元干、刘辰翁等。

词之为体肇大唐①，
刘白韦戴均擅长。
温韦西蜀花间词，
两李一冯在南唐。

---

① 纪昀《四库全书总目提要》：“诗降而为词，始于唐。若《菩萨蛮》《忆秦娥》《忆江南》《长相思》之属，本是唐人之诗，而句有长短，遂为词家权舆，故谓之诗余。”白寿彝等主编，罗超、龚兆吉编注《文史英华・文论卷》，湖南出版社，1993年，第383页。

宋初小令有能手，
寇准林逋与潘阆。
花落燕归晏同叔①，
人生情痴赞欧阳②。
禹偁仲淹豪声放，
肃峭安石《桂枝香》。
适得其中张子野③，
“三影”“三中”响当当④。
柳永大力作慢词，
俗情文字布乐章。
为伊消得人憔悴⑤，
一生赢得是凄凉⑥。
词坛巨擘东坡出，

---

① 晏殊《浣溪沙》:“无可奈何花落去,似曾相识燕归来。小园香径独徘徊。”陈洪、乔以钢主编《中华诗词 900 句》,南开大学出版社,2018 年,第 84 页。

② 欧阳修《玉楼春》:“人生自是有情痴,此恨不关风与月。”陈洪、乔以钢主编《中华诗词 900 句》,南开大学出版社,2018 年,第 23 页。

③ 陈廷焯《白雨斋词话》:“子野适得其中,有含蓄处,亦有发越处。但含蓄不似温、韦,发越亦不似豪苏腻柳。”(清)陈廷焯撰,杜维沫校点《白雨斋词话》,1959 年,第 11 页。

④ 李颀《古今诗话》:“有客谓子野曰:人皆谓公‘张三中’,即心中事,眼中泪,意中人也。公曰:‘何不目之为‘张三影’? 客不晓,公曰:‘云破月来花弄影’,‘娇柔懒起,帘压卷花影’,‘柳径无人,坠飞絮无影’。此余生平所诗意也。’”蔡骏编著《宋词名家集评》,合肥工业大学出版社,2014 年,第 25 页。

⑤ 柳永《蝶恋花》:“衣带渐宽终不悔,为伊消得人憔悴。”陈洪、乔以钢主编《中华诗词 900 句》,南开大学出版社,2018 年,第 180 页。

⑥ 柳永《少年游》:“一生赢得是凄凉。追前事、暗心伤。”谢桃坊《柳永词选评》,上海古籍出版社,2002 年,第 58 页。

大江东去声堂堂。
开拓词境升词品，
以诗为词开新方。
秦七黄九晁补之①，
苏门学士各逞长。
当时明月晏几道②，
贺铸彩笔梅子黄③。
顾曲堂主周邦彦④，
格律词派开史姜。

靖康之乱词风变，
梦得元干声激昂⑤。
岳飞怒发空悲切⑥，

① 陈师道《后山诗话》："今代词手，惟秦七黄九耳，唐诸人不迨也。"张惠民编《宋代词学资料汇编》，汕头大学出版社，1993 年，第 4 页。

② 晏几道《临江仙》："记得小苹初见，两重心字罗衣。琵琶弦上说相思。当时明月在，曾照彩云归。"陈洪、乔以钢主编《中华诗词 900 句》，南开大学出版社，2018 年，第 193 页。

③ 贺铸《青玉案》："飞云冉冉蘅皋暮，彩笔新题断肠句。试问闲情都几许？一川烟草，满城风絮，梅子黄时雨。"陈洪、乔以钢主编《中华诗词 900 句》，南开大学出版社，2018 年，第 294 页。

④ 强焕《题周美成词》："美成词摹写物态，曲尽其妙。自题所居曰'顾曲堂'。"施蛰存主编《词籍序跋萃编》，中国社会科学出版社，1994 年，第 96 页。

⑤ 叶梦得》《临江仙》："老去狂歌君勿笑，已拼双鬓成秋，会须击节溯中流。一声云外笛，惊看水明楼。"（宋）曾慥辑，陆三强校点《乐府雅词》，辽宁教育出版社，1997 年，第 97 页。

⑥ 岳飞《满江红》："怒发冲冠，凭阑处、潇潇雨歇。抬望眼，仰天长啸，壮怀激烈。三十功名尘与土，八千里路云和月。莫等闲，白了少年头，空悲切。"陈洪、乔以钢主编《中华诗词 900 句》，南开大学出版社，2018 年，第 357 页。

表里澄澈张孝祥①。
易安居士李清照，
月满西楼雁成行②。
希真《樵歌》只清逸，
淑真词集名断肠。
词如诗者有杨范，
放翁慷慨说兴亡。
擎天一柱辛弃疾，
纵横捭阖何雄刚！
丈夫偶尔也妩媚，
词里说尽稻花香③。
白石道人精音律，
《疏影》《暗香》风雅腔。
梅溪咏物《双双燕》，
长于梦幻是梦窗。
江湖听雨蒋竹山④，

---

① 张孝祥《念奴娇》:“素月分辉，明河共影，表里俱澄澈。”吴熊和、肖瑞峰编选《唐宋词精选》，凤凰出版社，2018年，第181页。

② 李清照《一剪梅》:“云中谁寄锦书来，雁字回时，月满西楼。”陈洪、乔以钢主编《中华诗词900句》，南开大学出版社，2018年，第235页。

③ 辛弃疾《西江月》:“明月别枝惊鹊，清风半夜鸣蝉。稻花香里说丰年，听取蛙声一片。”方笑一主编《中华经典诗词2000首》第7卷，上海教育出版社，2018年，第57页。

④ 蒋捷《虞美人·听雨》:“少年听雨歌楼上。红烛昏罗帐。壮年听雨客舟中。江阔云低、断雁叫西风。而今听雨僧庐下。鬓已星星也。悲欢离合总无情。一任阶前、点滴到天明。”吴熊和、肖瑞峰编选《唐宋词精选》，凤凰出版社，2018年，第241页。

辛派刘过刘克庄。
碧山玉田与草窗，
家国之恨多感伤。
东风不借世英物[①]，
悲歌冲冠文天祥。
大宋三百二十年，
多少词客登台忙。

① 邓剡《酹江月·驿中言别友人》："水天空阔，恨东风、不借世间英物。"张璋选编，黄畬笺注《历代词萃》，河南人民出版社，1983年，第256页。

二晏歌

晏殊、晏几道父子为抚州临川人，并称“二晏”，又称“大小晏”。晏殊，字同叔，宰相词人，有《珠玉集》，继承冯延巳的婉约词风，风流蕴藉，温润秀洁，为“北宋倚声家之初祖”。晏几道，字叔原，号小山，有《小山集》，其词工于言情，“清壮顿挫，能动摇人心”。父子皆擅长小令，词中弥漫感伤美。

临川晏殊晏几道，
父子皆为词中英。
嗣响南唐中后主，
回肠荡气妙通灵。
晏殊神童早中举①，
几道落魄似衰翁。

① 脱脱等撰《宋史·晏殊传》：“晏殊，字同叔，抚州临川人。七岁能属文，景德初，张知白安抚江南，以神童荐之。帝召殊与进士千余人并试廷中，殊神气不慑，援笔立成，帝嘉赏赐同进士出身。”郑翔主编《江西历代进士全传》第2册，上海古籍出版社，2016年，第935页。

二晏皆长写小令，
沿袭唐末五代风。
流连光景离别绪，
花间题材总相逢。
《珠玉词》中工造语，
《小山词》里善言情。
晏殊倚声为初祖①，
西江词派自此兴②。
源流直接冯延巳，
将其疏俊风格承③。
晏殊徘徊常致慨，
花落燕来细雨蒙。
工诗擅词文赡丽④，
天下仰宗誉满京。
风流蕴藉人莫及，

① 冯煦《蒿庵词话》："晏同叔去五代未远，馨烈所扇，得之最先。故左宫右徵，和婉而明丽，为北宋倚声家初祖。"(宋)晏殊、晏几道著《晏殊词集 晏几道词集》总评，上海古籍出版社，2016 年，第 82 页。

② 冯煦《蒿庵词话》："独文忠与元献学之既至，为之亦勤，翔双鹄于交衢，驭二龙于天路。且文忠家庐陵而元献家临川，词家遂有西江一派。"(宋)晏殊、晏几道著《晏殊词集 晏几道词集》总评，上海古籍出版社，2016 年，第 82 页。

③ 刘熙载《艺概》："冯延巳词，晏同叔得其俊，欧阳永叔得其深。"(清)刘熙载《艺概》，上海古籍出版社，1978 年，第 107 页。

④ 脱脱等撰《宋史・晏殊传》："文章赡丽，应用不穷，尤工诗，闲雅有情思。"郑翔主编《江西历代进士全传》第 2 册，上海古籍出版社，2016 年，第 936 页。

温润秀洁玉晶莹①。
一生笃学不释卷,
读书深夜满天星。
慧眼识珠真伯乐,
所荐贤才多公卿②。
孤傲耿介晏几道,
一生坎坷苦经营。
贵人暮子中落拓③,
对镜看头生白茎。
曾登金鞍青骢马④,
转眼老庐听雨声。
伤心盘旋又痴绝⑤,
浅语深情意非轻。

---

① 王灼《碧鸡漫志》:“晏元献公、欧阳文忠公风流缦藉,一时莫及;而温润秀洁,亦无其比。”白寿彝等主编,罗超、龚兆吉编注《文史英华·文论卷》,湖南出版社,1993年,第319页。

② 欧阳修《观文殿大学士行兵部尚书西京留守赠司空兼侍中晏公神道碑铭》:“当世知名之士如范仲淹、孔道辅等,皆出其门,及为相,益务进贤材。当公居相府时,范仲淹、韩琦、富弼皆进用,至于台阁,多一时之贤。”郑翔主编《江西历代进士全传》第2册,上海古籍出版社,2016年,第938页。

③ 黄庭坚《小山词序》:“晏叔原,临淄公之暮子也。磊隗权奇,疏于顾忌,文章翰墨,自立规摹,常欲轩轾人,而不受世之轻重。”张惠民编《宋代词学资料汇编》,汕头大学出版社,1993年,第194页。

④ 晏几道《生查子》:“金鞍美少年,去跃青骢马。牵系玉楼人,绣被春寒夜。”(宋)黄升辑,王雪玲、周晓微校点《花庵词选》,辽宁教育出版社,1997年,第57页。

⑤ 黄庭坚《小山词序》:“仕宦连蹇,而不能一傍贵人之门,是一痴也。论文自有体,不肯一作新进士语,此又一痴也。费资千百万,家人寒饥,而面有孺子之色,此又一痴也。人百负之而不恨,已信人,终不疑其欺己,此又一痴也。”张惠民编《宋代词学资料汇编》,汕头大学出版社,1993年,第195页。

气如王谢诸子弟，
秀气胜韵天然成①。
娉娉袅袅词摇曳，
灯影疑归莲、鸿、苹。
春风自是人间客②，
桃花扇底春草生。
悲欢离合如幻电，
昨梦前尘万里程。
可怜人意薄云水③，
梦魂纵有也飘零。
语语有味诵不倦，
清壮顿挫起人听④。
情中含思大小晏，
笔到深处总共鸣。
多少感伤今无异，
丽句触心泪盈盈。
我爱小晏胜大晏，

① 王灼《碧鸡漫志》："叔原如金陵王谢子弟，秀气胜韵，得之天然。"孙克强编著《唐宋人词话》(增订本)上，南开大学出版社，2012年，第451页。

② 晏几道《与郑几夫》："春风自是人间客，主张繁华得几时？"刘则鸣编《中国古典诗词精华类编·哲理卷》，内蒙古大学出版社，1996年，第135页。

③ 晏几道《少年游》："可怜人意，薄于云水，佳会更难重。"(宋)晏殊、晏几道著《晏殊词集 晏几道词集》总评，上海古籍出版社，2016年，第193页。

④ 黄庭坚《小山词序》："乃独嬉弄于乐府之余，而寓以诗人之句法。清壮顿挫，能动摇人心。"张惠民编《宋代词学资料汇编》，汕头大学出版社，1993年，第195页。

只因写情更精诚。
二晏虽好莫多读,
不堪惆怅意纵横。

柳永歌

柳永，原名三变，字景庄，后改名柳永，字耆卿，因排行第七，又称柳七，福建崇安人，以屯田员外郎致仕，故世称柳屯田。柳永是风流浪子，为此饱尝科举落榜、世俗白眼之苦。他将精力投入词创作中，是第一位宋词专业作家。他大力创作慢词，将赋法移植到词中，长于铺叙，喜用白描，广泛运用俚词俗语，形成了鲜明的艺术个性。柳永词描写羁旅情愁、都市百态、市井生活，将词引入到世俗社会。由于触人心和接地气，柳词流传甚广，受到中下层人民的欢迎。

福建柳永字耆卿，
原名三变排行七。
本生官宦好门第，
不幸却被风月迷。

承平气象形容尽①,

青春放荡名不惜。

黄金榜上屡失望②,

满纸牢骚何曾熄。

卖文青楼为生计③,

天涯沦落寒蝉凄。

恩科登第近知命,

喜上眉梢老泪滴。

辗转漂泊仕途蹇,

东奔西跑送朝夕。

为政有声称名宦④,

《煮海歌》里为民祈。

穷愁潦倒悲凉死,

歌妓安葬长悲戚⑤。

一生多情也多难,

---

① 黄裳《书乐章集后》:"呜呼!太平气象,柳能一写于乐章,所谓词人盛事之黼藻,其可废耶?"张惠民编《宋代词学资料汇编》,汕头大学出版社,1993年,第192页。

② 柳永《鹤冲天》:"黄金榜上。偶失龙头望。明代暂遗贤,如何向?未遂风云便,争不恣狂荡?"方笑一主编《中华经典诗词2000首》第6卷,上海教育出版社,2018年,第27页。

③ 罗烨《醉翁谈录》:"耆卿居京华,暇日遍游妓馆。所至,妓者爱其有词名,能移宫换羽;一经品题,身价十倍。妓者多以金物资给之。"朱易安、傅璇琮、周常林主编《全宋笔记》第9编第8册,大象出版社,2018第221页。

④ 《嘉靖浙江通志》:"(名宦)柳耆卿尝监定海晓峰盐场,有长短句,名《留客住》。"潘超、丘良任、孙忠铨等编《中华竹枝词全编》第4册,北京出版社,2007年,第774页。

⑤ 祝穆《方舆胜览》:"柳永卒于襄阳,死之日,家无余财,群妓合资葬于南门外。每春日上冢,谓之'吊柳七'。"转引自齐森华等主编《中国曲学大辞典》,浙江教育出版社,1997年,第214页。

心路可见《乐章集》。

之前词坛盛小令，
柳永始将风气移。
旧声变作新声调①，
大创慢词平分席。
令引近慢体制备，
开拓发展方可期。
变雅为俗写市井②，
男欢女爱尽淋漓。
都市风情乐描绘，
罗绮粉泽香扑鼻。
秀淡幽艳写羁旅③，
直将心魄来荡涤。
以赋为词多铺叙④，
回环往复说合离。

---

① 李清照《词论》:“逮至本朝，礼乐文武大备。又涵养百余年，始有柳屯田永者，变旧声作新声，出《乐章集》，大得声称于世。”徐培均《李清照集笺注》下，上海古籍出版社，2018 年，第 237—238 页。

② 陈师道《后山词话》:“柳三变游东都南北二巷，作新乐府，骫骳从俗，天下咏之，遂传禁中。仁宗颇好其词，每饭必使侍从歌之。”(宋)柳永著，陶然、姚逸超校笺《乐章集校笺》上，上海古籍出版社，2016 年，第 346 页。

③ 李调元《雨村词话》:“诗有游仙，词亦有游仙。人皆谓柳三变《乐章集》工于帷帐淫媟之语，羁旅悲怨之辞。”(宋)柳永著，陶然、姚逸超校笺《乐章集校笺》上，上海古籍出版社，2016 年，第 235 页。

④ 李之仪《姑溪词跋》:“耆卿词，铺叙展衍，备足无余。”(清)张宗橚编，杨宝霖补正《词林记事 词林记事补正合编》上，上海古籍出版社，1998 年，第 230 页。

俗子易悦流播广，
风靡一时堪称奇①。
柳词俗中也有雅，
着眼全面细分析。
遥想关河冷落句，
意境不比唐人低②。
音律谐婉语意妥③，
杨柳岸月情依依。
革新宋词大气魄，
贡献后人常提及。
苏轼以柳为对手④，
却也将柳来学习。
秦七黄九喜俗艳，
一脉相承莫相讥。

---

① 叶梦得《避暑录话》:“柳永为举子时，多游狭邪，善为歌辞。教坊乐工每得新腔，必求永为辞，始行于世，于是声传一时。余仕丹徒，尝见一西夏归朝官云：‘凡有井水处，即能歌柳词。’”(清)张宗橚编，杨宝霖补正《词林记事 词林记事补正合编》上，上海古籍出版社，1998年，第230页。

② 赵令畤《侯鲭录》:“人皆言柳耆卿俗，然如‘渐霜风凄紧，关河冷落，残照当楼’，唐人高处，不过如此。”顾之京等编著《柳永词新释辑评》，中国书店，2005年，第431页。

③ 刘熙载《艺概》:“耆卿词细密而妥溜，明白而家常，善于叙事，有过前人。”(清)刘熙载《艺概》，上海古籍出版社，1978年，第108页。

④ 俞文豹《吹剑录》:“东坡在玉堂日，有幕士善歌，因问：‘我词何如柳七？’对曰：‘柳郎中词，只合十七八女郎，执红牙板，歌‘杨柳岸、晓风残月’；学士(苏轼)词，须关西大汉、铜琵琶、铁绰板，唱‘大江东去’。”顾之京等编著《柳永词新释辑评》，中国书店，2005年，第112页。

词中老杜周邦彦①，

循柳之道登高梯②。

无言谁会凭栏意③，

断鸿声里总忆卿④。

---

① 王国维《清真先生遗事》："以宋词比唐诗，则东坡似太白……而词中老杜，则非先生不可。昔人以耆卿比少陵，犹为未当也。"施议对编《人间词话》，岳麓书社，2012年，第165页。

② 周济《宋四家词选》："清真词多从耆卿夺胎，思力沉挚处，往往出蓝。然耆卿秀淡幽艳，是不可及。"谢桃坊导读，查明昊、卢净注《柳永词注评》，上海古籍出版社，2012年，第35页。

③ 柳永《蝶恋花》："草色烟光残照里，无言谁会凭阑意。"方笑一主编《中华经典诗词2000首》第6卷，上海教育出版社，2018年，第26页。

④ 柳永《玉蝴蝶》："念双燕、难凭远信，指暮天、空识归航。黯相望。断鸿声里，立尽斜阳。"方笑一主编《中华经典诗词2000首》第6卷，上海教育出版社，2018年，第33页。

贺铸歌

贺铸，字方回，自号庆湖遗老，河南卫州人，有《东山词》行世。因有名句“试问闲愁都几许？一川烟草，满城风絮，梅子黄时雨”，人称其为“贺三愁”或“贺梅子”。贺铸相貌和性格都很有冲击力，有狂士之风、豪爽之气，他批评人不留情面，在官场很不受欢迎。他的词豪爽和婉约兼具，擅长融化唐人诗句。王国维不太欣赏他，在《人间词话》中评曰：“北宋名家，以方回为最次。”

庆湖遗老贺方回，
唐祖风流贺季真。
北宋狂客以自号①，
尚酒使气豪侠人。

---

① 贺铸《庆湖遗老诗集自序》：“铸少有狂疾，且慕外监之为人，顾迂北已久，尝以‘北宗狂客’自况。”曾枣庄主编《宋代序跋全编》第1册，齐鲁书社，2015年，第473页。

眉目耸拔面铁色①，
有似鬼头怒不群。
驰马走狗逞快意②，
面刺人过语辣辛③。
武官文职皆闲散，
悒悒失志伴终身④。
晚居苏州编诗集，
但存文字见本心。
家藏古书万余卷，
手自校雠苦亦欣⑤。
常州僧舍归天去，
七十四载人间春。
娶妻宗室赵氏女，
鸳鸯相伴情意深。

---

① 脱脱等撰《宋史·贺铸传》:“贺铸，字方回，卫州人，孝惠皇后之族孙。长七尺，面铁色，眉目耸拔。”许嘉璐主编，倪其心分史主编《二十四史全译·宋史》第15册，汉语大词典出版社，2004年，第9623页。

② 程俱《贺方回诗序》:“方回少时，侠气盖一座。驰马走狗，饮酒如长鲸。”(清)张宗橚编，杨宝霖补正《词林记事 词林记事补正合编》上，上海古籍出版社，1998年，第369页。

③ 程俱《宋故朝奉郎贺公墓志铭》:“喜面刺人过。遇贵势，不肯为从谀。”夏承焘《唐宋词人年谱》，浙江古籍出版社，2017年，第247页。

④ 脱脱等撰《宋史·贺铸传》:“竟以尚气使酒，不得美官，悒悒不得志。”许嘉璐主编，倪其心分史主编《二十四史全译·宋史》第15册，汉语大词典出版社，2004年，第9624页。

⑤ 脱脱等撰《宋史·贺铸传》:“家藏书万余卷，手自校雠，无一字误。”许嘉璐主编，倪其心分史主编《二十四史全译·宋史》第15册，汉语大词典出版社，2004年，第9624页。

阊门爱妻永别去①,
悼亡思旧情更亲。
诗经辗转存九卷,
《东山乐府》寄词魂。

诗写羁旅与行役,
工致修洁逸气奔②。
灏落轩豁有风度③,
雅丽清新风味醇。
词名远在诗名上,
刚柔兼长足可珍。
《六州歌头》健笔赋,
少年英雄郁气喷。
剑吼西风矜豪纵④,
小词亦能成雄文。

---

① 贺铸《鹧鸪天》:"重过阊门万事非,同来何事不同归。梧桐半死清霜后,头白鸳鸯失伴飞。"陈洪、乔以钢主编《中华诗词900句》,南开大学出版社,2018年,第411页。

② 纪昀《四库全书总目提要》:"工致修洁,时有逸气。"司马朝军编撰《四库全书总目精华录》,武汉大学出版社,2008年,第755页。

③ 曹庭栋《宋百家诗存》:"灏落轩豁,有风度,有气骨。"程杰选注《宋诗三百首注》,天津人民出版社,2000年,第308页。

④ 贺铸《六州歌头》:"不请长缨,系取天骄种,剑吼西风。"陈洪、乔以钢主编《中华诗词900句》,南开大学出版社,2018年,第94页。

深婉丽密柔肠结[①]，

少游小山近知音。

贺周并称善点化，

驱遣唐诗走纷纷[②]。

试问闲愁都几许？

叠用三比妙绝伦。

眼前梅子黄时雨[③]，

江南断肠送芳尘[④]。

一词既出争相和，

赞不绝口喜不禁。

笔势飞舞意沉郁，

熔铸古今传风神。

转益多师出己境，

来龙去脉皆可寻。

观堂惜其少真味，

---

① 脱脱等撰《宋史·贺铸传》："博学强记，工语言，深婉丽密，如次组绣。尤长于度曲，掇拾人所弃遗，少加隐括，皆为新奇。"许嘉璐主编，倪其心分史主编《二十四史全译·宋史》第15册，汉语大词典出版社，2004年，第9624页。

② 周密《浩然斋词话》："贺方回尝言，吾笔端驱使李商隐、温庭筠，常奔命不暇，亦可谓能事矣。"郭预衡主编《中国古代文学史长编·宋辽金卷》，北京师范学院出版社，1993年，第273页。

③ 周紫芝《竹坡诗话》："贺方回尝作《青玉案》词，有'梅子黄时雨'之句。人皆服其工，士大夫谓之'贺梅子'。"郭预衡主编《中国古代文学史长编·宋辽金卷》，北京师范学院出版社，1993年，第272页。

④ 贺铸《青玉案》："凌波不过横塘路。但目送、芳尘去。锦瑟华年谁与度。月桥花院，琐窗朱户。只有春知处。"吴熊和、肖瑞峰编选《唐宋词精选》，凤凰出版社，2018年，第127页。

判其名家最下臣①。
评价未免太苛刻,
地下有知泪满襟。

① 王国维《人间词话》:"北宋名家,以方回为最次。其词如历下、新城之诗,非不华赡,惜少真味。"黄霖等导读《人间词话》卷下,上海古籍出版社,1998年,第19页。

周邦彦歌

周邦彦，字美成，号清真居士，钱塘人，有《清真词》留世。周氏曾提举大晟府，精通音律，和柳永一样，其词擅长铺叙和描写羁旅，在社会上也很受欢迎："贵人、学士、市儇、妓女，皆知美成词为可爱。"不同于柳永词的通俗，他的词以精雅见长。周邦彦名气很大，许多人都称其为"词家之冠"。他的词继往开来，"前收苏、秦之终，复开姜、史之始"，南宋格律词派对他推崇备至。

唤起两眸清炯炯①，
初读此句心微惊。
水面清圆风荷举②，
生机满眼欲相迎。

---

① 周邦彦《蝶恋花·早行》："月皎惊乌栖不定。更漏将残，轳辘牵金井。唤起两眸清炯炯。泪花落枕红棉冷。"方笑一主编《中华经典诗词2000首》第7卷，上海教育出版社，2018年，第54页。

② 周邦彦《苏幕遮》："叶上初阳干宿雨、水面清圆，一一风荷举。"吴熊和、肖瑞峰编选《唐宋词精选》，凤凰出版社，2018年，第139页。

钱塘才子周邦彦，
顾曲堂中灯如萤。
疏隽少检难推重，
博涉百家笔不停①。
《汴京赋》得三朝眷，
不枉苦心积虑耕。
此生也有小起落，
得意失意雨或晴。
仕途奔波堪憔悴，
劳生倦客独飘零。
曾经提举大晟府，
谱制词曲供朝廷。
传与师师风流事，
小说家言不足听②。
文章都为词名掩，
光芒只道满天星。

咏物词开新门径，

---

① 脱脱等撰《宋史·周邦彦传》:“周邦彦，字美成，钱塘人。疏隽少检，不为州里推重，而博涉百家之书。元丰初，游京师，献《汴都赋》余万言。”许嘉璐主编，倪其心分史主编《二十四史全译·宋史》第15册，汉语大词典出版社，2004年，第9645页。

② 张端义《贵耳集》:“道君幸李师师家，偶周邦彦先在焉，知道君至，遂匿于床下。道君自携新橙一颗云:‘江南初进来。’遂与师师谑语。邦彦悉闻之，檃栝成《少年游》云:‘并刀如水，吴盐胜雪，纤手破新橙。’后云:‘严城上，已三更，马滑霜浓，不如休去，直是少人行。’李师师因歌此词，道君问谁作？李师师奏云:‘周邦彦词。’道君大怒。”朱一玄、刘毓忱编《水浒传资料汇编》，百花文艺出版社，1981年，第31页。

身世寄托融神形。
《六丑·蔷薇谢后作》，
羁愁人老惜残英①。
富艳精工长铺叙②，
错综跳跃意蟠萦。
《兰陵王》词咏离别，
缠绵吞吐凄恻程③。
前人诗句善融化，
如同己出肺腑鸣。
下字运意有法度④，
精心结撰规范呈。
研音炼字务精审，
严格平仄分四声。
拗怒之中饶和婉，

---

① 周邦彦《六丑·蔷薇谢后作》："长条故惹行客，似牵衣待话，别情无极。残英小、强簪巾帻。终不似一朵，钗头颤袅，向人欹侧。"刘崇德、徐文武点校《明刊草堂诗余二种》，河北大学出版社，2006年，第511页。

② 陈振孙《直斋书录解题》："清真词多用唐人诗语，檃括入律，浑然天成；长调尤善铺叙，富艳精工，词人之甲乙也。"（清）谭献纂，罗仲鼎、俞浣萍整理《复堂词录》，浙江古籍出版社，2016年，第164页。

③ 周邦彦《兰陵王·柳》："凄恻，恨堆积！渐别浦萦回，津堠岑寂，斜阳冉冉春无极。"刘崇德、徐文武点校《明刊草堂诗余二种》，河北大学出版社，2006年，第511页。

④ 沈义府《乐府指迷》："凡作词当以清真为主。盖清真最为知音，而无一点市井气，下字运意，皆有法度。"白寿彝等主编，罗超、龚兆吉编注《文史英华·文论卷》，湖南出版社，1993年，第364页。

音腔顿挫神志凝①。
五十多调自新创,
清雅趣味美声情。
人奉清真为圭臬,
按谱填腔一一承。
音节精妍意淡远②,
词家正宗有定评。
乐府独步称巨擘③,
词中老杜集大成④。
论词先要论词品,
旨荡不贞君子轻⑤。

---

① 王国维《清真先生遗事》:"拗怒之中,自饶和婉,曼声促节,繁会相宜,清浊抑扬,辘轳交往,两宋之间,一人而已。" 施议对编《人间词话》,岳麓书社,2012年,第170页。

② 戈载《宋七家词选》:"清真之词,其意淡远,其气浑厚,其音节又复清妍和雅,最为词家之正宗。"郭预衡主编《中国古代文学史长编·宋辽金卷》,北京师范学院出版社,1993年,第276页。

③ 陈廷焯《白雨斋词话》:"词至美成,乃有大宗。前收苏、秦之终,后开姜、史之始,自有词人以来,不得不推为巨擘。"(清)陈廷焯撰,杜维沫校点《白雨斋词话》,1959年,第16页。

④ 陈匪石《宋词举》:"周邦彦集词学之大成,前无古人,后无来者,凡两宋之千门万户,清真一集,几擅其全,世间早有定论矣。" 郭预衡主编《中国古代文学史长编·宋辽金卷》,北京师范学院出版社,1993年,第276页。

⑤ 刘熙载《艺概》:"余谓论词莫先论品。美成词信富艳精工,只是当不得一个贞字。是以士大夫不肯学之,学之则不知终日意萦何处矣。周美成律最精审,史邦卿句最警炼,然未得为君子之词者,周旨荡而史意贪也。"(清)刘熙载《艺概》,上海古籍出版社,1978年,第109—110页。

创调才多创意少[①]，
偏重音律苦经营。
批评一面亦尖锐，
正反两看形象明。

① 王国维《人间词话》:"美成深远之致，不及欧、秦，唯言情体物，穷极工巧，故不失为第一流之作者。但恨创调之才多，创意之才少耳。"黄霖等导读《人间词话》卷上，上海古籍出版社，1998年，第8页。

秦观歌

秦观，字少游，一字太虚，别号邗沟居士，又称淮海居士，高邮人。秦观本以诗文自重，其诗文内容亦广泛，从策论到谈兵，皆有志士风采。元好问批评秦观的诗文是“女郎诗”，未免以偏概全。秦观的词风或疏朗或凄婉，有强烈的抒情色彩和艺术感染力，可谓是情韵兼胜，俊逸精妙。李调元《雨村词话》甚至推誉其“首首珠玑，为宋一代词人之冠”。

秦观秦观字少游，
皇祐元年生高邮。
少时豪放亦慷慨，
胸有万卷文风流。
而立之年谒苏轼：
我独不愿万户侯①。

---

① 秦观《别子瞻》：“人生异趣各有求，系风捕影只怀忧。我独不愿万户侯，惟愿一识苏徐州。”管仁福主编《苏轼徐州诗文辑注》，中国矿业大学出版社，2014年，第125页。

携手同游结高谊，

蹭蹬功名稻粱谋。

诗似鲍谢清新语，

才如屈宋多怨忧①。

元丰八年中进士，

一入仕途愁不休②。

东坡爱才力举荐，

初为教授后编修。

党争祸及连遭贬，

通判杭州监处州。

身不由己南国路，

郴州横州至雷州。

穷荒茹哀孤忠泪，

自作挽词诉悲愁③。

徽宗即位召北返，

---

① 脱脱等撰《宋史·秦观传》："秦观，字少游，一字太虚，扬州高邮人。少豪隽，慷慨溢于文词，举进士不中。强志盛气，好大而见奇，读兵家书与己意合。见苏轼于徐，为赋黄楼，轼以为有屈、宋才。又介其诗于王安石，安石亦谓清新似鲍、谢。"许嘉璐主编，倪其心分史主编《二十四史全译·宋史》第15册，汉语大词典出版社，2004年，第9630页。

② 芮烨《题莺花亭》："人言多技亦多穷，随意文章要底工。淮海秦郎天下士，一生怀抱百忧中。"张璋等编纂《历代词话续编》上，大象出版社，2005年，第478页。

③ 秦观《自作挽词》："婴衅徙穷荒，茹哀与世辞。官来录我橐，吏来验我尸。藤束木皮棺，槁葬路傍陂。家乡在万里，妻子天一涯。孤魂不敢归，惴惴犹在兹。"(宋)蔡正孙撰《诗林广记》，中华书局，1982年，第13－14页。

华光亭中命到头①。
才子撒手恩师叹,
万人何赎一少游②!
此生著述诚丰富,
自重诗文思虑周③。
谈农论兵好策论,
辞华气古高品俦④。
俊逸精妙词疏荡⑤,
清丽婉约意绸缪。
和婉醇正清气骨⑥,
情致深切动眼眸。
山抹微云真妙笔,

---

① 脱脱等撰《宋史·秦观传》:"至藤州,出游华光亭。为客道梦中长短句,索水欲饮,水至,笑视之而卒。"许嘉璐主编,倪其心分史主编《二十四史全译·宋史》第15册,汉语大词典出版社,2004年,第9630页。

② 魏庆之《诗人玉屑》:"少游已矣,虽万人何赎!"施议对编《人间词话》,岳麓书社,2012年,第40页。

③ 胡应麟《诗薮》:"秦观当时自以诗文重,今被乐府家推做渠帅,世遂寡称。"周义敢、周雷编《秦观资料汇编》,中华书局,2001年,第197页。

④ 李廌《师友谈记》:"少游之文,辞虽华而气古,事备而意高,如钟鼎然,其体质规矩,资重而简易。"朱子锐《唐宋六十家小品文精品》,上海社会科学院出版社,1998年,第405页。

⑤ 王灼《碧鸡漫志》:"张子野、秦少游,俊逸精妙。少游屡困京洛,故疏荡之风不除。"(北宋)秦观著,杨世明《淮海词笺注》,四川人民出版社,1984年,第183页。

⑥ 周济《宋四家词选》:"少游最和婉醇正,稍逊清真者,辣耳。少游意在含蓄,如花初胎,故少重笔。"郑奠、谭全基编《古汉语修辞学资料汇编》,商务印书馆,1980年,第680页。

销魂香囊空娇羞①。
砌成此恨无重数②，
伤心人怕上高楼。
佳期如梦情似水，
忍顾织女与牵牛③。
人间万事成惆怅，
回首西风思悠悠④。
但有当时皓月在，
向人依旧照渠沟⑤。
诵得佳句香人口，
浥尘细雨润歌喉。
往事缠绵成凄美，
瓣瓣落花心上秋。

---

① 秦观《满庭芳》:"山抹微云，天连衰草，画角声断谯门。……销魂。当此际，香囊暗解，罗带轻分。"沈祖棻《宋词赏析》，北京出版社，2013年，第100页。

② 秦观《踏莎行》:"驿寄梅花，鱼传尺素。砌成此恨无重数。郴江幸自绕郴山，为谁流下潇湘去。"吴熊和、肖瑞峰编选《唐宋词精选》，凤凰出版社，2018年，第124页。

③ 秦观《鹊桥仙》:"柔情似水，佳期如梦，忍顾鹊桥归路。两情若是久长时，又岂在、朝朝暮暮。"陈洪、乔以钢主编《中华诗词900句》，南开大学出版社，2018年，第241页。

④ 秦观《渔家傲》:"二十年前今日况，玄蟾乌鹊高楼上。回首西风犹未忘，追得丧，人间万事成惆怅。"(宋)秦观著，徐培均校注《淮海居士长短句》，上海古籍出版社，1985年，第215页。

⑤ 秦观《水龙吟》:"花下重门，柳边深巷，不堪回首。念多情，但有当时皓月，向人依旧。"(清)谭献纂，罗仲鼎、俞浣萍整理《复堂词录》，浙江古籍出版社，2016年，第131页。

寂寞不见秦淮海[①]，

文采更向何处求！

① 王世祯《高邮雨泊》:“寒雨秦邮夜泊传，南湖新涨水连天。风流不见秦淮海，寂寞人间五百年。”(清)王士禛著，惠栋、金荣注、宫晓卫等点校整理《渔洋精华录集注》上，齐鲁书社，2009年，第87页。

朱敦儒歌

朱敦儒，字希真，号岩壑，又称伊水老人、洛川先生，洛阳人。朱敦儒本有志向做一名清高隐士，怎奈晚年依附秦桧，有损清誉。朱氏工诗与词，总体风格婉丽清畅，有词集《樵歌》。其词随着生活经历的变化，明显存在早年、中年和晚年之别。消极和颓废是封建文人的通病，朱敦儒也不时表现出人生黄粱一梦的虚无和委靡，要注意识别，切不可全作旷达解。

我是清都山水郎，
天教分付与疏狂[①]。
名士潇洒自闲旷，
身后青史费思量。
敦儒希真生洛阳，
天资聪颖令名扬。

---

① 朱敦儒《鹧鸪天・西都作》："我是清都山水郎，天教分付与疏狂。曾批给雨支云券，累上留云借月章。诗万首，酒千觞。几曾着眼看侯王？玉楼金阙慵归去，且插梅花醉洛阳。"吴熊和、肖瑞峰编选《唐宋词精选》，凤凰出版社，2018年，第143页。

志行高洁负声望，
召至京师官学堂。
麋鹿之性思林草，
固辞还山行迹藏[①]。
南雄州里避时乱，
再召不起隐山冈。
绍兴二年又敦请，
听人劝说面上皇。
论议明畅帝大悦，
赐予进士圣恩长。
喜立异论主抗战，
过从甚密亲李光。
被人弹劾遭罢免，
满怀惆怅归故乡。
秦桧当国奖墨客，
为其所用晚节伤。
桧死牵连亦废黜[②]，
终卒嘉禾颇凄凉。

---

① 脱脱等撰《宋史・朱敦儒传》："靖康中，召至京师，将处以学官，敦儒辞曰：'麋鹿之性，自乐闲旷，爵禄非所愿也。'固辞还山。"许嘉璐主编，倪其心分史主编《二十四史全译・宋史》第15册，汉语大词典出版社，2004年，第9653页。

② 脱脱等撰《宋史・朱敦儒传》："敦儒素工诗及乐府，婉丽清畅。时秦桧当国，喜奖用骚人墨客以文太平，桧子熺亦好诗，于是先用敦儒子为删定官，复除敦儒鸿胪少卿。桧死，敦儒亦废。谈者谓敦儒老怀舐犊之爱，而畏避窜逐，故其节不终云。"许嘉璐主编，倪其心分史主编《二十四史全译・宋史》第15册，汉语大词典出版社，2004年，第9654页。

善画山水工乐府，
《樵歌》传世好辞章。

风流才子号词俊，
清隽名贵惜柔肠[①]。
尘外之姿美旷逸，
神仙风致笑世忙[②]。
万首千觞使人醉，
几曾着眼看侯王？
对月赋梅说疏影，
一缕夜色送暗香。
晚节依违遗谈柄，
豪气折损鬓生霜。
笛声烟波红尘外，
珍禽绕飞似凤凰[③]。
看透虚空饱觅睡，
逢场作戏枕黄粱。

---

① 王鹏运《樵歌拾遗跋》："希真词清隽谐婉，犹是北宋风度。"蒋哲伦、杨万里编纂《唐宋词书录》，岳麓书社，2007 年，第 323 页。

② 黄昇《花庵词选》："（希真）天资旷远，有神仙风致。"（清）朱彝尊、汪森编《词综》，上海古籍出版社，2014 年，第 261 页。

③ 周密《澄怀录》："朱希真居嘉禾，与朋侪诣之。闻笛声自烟波间起，顷之，棹小舟而至，则与俱归。室中悬琴、筑、阮咸之类，檐间有珍禽，皆目所未睹。"郭预衡主编《中国古代文学史长编·宋辽金卷》，北京师范学院出版社，1993 年，第 300 页。

名理禅机一总悟[①],
愁山恨海顿消亡[②]。
词中间有颓废语,
梦想消歇意微茫。
忆昔触感生忠愤,
忧时健笔写靖康。
问人间英雄何处[③],
悲风吹泪过维扬[④]。
笔无千军扫妖雾,
摧损意气转低昂。
俚语口语词中去,
稍接地气生机强。
志在崇雅摒浮艳,
羞煞柳永红粉妆。
南北之交词风变,
随时辞谢伶工腔。

---

① 王鹏运《樵歌跋》:"希真词于名理禅机,均有悟入。"施蛰存主编《词籍序跋萃编》,中国社会科学出版社,1994 年,第 185 页。

② 朱敦儒《念奴娇》:"老来可喜,是历遍人间,谙知物外。看透虚空,将恨海愁山,一时挼碎。免被花迷,不为酒困,到处惺惺地。饱来觅睡,睡起逢场作戏。"吴熊和主编《唐宋词汇评·两宋卷》第 2 册,浙江教育出版社,2004 年,第 1307 页。

③ 朱敦儒《水龙吟》:"回首妖氛未扫,问人间、英雄何处。奇谋报国,可怜无用,尘昏白羽。"方笑一主编《中华经典诗词 2000 首》第 6 卷,上海教育出版社,2018 年,第 110 页。

④ 朱敦儒《相见欢》:"中原乱,簪缨散,几时收?试倩悲风吹泪、过扬州。"(清)谭献纂,罗仲鼎、俞浣萍整理《复堂词录》,浙江古籍出版社,2016 年,第 231 页。

不及辛雄与苏旷，
自家面目近清刚。
词被人称希真体①，
宛然独立云水苍。

---

① 辛弃疾《念奴娇》下有题目："赋雨岩，效朱希真体。"（宋）辛弃疾著，邓广铭笺注《稼轩词编年笺注》上，上海古籍出版社，2018 年，第 247 页。

李清照歌

李清照，号易安居士，与辛幼安（弃疾）同为济南人，合称“济南二安”。李氏少女时代陶醉书香，生活优裕，藕花时节争渡，惊起一滩鸥鹭，令人神往；婚后与丈夫赵明诚归来堂中赌书泼茶，此刻除了两人，再不关心世界，令人羡慕；晚年孤身一人，流落他乡，帘儿底下，听人笑语，看满地黄花堆积，令人悲伤。李清照用词准确精妙地抒写了自己的生活和情绪，因为真实，所以沈谦在《填词杂说》中将她与李后主相提并论，赞扬两人“极是当行本色”。她词风鲜明，被称为“易安体”。她还作有《词论》，评论当代最有名气的词家，眼光和自信皆是一流。李清照不愧是中国文学史上成就最大的女词人。

词国女杰李清照，
大明湖畔藕花神①。
生于世代书香第，
父亲格非善为文。
少有诗名才力赡，
才高学博傲群伦②。
奇气横溢有识见③，
敢论兴败贯古今。
年方二八归赵氏，
得成鹣鲽情深深。
买得一枝春欲放④，
赵李燕尔正新婚。
赵氏明诚爱金石，

---

① 符兆纶《明湖藕神祠移祀李易安居士记》："风日转清，烟波愈阔，绿荷万柄，荡漾水面，舟往来穿花中……此中疑有词女才人，呼之欲出也。湖侧旧有屋一楹，曰'藕神祠'，不知所祀何神。神像久毁，同人以湖山佳丽，主持宜得其人，因以易安居士代之。"(宋)李清照著，徐培均笺注《李清照集笺注》下，上海古籍出版社，2018年，第453—454页。

② 王灼《碧鸡漫志》："易安居士，京东路提刑李格非文叔之女，建康守赵明诚德甫之妻。自少年便有诗名，才力华赡，逼近前辈。在士大夫中已不多得。若本朝妇人，当推文采第一。"白寿彝等主编，罗超、龚兆吉编注《文史英华·文论卷》，湖南出版社，1993年，第328—329页。

③ 陈宏绪《寒夜录》："奇气横溢，尝鼎一脔，已知为驼峰、麟脯矣。"(宋)李清照著，徐培均笺注《李清照集笺注》上，上海古籍出版社，2018年，第185页。

④ 李清照《减字木兰花》："卖花担上。买得一枝春欲放。泪染轻匀。犹带彤霞晓露痕。"(宋)李清照著，徐培均笺注《李清照集笺注》上，上海古籍出版社，2018年，第10页。

穷尽家财市古珍①。
撰成一书《金石录》,
清照与力费苦辛。
对烛切磋痴学问,
赌书泼茶洒一身②。
小别之日盼鸿雁,
云中寄书展欢欣。
归来堂中愿终隐,
靖康之变起风云。
南来尚怯吴江冷③,
才女一夜沦流民。
夫婿建康病不起,
南北悲号飘泊人。
再嫁非人入牢狱,
离异之后不消沉④。
家事国事天下事,

---

① 李清照《〈金石录〉后序》:"赵、李族寒,素贫俭。每朔望谒告出,质衣取半千钱,步入相国寺,市碑文果实归,相对展玩咀嚼,自谓葛天氏之民也。"(宋)李清照著,徐培均笺注《李清照集笺注》下,上海古籍出版社,2018年,第273页。

② 李清照《〈金石录〉后序》:"余性偶强记,每饭罢,坐归来堂烹茶,指堆积书史,言某事在某书、某卷、第几叶、第几行,以中否角胜负,为饮茶先后。中即举杯大笑,至茶倾覆怀中,反不得饮而起。甘心老是乡矣。"(宋)李清照著,徐培均笺注《李清照集笺注》下,上海古籍出版社,2018年,第273页。

③ 李清照《句》:"南来尚怯吴江冷,北狩应悲易水寒。"褚斌杰编《李清照资料汇编》,中华书局,1984年,第7页。

④ 王灼《碧鸡漫志》:"赵死,(清照)再嫁某氏,讼而离之。"褚斌杰编《李清照资料汇编》,中华书局,1984年,第2页。

事事关心持热忱。
毕竟山河淌血泪，
晚来风急少衣衾。
双溪艋舟载不动，
多愁压身重千钧①。
雨疏风骤悄然逝②，
何时何地杳无闻。
天厚其才吝其遇，
念之怆然泪满襟。

诗词文艺皆精妙，
须眉须将巾帼钦。
诗有神骏男儿气，
要使豪情付乾坤。
别是一家出《词论》③，
评骘诸家吐孤芬。
典雅充实又协乐，
词之特性定恪遵。

---

① 李清照《武陵春》："闻说双溪春尚好，也拟泛轻舟。只恐双溪舴艋舟，载不动许多愁。"方笑一主编《中华经典诗词 2000 首》第 7 卷，上海教育出版社，2018 年，第 128 页。

② 李清照《如梦令》："昨夜雨疏风骤，浓睡不消残酒。试问卷帘人，却道海棠依旧。"方笑一主编《中华经典诗词 2000 首》第 7 卷，上海教育出版社，2018 年，第 126 页。

③ 李清照《词论》："乃知别是一家，知之者少。"王英志编选《李清照集》，凤凰出版社，2014 年，第 155 页。

创作风格分前后，
字字写来都是真。
前期多言爱与怅，
风物人情秀且馨。
倚门回首青梅嗅①，
暗香盈袖总销魂②。
后期满纸说凄苦，
怀乡念旧忆前尘。
落日熔金云合璧③，
空梦长安无处寻。
善用常语表心理，
提炼熔铸成高浑。
细品“人比黄花瘦”，
人工天巧妙无痕。
婉妙一阙《声声慢》，
连下叠字惊人心④。
直书闺音不劳代，

① 李清照《点绛唇》:“和羞走，倚门回首，却把青梅嗅。”王英志编选《李清照集》，凤凰出版社，2014年，第1页。

② 李清照《醉花阴》:“东篱把酒黄昏后，有暗香盈袖。莫道不销魂，帘卷西风，人比黄花瘦。”王英志编选《李清照集》，凤凰出版社，2014年，第35页。

③ 李清照《永遇乐》:“落日熔金，暮云合璧，人在何处。染柳烟浓，吹梅笛怨，春意知几许。”方笑一主编《中华经典诗词2000首》第7卷，上海教育出版社，2018年，第135页。

④ 罗大经《鹤林玉露》:““近时李易安词云，‘寻寻觅觅，冷冷清清，凄凄惨惨戚戚’，起头连叠七字，以一妇人，乃能创意出奇如此。”(宋)罗大经撰《鹤林玉露》，上海古籍出版社，2012年，第139页。

水光山色与人亲。
女中易安男后主，
当行本色是正音①。
独树一帜创新体②，
效仿之人何纷纷！
济南故居今尚在，
漱玉泉边树成荫③。

---

① 沈谦《填词杂说》:"男中李后主,女中李易安,极是当行本色。"白寿彝等主编,罗超、龚兆吉编注《文史英华·文论卷》,湖南出版社,1993 年,第 331 页。

② 侯寘《眼儿媚》题下注:"效易安体。"褚斌杰编《李清照资料汇编》,中华书局,1984 年,第 13 页。

③ 任宏远《柳絮泉访李易安故宅》:"为寻词女舍,却向柳泉行。秋雨黄花瘦,春流漱玉声。"褚斌杰编《李清照资料汇编》,中华书局,1984 年,第 89 页。

辛弃疾歌

辛弃疾，字幼安，号稼轩居士，济南人，生于金国，早年与党怀英齐名，号称“辛党”。辛弃疾平生以气节自负，以功业自许，言必谈恢复，志必做英雄，文武双全，远非一般意义上的文人可比。辛弃疾词比苏轼题材还要广阔，强烈的爱国主义精神和情怀贯穿始终。辛弃疾将诗词豪放之风张扬到顶峰，有“词中之龙”之称。《四库全书总目提要》说：“其词慷慨纵横，有不可一世之概，于倚声家为变调，而异军突起，能于剪红刻翠之外，屹然别立一宗。”辛词如农村生活词等清新妩媚，在阳刚之外，别呈阴柔之美。辛弃疾现存词六百余首，是两宋存词最多、成就最高的词人，有《稼轩居士长短句》传世。

栏杆拍遍无人会，

谁人能揾英雄泪[①]！

雨打风吹何处是[②]，

剩水残山枉自愧[③]。

一世之豪辛弃疾[④]，

壮志难酬心疲惫。

生于金国济南府，

少有侠风英气锐。

耿京义军掌书记，

锦襜突骑喝敌退[⑤]。

万人阵中擒贼首，

毅然领兵来归队[⑥]。

---

① 辛弃疾《水龙吟·登建康赏心亭》："落日楼头，断鸿声里，江南游子。把吴钩看了，栏杆拍遍，无人会，登临意。……可惜流年，忧愁风雨，树犹如此！倩何人唤取，红巾翠袖，揾英雄泪？"吴熊和、肖瑞峰编选《唐宋词精选》，凤凰出版社，2018年，第186页。

② 辛弃疾《永遇乐·京口北固亭怀古》："舞榭歌台，风流总被，雨打风吹去。"方笑一主编《中华经典诗词2000首》第8卷，上海教育出版社，2018年，第77页。

③ 辛弃疾《贺新郎》："剩水残山无态度，被疏梅料理成风月。两三雁，也萧瑟。"(宋)辛弃疾著，邓广铭笺注《稼轩词编年笺注》上，上海古籍出版社，2018年，第258页。

④ 范开《稼轩词序》："公一世之豪，以气节自负，以功业自许。"(宋)辛弃疾著，邓广铭笺注《稼轩词编年笺注》下附录二，上海古籍出版社，2018年，第655页。

⑤ 辛弃疾《鹧鸪天》："壮岁旌旗拥万夫，锦襜突骑渡江初。燕兵夜娖银胡，汉箭朝飞金仆姑。"方笑一主编《中华经典诗词2000首》第8卷，上海教育出版社，2018年，第59页。

⑥ 脱脱等撰《宋史·辛弃疾传》："乃约统制王世隆及忠义人马全福等径趋金营，安国方与金将酣饮，即众中缚之以归，金将追之不及。献俘行在，斩安国于市。"刘乃昌主编《李清照志·辛弃疾志》，山东人民出版社，2009年，第361页。

振顽起懦惊朝野①,
高宗何苦用秦桧。
只恨古人吾不见②,
偏安风熏游人醉。
好铁不敢用刀刃,
只让英雄忙安内。
几起几落宦途险,
尝尽世态炎凉味。
带湖瓢泉建隐舍,
自号稼轩力田贵③。
开禧三年廉颇老④,
大呼"杀贼"苍鹰坠。
追赠少师谥忠敏⑤,
贯日忠诚堪相配⑥。

---

① 洪迈《稼轩记》:"壮声英概,懦士为之兴起,圣天子一见三叹息。"吴熊和主编《唐宋词汇评·两宋卷》第3册,浙江教育出版社,2004年,2369页。

② 辛弃疾《贺新郎》:"不恨古人吾不见,恨古人、不见吾狂耳。知我者,二三子。"(宋)辛弃疾著,邓广铭笺注《稼轩词编年笺注》下附录二,上海古籍出版社,2018年,第566页。

③ 脱脱等撰《宋史·辛弃疾传》:"尝谓:'人生在勤,当以力田为先。……'故以'稼'名轩。"刘乃昌主编《李清照志·辛弃疾志》,山东人民出版社,2009年,第363页。

④ 辛弃疾《永遇乐·京口北固亭怀古》:"凭谁问:廉颇老矣,尚能饭否?"方笑一主编《中华经典诗词2000首》第8卷,上海教育出版社,2018年,第77页。

⑤ 脱脱等撰《宋史·辛弃疾传》:"德祐初,枋得请于朝,加赠少师,谥忠敏。"刘乃昌主编《李清照志·辛弃疾志》,山东人民出版社,2009年,第364页。

⑥ 徐元杰《稼轩辛公赞》:"摩空节气,贯日忠诚。绅绶动色,草木知名。《阳春白雪》,世所共珍。秋水瓢泉,清哉斯人。"曾枣庄、刘琳主编《全宋文》第366册,上海辞书出版社、安徽教育出版社,2006年,第352页。

大材小用陆游叹，
君本管仲萧何辈①。

以词名家开天地，
汇集大成君为最。
别立一宗扫万古②，
雄才挺立人感佩。
如椽大笔拓词境，
横槊悲歌气充沛。
男儿试手补天裂③，
腰间剑鸣夜不寐。
多少苦闷连忧患，
赏心亭上心如晦。
斜阳正在断肠处，
可怜飞燕眼波媚④。
也有田园风光好，
剪影裁景巧描绘。

---

① 陆游《送辛幼安殿撰造朝》:"大材小用古所叹，管仲萧何实流亚。"刘扬忠注评《陆游诗词选评》，三秦出版社，2008年，第184页。

② 纪昀《四库全书总目提要》:"其词慷慨纵横，有不可一世之概。于倚声家为变调；而异军特起，能于剪翠刻红之外，屹然别立一宗，迄今不废。"(宋)辛弃疾著，邓广铭笺注《稼轩词编年笺注》下附录，上海古籍出版社，2018年，第661页。

③ 辛弃疾《贺新郎》:"男儿到死心如铁，看试手，补天裂。" 陈洪、乔以钢主编《中华诗词900句》，南开大学出版社，2018年，第258页。

④ 辛弃疾《摸鱼儿》:"君莫舞。君不见、玉环飞燕皆尘土。闲愁最苦。休去倚危楼，斜阳正在，烟柳断肠处。" 方笑一主编《中华经典诗词2000首》第8卷，上海教育出版社，2018年，第69页。

茅檐低小溪上草①，
民胞物与本同类。
艺术追求有个性，
刚柔相济写精粹。
意象满篇刀剑戟，
叠嶂西驰如战备②。
以文为词新手法，
议论对话妙连缀。
经史子集拉杂用③，
横竖烂漫无所畏④。
雅俗并收又何妨?
融合挥洒有智慧。
既能雄豪也婉丽⑤，

---

① 辛弃疾《清平乐·村居》:“茅檐低小，溪上青青草。醉里吴音相媚好，白发谁家翁媪?”方笑一主编《中华经典诗词 2000 首》第 8 卷，上海教育出版社，2018 年，第 294 页。

② 辛弃疾《沁园春·灵山斋庵赋时筑偃湖未成》:“万马回旋，众山欲东。正惊湍直下，跳珠倒溅;小桥横截，缺月初弓。老合投闲，天教多事，检校长身十万松。吾庐小，在龙蛇影外，风雨声中。”(宋)辛弃疾著，邓广铭笺注《稼轩词编年笺注》下，上海古籍出版社，2018 年，第 406—407 页。

③ 吴衡照《莲子居词话》:“辛稼轩别开天地，横绝古今，《论》《孟》《诗》小序、《左氏春秋》《南华》《离骚》《史》《汉》《世说》《选学》、李、杜诗，拉杂运用，弥见其笔力之峭。”郭预衡主编《中国古代文学史长编·宋辽金卷》，北京师范学院出版社，1993 年，第 402 页。

④ 刘辰翁《辛稼轩词序》:“及稼轩，横竖烂熳，乃如禅宗棒喝，头头皆是。”郭预衡主编《中国古代文学史长编·宋辽金卷》，北京师范学院出版社，1993 年，第 402 页。

⑤ 刘克庄《辛稼轩集序》:“公所作，大声鞺鞳，小声铿鍧，横绝六合，扫空万古，自有苍生以来所无。其秾纤绵密者，亦不在小晏、秦郎之下。”(宋)辛弃疾著，邓广铭笺注《稼轩词编年笺注》下附录，上海古籍出版社，2018 年，第 657 页。

亦庄亦谐两不废。
有词流传六百首，
慷慨纵横别红翠。
两宋词坛谁盟主？
无人撼动君地位。
读词有如赏宝剑，
龙光寒闪色不褪。

刘过歌

刘过，字改之，号龙洲道人，吉州太和人。刘过任侠能辨，喜论恢复，与辛弃疾交厚，是江湖诗人中的爱国者。其工诗善词，诗风苍劲，词亦豪放，与刘仙伦合称为“庐陵二布衣”，与刘克庄、刘辰翁合称“辛派三刘”。有《龙洲集》《龙洲词》传世。其事迹可参见殷奎《复刘改之先生墓事状》、杨维桢《宋龙洲先生刘公墓表》、明万历《昆山志》等。

泰和刘过字改之，
少怀志节好论兵。
时运不济屡落第，
落魄江湖鸣不平①。
布衣平生尚气义，
奇男不惭世上英。

---

① 方回《瀛奎律髓》：“名满江湖刘改之，半生穷困但吟诗。”（元）方回选评，李庆甲集评校点《瀛奎律髓汇评》，上海古籍出版社，2005 年，第 1102 页。

通知古今治乱略，

博学经史增其能①。

御阅雄兵气吞虏，

目睹神武豪情生②。

床头吴钩作龙吼③，

志在从戎意纵横。

可怜慷慨无用处，

徒然与敌纸上逢。

辞谢丞相周必大④，

不肯入幕俯耳听。

伏阙上书忤皇帝，

赢来一时推重名⑤。

开禧北伐赞侂胄，

差点踏上使金程⑥。

---

① 殷奎《复刘改之先生墓事状》："少有志节，以功业自许。博通经史百氏之文，通古今治乱之略，至于论兵，尤善陈厉害。"马兴荣《龙洲词校》附录，江西人民出版社，1999年，第95页。

② 刘过《沁园春·御阅还上郭殿帅》："想刀明似雪，纵横脱鞘，箭飞如雨，霹雳鸣弓。威撼边城，气吞胡虏，惨淡尘沙吹北风。中兴事，看君王神武，驾驭英雄。"（宋）刘过《龙州集》，上海古籍出版社，1978年，第86页。

③ 刘过《古诗》："床头吴钩作龙吼，便欲乘此捣穹庐。丈夫诗胆如斗大，摩挲笑与歌楚些。"（宋）刘过《龙州集》，上海古籍出版社，1978年，第10页。

④ 杨维桢《宋龙洲先生刘公墓表》："宰相周必大闻其人，欲客之门下，不就。"姚伟宏主编《昆山碑刻辑存》，上海书店，2014年，第29页。

⑤ 纪昀等《四库全书总目提要》："其叩阍上书，请光宗过宫，颇得抗直声。"（宋）刘过《龙州集》附录四，上海古籍出版社，1978年，第146页。

⑥ 纪昀等《四库全书总目提要》："韩侂胄尝欲官之，使金国，而轻率漏言，卒以穷死。"（宋）刘过《龙州集》附录四，上海古籍出版社，1978年，第146页。

国土四方几踏遍，
年年看得叶飘零。
轻薄吟词遭狱祸，
吴琚救出止欺凌①。
垂暮娶妻无子嗣，
客死昆山存墓陵②。
最早《龙洲道人集》，
其弟刘澥辑录成。

诗侠吟诗如饮酒③，
狂逸俊致使人惊。
比肩浙右滕元秀④，
庐陵二刘并相称⑤。

---

① 周密《浩然斋雅谈》:“刘改之尝游富沙，与友人吴平仲饮于吴所欢盼儿家，赋词赠之，所谓‘云一窝，玉一梳，淡淡衫儿薄薄罗，轻颦双黛蛾’。盼遂属意改之。吴愤甚，挟刃刺之，误伤其妓，遂悉系有司。吴居父为帅……，遂释之。”(宋)周密著，邓子勉点校《浩然斋雅谈》，辽宁教育出版社，2000年，第33页。

② 吕大中《宋诗人刘君墓碑》:“家徒壁立，无檐石储，此所谓生而穷者；冢芜岩偎，荒草延蔓，此所谓死而穷者。先生何穷之至是哉!”江苏省地方志编纂委员会办公室编《江苏历代方志全书84· 苏州府部》，凤凰出版社，2016年，第194页。

③ 陈亮《赠刘改之》:“刘郎吟诗如饮酒，淋漓醉墨龙蛇走。”(宋)刘过《龙州集》附录四，上海古籍出版社，1978年，第132页。

④ 方回《桐江集》:“浙右滕元秀，江西刘改之。”王大鹏编选《中国历代诗话选》第2册，岳麓书社，1985年，第1062页。

⑤ 张端义《贵耳集》:“庐陵刘过，字改之……有刘仙伦，亦以诗名。淳熙间，有庐陵二刘。”(宋)刘过《龙州集》附录二，上海古籍出版社，1978年，第138页。

西风战舰成何事[①]，
诗因忧患感怀兴。
行李随身惟一剑[②]，
脱口豪纵泰山轻。
人讥粗厉雅音少[③]，
谁识个中热血情？
词亦如诗多雄劲，
壮语仿佛耳边萦。
写到沙场激烈处，
刀明似雪角弓鸣。
枪刀突出驰铁骑，
斩得楼兰返军营[④]。
读其忠义磊落句，
遥想终军请长缨。
以文为词任横放，
语如流水隰地经。
香山居士林和靖，

---

① 刘过《题京口多景楼》："北府只今唯有酒，中原在望莫登楼。西风战舰成何事，只送年年使客舟。"倪进《唐宋笔记选注》下，上海教育出版社，2016 年，第 736 页。

② 刘过《醉中寄王子林》："我头扶病醉岑岑，履历糟丘岁月深。行李随身惟一剑，对花买笑亦千金。"（宋）刘过《龙州集》，上海古籍出版社，1978 年，第 34 页。

③ 纪昀《四库全书总目提要》："其诗文亦多粗豪抗厉，不甚协于雅音。"（宋）刘过《龙州集》附录四，上海古籍出版社，1978 年，第 146 页。

④ 刘过《沁园春》："枪刀突出，星驰铁骑，阵势纵横。……拂拭腰间，吹毛剑在，不斩楼兰心不平。归来晚，听随军鼓吹，已带边声。"（宋）刘过《龙州集》，上海古籍出版社，1978 年，第 84 页。

同与东坡回吾行。
风雨西湖浓抹好,
要访稼轩且待晴。
《沁园春》词构思巧①,
白日见鬼显机灵②。
天涯沦落染霜鬓,
赋赠老娼凄怨声③。
跻身辛派无愧色,
龙洲宜受此公评。

---

① 刘过《沁园春》:"斗酒彘肩,风雨渡江,岂不快哉。被香山居士,约林和靖,与东坡老,驾勒吾回。坡谓西湖,正如西子,浓抹淡妆临镜台。二公者,皆掉头不顾,只管衔杯。白云天竺飞来。图画里、峥嵘楼观开。爱东西双涧,纵横水绕,两峰南北,高下云堆。逋曰不然,暗香浮动,争似孤山先探梅。须晴去,访稼轩未晚,且此徘徊。"方笑一主编《中华经典诗词 2000 首》第 3 卷,上海教育出版社,2018 年,第 91 页。

② 岳珂《桯史》:"余时与之饮西园,改之中席自言,掀髯有得色。余曰:'句固佳,但恨无刀圭药,疗君白日见鬼症耳!'"(宋)岳珂著,吴企明点校《桯史》,中华书局,1981 年,第 23 页。

③ 刘过《贺新郎》:"莫鼓琵琶江上曲,怕荻花、枫叶俱凄怨。云万叠,寸心远。"(宋)刘过《龙州集》附录四,上海古籍出版社,1978 年,第 98 页。

姜夔歌

姜夔，字尧章，号白石道人，饶州鄱阳人。他一生布衣，流落四方，靠才艺和别人接济为生，在合肥与一对歌妓姐妹相好，却无法生活在一起，空留无限怀念。杨万里、范成大、辛弃疾等当世名人对他赏识有加。姜夔是格律词派代表，是继周邦彦之后婉约词成就最高者之一。其词具有“清空”和“骚雅”的风格，体现出“才子之词”的特色。他还是一位难得的艺术全才，诗歌、散文、书法、音乐等皆精通。留有带“旁谱”的《白石道人歌曲》六卷，是音乐史上极为珍贵的资料。

饶州鄱阳姜尧章，
自号白石嘉名扬。
科场命运多坎坷，
屡屡落第心怏怏。
知音诗人萧德藻，

许以侄女伴姜郎①。
一生江湖只漂泊，
辗转附人痛心肠。
合肥情事幽梦杳，
嫩约无凭何其伤②。
姐妹老去情难老，
空中传恨满词章③。
成大席上春风笔，
缓吟《疏影》与《暗香》④。
美女小红且低唱⑤，
才子词人总清狂。
结交尽是名流辈，
奖掖接济受恩长。
晚依西湖张公子，

---

① 厉鹗《宋诗纪事》:“夔字尧章，鄱阳人。萧东夫识之于年少客游，妻以兄子，因寓居吴兴之武康，与白石洞天为邻，自号白石道人。”(清)厉鹗辑撰《宋诗纪事》第 3 册，上海古籍出版社，2013 年，第 1490 页。

② 姜夔《秋宵吟》:“嫩约无凭，幽梦又杳。但盈盈泪洒单衣，今夕何夕恨未了。”吴熊和主编《唐宋词汇评 · 两宋卷》第 3 册，浙江教育出版社，2004 年，第 2794 页。

③ 朱彝尊《解佩令 · 自题词集》:“十年磨剑，五陵结客，把平生、涕泪都飘尽。老去填词，一半是、空中传恨。几曾围、燕钗蝉鬓。”陈洪、乔以钢主编《中华诗词 900 句》，南开大学出版社，2018 年，第 18 页。

④ 姜夔《暗香》《疏影》词序:“辛亥之冬，予载雪诣石湖。止既月，授简索句，且征新声，作此两曲。石湖把玩不已，使工妓隶习之，音节谐婉，乃名之曰《暗香》《疏影》。”方笑一主编《中华经典诗词 2000 首》第 8 卷，上海教育出版社，2018 年，第 115 页。

⑤ 姜夔《过垂虹》:“自作新词韵最娇，小红低唱我吹箫。曲终过尽松陵路，回首烟波十四桥。”方笑一主编《中华经典诗词 2000 首》第 8 卷，上海教育出版社，2018 年，第 101 页。

情似骨肉处一堂[①]。
客死他乡友人葬，
家在鄱阳坟在杭。
光景旋消惆怅在，
此生赢得是凄凉。
秀拔风度追晋宋[②]，
体态清莹羽客装。
沉思只羡天随子[③]，
也作散人飘四方。

宋词大家有定论，
静安微词但无妨[④]。
感时咏物又酬赠，
恋情抒写蕴沧桑。

---

① 周密《齐东野语》引姜夔》《自叙》："旧所依倚，惟有张兄平甫。其人甚贤，十年相处，情甚骨肉。"（南宋）姜夔著，刘乃昌选注《姜夔诗词选注》，上海古籍出版社，1983年，第43页。

② 陈郁《藏一话腴》："白石道人姜尧章……襟期洒落如晋宋间人，意到语工，不期于高远而自高远。" "王大鹏编选《中国历代诗话选》第2册，岳麓书社，1985年，第919页。

③ 姜夔《三高祠》："越国霸来头已白，洛京归后梦尤惊。沉思只羡天随子，蓑笠寒江过一生。"（南宋）姜夔著，刘乃昌选注《姜夔诗词选注》，上海古籍出版社，1983年，第8页。

④ 王国维（字静安）《人间词话》："虽格韵高绝，然如雾里看花，终隔一层。梅溪、梦窗诸家写景之病，皆在一隔字。"黄霖等导读《人间词话》卷上，上海古籍出版社，1998年，第9页。

清空骚雅出瘦笔①，
峻洁雅致柔中刚。
野云孤飞去无迹②，
如梅幽韵有冷香。
诗法入词重格律，
句琢字练醇雅藏。
未曾刻意学名宿，
自成一派势亦昌。
南宋影响未曾断，
沾溉吴史高王张③。
浙西词派尊为祖④，
工雅疏宕词风彰。
诗名总被词名掩，

---

① 张炎《词源》:“不惟清空，又且骚雅，读之使人神观飞越。”王筱云、韦风娟等《中国古典文学名著分类集成 28 · 文论卷》第 1 册，百花文艺出版社，1994 年，第 580 页。

② 戈载《七家词选》:“白石之词，清气盘空，如野云孤飞，去留无迹。其高远峭拔之致，前无古人，后无来者，真词中之圣也。”郭预衡主编《中国古代文学史长编 · 宋辽金卷》，北京师范学院出版社，1993 年，第 66 页。

③ 汪森《词综 · 序》:“鄱阳姜夔出，句琢字练，归于醇雅。于是史达祖、高观国羽翼之；张辑、吴文英师之于前；赵以夫、蒋捷、周密、陈允平、王沂孙、张炎、张翥效之于后，譬之于乐，舞箾至于九变，而词之能事毕矣。”张璋等编纂《历代词话续编》下，大象出版社，2005 年，第 923 页。

④ 朱彝尊《词综 · 发凡》:“世人言词，必称北宋；然词至南宋始极其工，至宋季而始极其变。姜尧章氏最为杰出。”孙克强主编《中国历代分体文论选》上，北京交通大学出版社，2006 年，第 308 页。

裁云缝月妙思常①。
别出机杼作《诗说》，
要与前辈细商量。
无论诗作与诗论，
研究亟需大加强。
精通书法与音乐，
文艺全才器宇昂。
留下著述皆珍宝，
挥毫泼墨添彩光。
暮色渐起水自碧②，
纵有赋笔难其详。
我为江右吉州子，
夸我乡贤声铿锵。

---

① 陈振孙《直斋书录解题》："石湖范至能尤爱其诗，杨诚斋（万里）亦爱之，尝称其《岁除舟行十绝》，以为有裁云缝月之妙思，敲金戛玉之奇声。"高志忠、张福勋编著《〈全宋诗〉补阙——补诗人、补诗事、补诗评》，商务印书馆，2018年，第132页。

② 姜夔《扬州慢》小序："人其城，则四顾萧条，寒水自碧，暮色渐起，戍角悲吟。予怀怆然，感慨今昔。"吴熊和、肖瑞峰编选《唐宋词精选》，凤凰出版社，2018年，第203页。

吴文英歌

吴文英，字君特，号梦窗，晚年又号觉翁，四明人。吴文英一生布衣，游走于江浙，时或与人作幕，后困窘而死。吴文英有《梦窗词》，其词密丽深幽，创造性很强，打破时空顺序，意象密集但很跳跃，亦有朦胧晦涩之病。《四库全书总目提要》说："词家之有吴文英，亦如诗家之有李商隐。"笺注吴文英词，是一项难度不小的工作。

四明鄞县吴文英①，
一生布衣谢功名。
生卒年月无确论，
游幕江浙感飘零。
舟车久驻苏杭越，
结交遍及众阶层。

---

① 黄昇《中兴以来绝妙词选》："吴君特，名文英，自号梦窗，四明人，从吴履斋诸公游。"(宋)黄昇辑《花庵词选》第2册，辽宁教育出版社，1997年，第345页。

词里称颂贾似道，
操守遭疑非议生①。
细究并无谄媚语，
困踬以死事已明。
《梦窗词》幸传今日，
数量丰沃质亦精。
南宋大家有公论②，
妙接清真一脉承。
又如诗家李商隐③，
密丽绵邈写哀情。
也说恰似李长吉，
不流滑易皱石棱④。
清末民初学者多，
俨然君特为准绳。
有誉难免也有毁，

---

① 纪昀《四库全书总目提要》:"文英及与姜夔、辛弃疾游，倡和具载集中，而又有寿贾似道诸作。殆亦晚节颓唐，如朱希真、陆游之比。"(宋)吴文英著，吴蓓笺校《梦窗词汇校笺释集评》下附录一，浙江古籍出版社，2012年，第812页。

② 尹焕《梦窗词叙》:"求词于吾宋者，前有清真，后有梦窗。此非焕之言，四海之公言也。"吴熊和主编《唐宋词汇评·两宋卷》第4册，浙江教育出版社，2004年，第3197页。

③ 纪昀《四库全书总目提要》:"词家之有文英，亦如诗家之有李商隐也。"(宋)吴文英著，吴蓓笺校《梦窗词汇校笺释集评》下，浙江古籍出版社，2012年，第812页。

④ 孙麟趾《词迳》:"梦窗足医滑易之病，不善学者便流于晦。余谓词中有梦窗，犹诗中之有李长吉，篇篇长吉，闻者生厌，篇篇梦窗，亦难悦目……石以皱为贵，能皱必无滑易之病，梦窗最善此。"(宋)吴文英著，吴蓓笺校《梦窗词汇校笺释集评》下附录二，浙江古籍出版社，2012年，第862页。

用事下语晦涩凝。
字面多能眩人眼，
碎拆楼台难成形①。
五四以来多否定，
徒有形式得恶评。
顾及全面方辩证，
偏论总觉失公平。
运意深远须细觅②，
逼塞之中见空灵③。
苍崖云树非虚幻，
双鸳响廊叶秋声④。
用笔幽邃非是病，
千古文章唯真诚。
哀时伤世心凄苦，
残云剩水忧患萦⑤。

① 张炎《词源》："吴梦窗词，如七宝楼台，眩人眼目，碎拆下来，不成片段。"孙克强主编《中国历代分体文论选》上，北京交通大学出版社，2006年，第274页。

② 戈载《宋七家词选》："以绵丽为尚，运意深远，用笔幽邃。炼字炼句，迥不犹人。"赵慧文、徐育民编著《吴文英词新释辑评》上，中国书店，2007年，第362页。

③ 周尔墉《周评绝妙好词》："于逼塞中见空灵，于浑朴中见勾勒，于刻画中见天然，读梦窗词当于此着眼。"(宋)吴文英著，吴蓓笺校《梦窗词汇校笺释集评》下附录二，浙江古籍出版社，2012年，第872页。

④ 吴文英《八声甘州》："渺空烟四远，是何年、青天坠长星。幻苍崖云树，名娃金屋，残霸宫城。箭径酸风射眼，腻水染花腥。时靸双鸳响，廊叶秋声。"吴熊和、肖瑞峰编选《唐宋词精选》，凤凰出版社，2018年，第219页。

⑤ 吴文英《古香慢》："把残云、剩水万顷，暗熏冷麝凄苦。渐浩渺、凌山高处。秋澹无光，残照谁主。"赵慧文、徐育民编著《吴文英词新释辑评》下，中国书店，2007年，第1042页。

东风紧送斜阳下，

国势日危高楼倾。

愁鱼难藏西湖底，

泪满平芜飞红仍①。

苏杭爱妾真薄命，

化作悼亡词满屏。

春晚感怀《莺啼序》，

瘗玉埋香长恨成②。

回首西风又陈迹，

尘缘一点若流萤③。

宋玉秋花相比瘦，

败壁寒蛩独哀鸣④。

性情不为词藻掩，

① 吴文英《高阳台·丰乐楼分韵得如字》："修竹凝妆，垂杨驻马，凭阑浅画成图。山色谁题，楼前有雁斜书。东风紧送斜阳下，弄旧寒、晚酒醒余。自销凝，能几花前，顿老相如。伤春不在高楼上，在灯前欹枕，雨外熏炉。怕有游船，临流可奈清臞。飞红若到西湖底，搅翠澜、总是愁鱼。莫重来，吹尽香绵，泪满平芜。"（宋）周密辑，（清）查为仁、厉鹗笺，徐文武、刘崇德点校《绝妙好词笺》，河北大学出版社，2006年，第128页。

② 吴文英《莺啼序·春晚感怀》："幽兰旋老，杜若还生，水乡尚寄旅。别后访、六桥无信，事往花委，瘗玉埋香，几番风雨。"吴熊和、肖瑞峰编选《唐宋词精选》，凤凰出版社，2018年，第223页。

③ 吴文英《六么令·夷则宫七夕》："不见津头艇子，望绝南飞翼。云梁千尺。尘缘一点，回首西风又陈迹。"赵慧文、徐育民编著《吴文英词新释辑评》上，中国书店，2007年，第236页。

④ 吴文英《新雁过妆楼》："宋玉秋花相比瘦，赋情更苦似秋浓。小黄昏，绀云暮合，不见征鸿。……夜阑心事，灯外败壁哀蛩。江寒夜枫怨落，怕流作、题情肠断红。"赵慧文、徐育民编著《吴文英词新释辑评》下，中国书店，2007年，第809页。

深长柔婉总为卿。
寄情闲散实感慨,
心是火热语似冰。
天光云影江湖远,
梦窗推开满眼青。

刘辰翁歌

刘辰翁，字会孟，别号须溪，其子刘将孙亦有文名，人称小须。刘辰翁一生敬重恩师江万里，数次在其任上做幕府；宋亡后，坚守气节，在家著书立说，成果丰富。刘辰翁最突出的成就在于词创作和文学批评领域。其词属于辛派，沉郁慷慨，跌宕激越，反映了遗民词人的故国之思和沉痛反思。刘辰翁批点评选古人诗文，涉及多种体裁，时有中肯意见，为文学批评史所重视。不过，钱谦益尖锐批评他对杜诗的评论是“不识杜之大家数”。

宋末元初刘辰翁，
词风豪放近苏辛。
先生表字曰会孟，
生于庐陵灌溪村。
幼年丧父学用力，

鹭洲书院苦读勤①。
而立之年中进士，
入得幕府受师恩②。
仕途辗转总不顺，
宋亡沉痛无处奔。
矢志守节回乡隐，
词中自有黍离音③。
名列《宋季忠义录》，
笔底寄托遥且深。
赋词最苦谁知否，
独坐青灯故国魂。
断肠悲宋词多转，
送春伤悼国不存。
时令相代景物变，
英雄失路泪满襟。
笛里番腔怎生赏④？

① 杨慎《刘辰翁传》:“家贫力学，学秘书欧阳守道所，守道大奇之。”吴熊和主编《唐宋词汇评·两宋卷》第5册，浙江教育出版社，2004年，第3711页。

② 杨慎《刘辰翁传》:“万里官帅阃，强与俱。咸淳元年，万里还枢府，以书招辰翁，奉母来京。”吴熊和主编《唐宋词汇评·两宋卷》第5册，浙江教育出版社，2004年，第3711页。

③ 纪昀《四库全书总目提要》:“于宗邦沦覆之后，眷怀麦秀，寄托遥深，忠爱之忱，往往形诸笔墨，其志多有可取者。”汪泰荣编校《〈四库全书总目〉吉安人著述提要》，吉林摄影出版社，2010年，第136页。

④ 刘辰翁《柳梢青·春感》:“铁马蒙毡，银花洒泪，春入愁城。笛里番腔，街头戏鼓，不是歌声。那堪独坐青灯。想故国、高台月明。辇下风光，山中岁月，海上心情。”沙灵娜《宋遗民词选注》，巴蜀书社，1995年，第59页。

激越豪壮情感喷。
风追稼轩尚道劲，
效法遗山跌宕深。
意笔俱化纵横走，
态似坡公无凿痕①。
不事藻饰天然语，
俚俗跃跃别样亲。

诗文偶尔或艰涩②，
欲说还休气吐吞。
鲜明主张诗无改，
道得性情写精神。
哀乐俯仰随兴致，
法生其心任悲辛③。
自作亦是多奇崛，

① 况周颐《蕙风词话》："须溪词风格遒上似稼轩，情辞跌宕似遗山，有时意笔俱化，纯任天倪，竟能略似坡公。"吴熊和主编《唐宋词汇评·两宋卷》第5册，浙江教育出版社，2004年，第3720页。

② 纪昀《四库全书总目提要》："专以奇怪磊落为宗，务在艰涩其词，甚或至于不可句读。"汪泰荣编校《〈四库全书总目〉吉安人著述提要》，吉林摄影出版社，2010年，第136页。

③ 刘辰翁《欧氏甥植诗序》："诗无改，法生于其心，出于其口，如童谣，如天籁，歌哭一耳，虽极疏戆朴野，至理碍词亵，而识者常有以得其情焉。"曾枣庄、刘琳主编《全宋文》第357册，上海辞书出版社、安徽教育出版社，2006年，第60页。

众人宗之诗变新①。
喜选诗文乐批注,
真知灼见士林钦。
不曾经意开风气,
誉为评点奠基人。
父子文学皆为擅,
有人比之若苏门②。
翁子大名刘将孙,
《须溪集》首作序文。
都说知子莫如父,
我看子懂父文心。
君去七百几十载,
后学犹然念殷殷。

---

① 欧阳玄《罗舜美诗序》:"宋末须溪刘会孟出于庐陵,适科目废,士子专意学诗。会孟校点诸家甚精,而自作多奇崛,众翕然宗之,于是诗又一变矣。"(元)欧阳玄撰《欧阳玄集》,岳麓书社,2010年,第87页。

② 吴澂《〈养吾斋集〉序》:"国初,庐陵刘会孟氏突兀而起,一时气焰震耀远迩。乡人尊之比于欧阳。其子尚友式克嗣响。夫一家二文人,由汉迄今,仅见眉山二苏,而尚友之嗣会孟,不忝子瞻之嗣明允,呜呼盛矣。"吴熊和主编《唐宋词汇评·两宋卷》第5册,浙江教育出版社,2004年,第3714页。

蒋捷歌

蒋捷，字胜欲，号竹山，阳羡人，有《竹山词》。出身大族，身历南宋亡国之痛，隐居不仕，气节为时所重。其词悲凉低徊，语言疏俊明快，在寻常白描场景中深寓深沉情感。竹山词对清初阳羡派词人多有影响。蒋捷与周密、王沂孙、张炎并称“宋末四大家”。

流光容易把人抛，
红了樱桃绿芭蕉①。
初读此等惊心句，
便挠头皮掉二毛②。
作者蒋捷字胜欲，
家乡阳羡善制陶。

---

① 蒋捷《一剪梅》：“何日归家洗客袍。银字笙调，心字香烧。流光容易把人抛，红了樱桃，绿了芭蕉。”方笑一主编《中华经典诗词 2000 首》第 8 卷，上海教育出版社，2018 年，第 183 页。

② 葛洪《抱朴子》：“二毛告暮，素志衰颓。”（晋）葛洪撰《四库家藏·抱朴子》，山东画报出版社，2004 年，第 153 页。

今人考其蒋璨后，
书香如花未曾凋。
咸淳十年中进士，
适逢南宋正飘摇。
入元不仕气贞劲，
“交章荐之”亦徒劳。
恬淡寡营自得乐，
吟咏湖滨守节操①。
隐居钻研明义理，
《小学详断》见解高②。
一生词名最为著，
《竹山词》传想风标。
不详哪年驾鹤去，
周铁留墓到今朝。
坟前荒草无声诉，
风又飘飘雨潇潇③。

① 蒋景祁《荆溪词初集序》:“竹山先生恬淡寡营,居滆湖之滨,日以吟咏自乐。”陈良运主编《中国历代词学论著选》,百花洲文艺出版社,1998年,第447页。

② 《蒋氏家乘》:“蒋捷,字胜欲,阳羡人,德祐进士。元初遁迹不仕。元大德六年宪使臧梦解、陆厚交章荐之,卒不就。平生著述,一以义理为主。其《小学详断》,发明旨趣尤多,学者以其家竹山,咸称为竹山先生。”《四库提要著录丛书》编纂委员会编《四库提要著录丛书·子部》,北京出版社,2010年,第103页。

③ 蒋捷《一剪梅》:“一片春愁待酒浇。江上舟摇,楼上帘招。秋娘渡与泰娘桥,风又飘飘,雨又萧萧。”方笑一主编《中华经典诗词2000首》第8卷,上海教育出版社,2018年,第183页。

旧家风景成闲话①，
故国落寞感故交。
飞莺纵有风吹转②，
怕也难回西湖篙。
万里江南吹箫恨③，
盘旋不知何处销。
思力沉透可起懦，
奈何江山空寂寥。
《虞美人》词写听雨，
一生如同走一遭。
少年来到歌楼上，
挥霍青春赶时髦。
壮年客舟江面阔，
奔波如同一叶漂。
晚年听雨僧庐下，
悲欢离合无处逃。
三幅画面相映照，
一片伤心路迢迢。

---

① 蒋捷《女冠子·元夕》："但梦里隐隐，钿车罗帕，吴笺银粉砑。待把旧家风景，写成闲话。"(清)朱彝尊、汪森编《词综》，上海古籍出版社，2014年，第311页。

② 蒋捷《高阳台·送翠英》："飞莺纵有风吹转，奈旧家、苑已成秋。莫思量，杨柳湾西，且棹吟舟。"(清)朱彝尊、汪森编《词综》，上海古籍出版社，2014年，第312页。

③ 蒋捷《贺新郎》："万里江南吹箫恨，恨参差白雁横天杪。烟未敛，楚山杳。"(清)朱彝尊、汪森编《词综》，上海古籍出版社，2014年，第309页。

洗练缜密语多创[①],
虽学稼轩减却豪[②]。
纤巧妍倩也清丽[③],
缘情绮靡似六朝。
惜乎未能臻化境,
是否一流存推敲。

---

① 刘熙载《艺概》:"蒋竹山词未极流动自然,然洗练缜密,语多创获。"(清)刘熙载《艺概》,上海古籍出版社,1978年,第112页。

② 蒋捷《水龙吟》题下注:"效稼轩体,招落梅之魂。"吴熊和主编《唐宋词汇评·两宋卷》第5册,浙江教育出版社,2004年,第4121页。

③ 毛晋《竹山词跋》:"竹山词语语纤巧,真《世说》靡也;字字妍倩,真六朝谕也。"施蛰存主编《词籍序跋萃编》,中国社会科学出版社,1994年,第367页。

张炎歌

张炎，字叔夏，号玉田，又号乐笑翁，临安人。他出身于显赫家族，宋亡前生活富贵无忧，宋亡后，境遇一落千丈，贫穷不能自给，落魄而终。张炎词前期写贵公子岁月，笔调闲雅，极尽繁华；后期写家国之痛，笔底苍凉，情思宛转，有《山中白云词》传世。张炎还撰有《词源》，此书是重要的词论著作。张炎词为清初浙西词派所重，有“家白石而户玉田”的说法。

公子落魄似张炎，
最知富贵去不还。
生于宋季经风雨，
号为玉田家临安。
身世显赫循王后，
文脉武脉皆相传。
曾祖张镃字功甫，
能诗善词艺超凡。
祖父张濡乃勇将，

抗元镇守独松关。
只因错斩元使者,
磔刑伺候惨何堪①!
父亲张枢精音律,
笔墨萧爽声可弹②。
国家一旦遭覆灭,
风转巢翻卵难完。
辗转吴越谋生计,
狂歌度日心卷澜。
年少翩翩神散朗,
垂及强仕倍辛酸③。
只为糊口设卜肆④,
暮年萧瑟衫薄褴。
恍然惊散成孤雁,

---

① 刘一清《钱塘遗事》:“九月,大兵至独松关,杀廉万户希贤。后 丙子二月,廉希贤之子杀张濡,磔之。濡,张俊之曾孙也。”王国平总主编,丁丙编《 杭州文献集成·第6册武林掌故丛编》第6册,杭州出版社,2014年,第498页。

② 周密《浩然斋雅谈》:“(枢)笔墨萧爽,人物蕴藉,尝度《倚声集》百阕,音韵谐美,真承平佳公子也。”吴熊和主编《唐宋词汇评·两宋卷》第5册,浙江教育出版社,2004年,第3839页。

③ 戴表元《送张叔夏西游序》:“垂及强仕,丧其行资,则既牢落偃蹇,尝以艺北游,不遇失意,亟亟南归,愈不遇,犹家钱塘十年。”王运熙主编《中国古代散文精粹类编》下,上海文艺出版社,1997年,第1432页。

④ 袁桷《赠张玉田》诗题下注:“玉田为循王五世孙,时来鄞设卜肆。”邓绍基、史铁良编著《元诗精华二百首》,陕西人民出版社,1998年,第132页。

沙净草枯水自寒①。
《山中白云》三百首，
悲欢离合此中盘。
《词源》二卷识精到，
推尊词体贵精专。
宗法白石主骚雅，
清空意趣入笔端②。
旬锻月炼敲字面③，
妥帖切题心始甘。
承继易安求本色④，
批评辛刘非雅观⑤。
前期多写兴亡感，
后期咏物寓孤单。
候蛩凄断西风岸⑥，

---

① 张炎《解连环·孤雁》："楚江空晚。怅离群万里，恍然惊散。自顾影、欲下寒塘，正沙净草枯，水平天远。写不成书，只寄得、相思一点。"方笑一主编《中华经典诗词2000首》第8卷，上海教育出版社，2018年，第228页。

② 蔡嵩云《〈乐府指迷笺释〉引言》："张氏尊白石，以其古雅峭拔，特辟清空一境。"张璋等编纂《历代词话》上，2002年，第207页。

③ 张炎《词源》："词既成……倘急于脱稿，倦事修择，岂能无病？不惟不能全美，抑且未协音声。作诗者且犹旬锻月炼，况于词乎！"孙克强主编《中国历代分体文论选》上，北京交通大学出版社，2006年，第273—274页。

④ 张炎《词源》："须是深加煅炼，字字敲打得响，歌诵妥溜，方为本色语。"（宋）贺铸著，钟振振导读《贺铸词集》附录总评，上海古籍出版社，2013年，第158页。

⑤ 宋张炎《词源》："辛弃疾、刘过之作豪气词，非雅词也。"陈良运主编《中国历代词学论著选》，百花洲文艺出版社，1998年，第210页。

⑥ 张炎《清平乐》："候蛩凄断，人语西风岸。月落沙平江似练，望尽芦花无雁。"（宋）姜夔、张炎著，刘斯奋选注《姜夔张炎词选》，广东人民出版社，1984年，第171页。

苍凉激越钱塘湾。
铜驼烟雨栖芳草①,
梦里苦觅旧江南。
玉老田荒人迟暮,
啼鹃唤来钓鱼竿②。
吾庐傍湖看清润③,
春水不共绕春山。
飘零如许皆倦旅④,
红叶白萍随急湍。
独抱孤洁伴疏影⑤,
乐笑翁兮长鲜欢。
空灵清远自蕴藉,
律吕协洽马过川⑥。

---

① 张炎《思佳客·题周草窗武林旧事》:"今古事,古今嗟。西湖流水响琵琶。铜驼烟雨栖芳草,休向江南问故家。"陶尔夫等著《姜张词传:姜夔、张炎》,吉林人民出版社,1999年,第395页。

② 张炎《祝英台近·与周草窗话旧》:"最无据。长年息影空山,愁入庾郎句。玉老田荒,心事已迟暮。几回听得啼鹃,不如归去。终不似、旧时鹦鹉。"沙灵娜《宋遗民词选注》,巴蜀书社,1995年,第281页。

③ 张炎《摸鱼儿·高爱山隐居》:"爱吾庐、傍湖千顷,苍茫一片清润。"管士光选注《宋词精选》,大象出版社,2012年,第284页。

④ 张炎《绮罗香》:"长安谁问倦旅?羞见衰颜借酒,飘零如许。"陶尔夫等著《姜张词传:姜夔、张炎》,吉林人民出版社,1999年,第282页。

⑤ 张炎《疏影》:"窥镜蛾眉淡抹,为容不在貌,独抱孤洁。莫是花光,描取春痕,不怕丽谯吹彻。"陶尔夫等著《姜张词传:姜夔、张炎》,吉林人民出版社,1999年,第286页。

⑥ 仇远《山中白云词序》曰:"读《山中白云词》,意度超玄,律吕协洽,不特可写青檀口,亦可被歌管荐清庙。方之古人,当与白石老仙相鼓吹。"施蛰存主编《词籍序跋萃编》,中国社会科学出版社,1994年,第391页。

雅正观念但拘束，
把揽难放千里船[1]。
后世尊奉亦虔敬，
知音相赏仰瞻瞻。
情致深长韵宛转，
细品愈喜富内涵。
旅愁荏苒怎怜眷[2]，
楚江空晚《解连环》。

---

① 王国维《人间词话》:“积谷作米,把揽放舟,无开阔手段。”施议对编《人间词话》,岳麓书社,2012年,第195页。

② 张炎《解连环·孤雁》:“谁怜旅愁荏苒。谩长门夜悄,锦筝弹怨。”方笑一主编《中华经典诗词2000首》第8卷,上海教育出版社,2018年,第228页。

元好问歌

元好问，字裕之，号遗山，太原秀容人。他身经金朝的灭亡，擅作“丧乱诗”描述动荡时期的民生，极为沉痛，可谓“诗史”。其词数量众多，题材广泛，兼学苏辛，多以长调作怀古词，成就为金朝之冠。元好问的小说和散曲创作，亦是成果丰硕。他“才雄学赡”，是这一时期当之无愧的北方文学的最主要代表，被称为“北方文雄”“一代文宗”。元好问还是文学批评家，他承继杜甫的“以诗论诗”传统，所作《论诗三十首》历来受到高度重视。

北方文雄元好问，
一代文宗号遗山。
北魏太武帝之后，
出身名贵志非凡。
世代书香未曾断，
传家诵习少能谙。
不事举业志远大，

淹贯百家师陵川[①]。

五次科考皆失利，

烽火连绵倍心酸。

三十五岁方入仕，

南阳善政青史传。

官至翰林知制诰，

国破作囚身被关。

苦心编辑《中州集》[②]，

残阳如血泪斑斑。

晚隐家乡勤著述[③]，

无意新朝再为官。

觐见元主忽必烈，

劝其用儒使国安。

九月四日风猎猎，

获鹿寓舍去不还。

系舟山下归葬处，

---

① 脱脱等撰《金史·元好问传》："年十有四，从陵川郝晋卿学，不事举业，淹贯经传百家，六年而业成。"（元）脱脱等撰，张彦博、崔文辉标点《金史》，吉林人民出版社，1995年，第1622页。

② 纪昀《四库全书总目提要》："好问才雄学赡，金元之际屹然为文章大宗，所撰《中州集》，意在以诗存史。"司马朝军编撰《四库全书总目精华录》，武汉大学出版社，2008年，第798页。

③ 脱脱等撰《金史·元好问传》："晚年尤以著作自任，以金源氏有天下，典章法度几及汉、唐，国亡史作，己所当任。"（元）脱脱等撰，张彦博、崔文辉标点《金史》，吉林人民出版社，1995年，第1622页。

野史亭中风犹寒①。

律切精深祖李杜,
文宗韩欧叙大端。
乐府清新又顿挫,
直逼东坡与稼轩②。
沉挚悲凉气跌宕,
可歌可泣动山峦③。
元氏从来多慷慨,
如苏浩乎海波翻。
三十六峰长剑在④,
倚天仙掌惜空闲⑤。
《岐阳三首》堪诗史,
几多郁愤此中盘。

---

① 王恽《追挽元遗山先生》:"野史亭空遗事坠,荒烟埋恨九原深。"姚奠中《元好问全集》下,山西人民出版社,1990年,第455页。

② 徐世隆《遗山先生文集序》:"大较遗山诗祖李、杜,律切精深,而有豪放迈往之气;文宗韩、欧,正大明达,而无奇纤晦涩之语;乐府则清新顿挫,闲宛浏亮,体制最备。又能用俗为雅,变故作新,得前辈不传之妙,东坡、稼轩而下不论也。"李正民《元好问研究论略》总附录,社会科学文献出版社,1999年,第453页。

③ 赵翼《瓯北诗话》:"七言律则更沉挚悲凉,自成声调。唐以来律诗之可歌可泣者,少陵十数联外,绝无嗣响,遗山则往往有之。"郭预衡主编《中国古代文学史长编·宋辽金卷》,北京师范学院出版社,1993年,第524页。

④ 元好问《江城子》:"三十六峰长剑在,星斗气,郁峥嵘。"马现诚等编著《元好问词注析》,山西古籍出版社,2001年,第178页。

⑤ 元好问《岐阳三首》其三:"北风猎猎悲笳发,渭水潇潇战骨寒。三十六峰长剑在,倚天仙掌惜空闲。"龙德寿编选《元好问萨都剌集》,凤凰出版社,2011年,第38页。

笔底道劲写丧乱，

但见心海起涛澜。

国家不幸诗家幸①，

为何不能两相完？

词风疏快饶深婉②，

气象高秀浑雅含③。

白发古人今健否④？

读此词句泪潸然。

更问世间情何物，

生死相许修同船⑤。

以诗论诗继子美，

三十绝句将艺谈。

力主豪壮反纤弱⑥，

---

① 赵翼《题遗山诗》："行殿幽兰悲夜火，故都乔木泣秋风。国家不幸诗家幸，赋到沧桑句便工。"李正民《元好问研究论略》总附录，社会科学文献出版社，1999年，第459页。

② 刘熙载《艺概》："金元遗山诗，兼杜、韩、苏、黄之胜，俨有集大成之意。以词而论，疏快之中自饶深婉，亦可谓集大成者矣。"(清)刘熙载《艺概》，上海古籍出版社，1978年，第113页。

③ 翁方纲《七言诗三昧举隅》："苏、黄之后，放翁、遗山并骋词场，而遗山则更为高秀。"李正民《元好问研究论略》总附录，社会科学文献出版社，1999年，第459页。

④ 元好问《江神子·梦德新丈因及钦叔旧游》："旧游风月梦相牵。路三千，去无缘。灭没飞鸿，一线入秋烟。白发故人今健否，西北望，一潸然。"(清)朱彝尊、汪森编《词综》，上海古籍出版社，2014年，第435页。

⑤ 元好问《迈陂塘》："问世间，情为何物，直教生死相许？天南地北双飞客，老翅几回寒暑。"(清)朱彝尊、汪森编《词综》，上海古籍出版社，2014年，第437页。

⑥ 元好问《论诗绝句三十首》其七："慷慨歌谣绝不传，穹庐一曲本天然。中州万古英雄气，也到阴山敕勒川。"北京大学哲学系美学教研室编《中国美学史资料选编》下，中华书局，1981年，第84页。

中和平正教化参。
雕琢太过伤元气①,
苦吟身心斗几番?
天然真淳最可贵②,
且看《饮酒》与《归田》。
金代百年得盟主,
高山仰止安可攀?
字字全是出肺腑,
所以磅礴触心肝。

---

① 元好问《论诗绝句三十首》其二十九:"池塘春草谢家春,万古千秋五字新。传语闭门陈正字,可怜无补费精神。"郭预衡主编《中国古代文学史长编・宋辽金卷》,北京师范学院出版社,1993年,第523页。

② 元好问《论诗绝句三十首》其四:"一语天然万古新,豪华落尽见真淳。"北京大学哲学系美学教研室编《中国美学史资料选编》下,中华书局,1981年,第85页。

参考书目

(战国)尸佼著,黄曙辉校:《尸子》,华东师范大学出版社,2009 年。

(汉)班固著,(唐)颜师古注:《汉书》,中华书局,1962 年。

(汉)曹操、曹丕、曹植撰,傅亚庶注译:《三曹诗文全集注译》,吉林文史出版社,1997 年。

(汉)刘安著,张双棣校释:《淮南子校释》,北京大学出版社,1997 年。

(汉)司马迁著:《史记》,中华书局,1974 年。

(汉)王粲等著,俞绍初辑校:《建安七子集》,中华书局,2017 年。

(晋)阮籍、嵇康等著,韩格平注译:《竹林七贤诗文全集译注》,吉林文史出版社,1997 年。

(晋)陶渊明撰,袁行霈笺注:《陶渊明集笺注》,中华书局,2003 年。

(南朝宋)鲍照著,丁福林、叶玲玲校注:《鲍照集校注》,中华书局,2016 年。

(南朝宋)范晔著,(唐)李贤等注:《后汉书》,中华书局,1973 年。

(南朝宋)刘义庆著,徐震堮校笺:《世说新语校笺》,中华书局,1984 年。

(南朝宋)谢灵运撰,顾绍柏校注:《谢灵运集校注》,中州古籍出版社,1987年。

(南朝梁)刘勰著,王运熙、周锋译注:《文心雕龙译注》,上海古籍出版社,1998年。

(南朝梁)沈约撰:《宋书》,中华书局,1974年。

(南朝梁)萧统编:《文选》,上海书店,1988年。

(北周)庾信撰,(清)倪璠注,许逸民校点:《庾子山集注》,中华书局,1980年。

(唐)白居易著,顾学颉校点:《白居易集》,中华书局,1979年。

(唐)岑参著,陈铁民、侯忠义校注:《岑参集校注》,上海古籍出版社,1981年。

(唐)陈子昂著,彭庆生校注:《陈子昂集校注》,黄山书社,2015年。

(唐)杜甫著,(清)仇兆鳌注:《杜诗详注》,中华书局,1979年。

(唐)杜牧著,吴在庆校注:《杜牧系年校注》,中华书局,2008年。

(唐)房玄龄等撰:《晋书》,中华书局,1974年。

(唐)高适著,孙钦善校注:《高适集校注》,上海古籍出版社,1984年。

(唐)韩愈著,屈永元、常思春主编:《韩愈全集校注》,四川大学出版社,1996年。

(唐)寒山、拾得著,项楚注:《寒山诗注附拾得诗注》,中华书局,2000年。

(唐)贾岛著,齐文榜校注:《贾岛集校注》,人民文学出版社,2001年。

(唐)李白著,(清)王琦注:《李太白全集》,中华书局,1977年。

(唐)李贺著,王琦等评注:《三家评注李长吉歌诗》,中华书局上海编辑所,1959 年。

(唐)李商隐著,叶葱奇疏注:《李商隐诗集疏注》,人民文学出版社,1985 年。

(唐)李延寿撰:《北史》,中华书局,1974 年。

(唐)李延寿撰:《南史》,中华书局,1975 年。

(唐)李益著,范之麟注:《李益诗注》,上海古籍出版社,1984 年。

(唐)令狐德棻等撰:《周书》,中华书局,1971 年。

(唐)刘禹锡著,瞿蜕园笺证:《刘禹锡集笺证》,上海古籍出版社,1989 年。

(唐)刘长卿著,储仲君笺注:《刘长卿诗编年笺注》,中华书局,1996 年。

(唐)柳宗元撰:《柳宗元集》,中华书局,1979 年。

(唐)罗隐撰,雍文华校辑:《罗隐集》,中华书局,1983 年。

(唐)孟浩然著,徐鹏校注:《孟浩然集校注》,人民文学出版社,1989 年。

(唐)孟郊著,韩泉欣校注:《孟郊集校注》,浙江古籍出版社,2012 年。

(唐)聂夷中、杜荀鹤著:《聂夷中诗 杜荀鹤诗》,中华书局上海编辑所,1959 年。

(唐)皮日休、陆龟蒙等撰,王锡九校注:《松陵集校注》,中华书局,2018 年。

(唐)司空图著,祖保泉、陶礼天笺校:《司空表圣诗文集笺校》,安徽大学出版社,2002 年。

(唐)王昌龄著,李云逸注:《王昌龄诗注》,上海古籍出版社,1984年。

(唐)王梵志著,项楚注:《王梵志诗校注》,上海古籍出版社,2010年。

(唐)王维撰,(清)赵殿成笺注:《王右丞集笺注》,上海古籍出版社,1984年。

(唐)韦应物著,陶敏、王友胜校注:《韦应物集校注》,上海古籍出版社,1998年。

(唐)元结、殷璠等选:《唐人选唐诗十种》,上海古籍出版社,1978年。

(唐)元稹撰,冀勤点校:《元稹集》,中华书局,1982年。

(后晋)刘昫等撰:《旧唐书》,中华书局,1975年。

(南唐)李璟、李煜著,王仲闻校订,陈书良、刘娟笺注:《南唐二主词笺注》,中华书局,2014年。

(宋)刘辰翁撰,段大林校点:《刘辰翁集》,江西人民出版社,1987年。

(宋)张炎著,黄畬校笺:《山中白云词笺》,浙江古籍出版社,1994年。

(宋)曾巩撰,陈杏珍、晁继周点校:《曾巩集》,中华书局,2004年。

(宋)陈师道撰,(宋)任渊注,冒广生补笺,冒怀辛整理:《后山诗注补笺》,中华书局,1995年。

(宋)陈与义撰,吴书荫、金德厚点校:《陈与义集》,中华书局,1982年。

(宋)戴复古著,吴茂云校注:《戴复古全集校注》,中国文史出版社,

2008 年。
(宋)范成大著,富寿荪校:《石湖集》,上海古籍出版社,2006 年。
(宋)郭茂倩编:《乐府诗集》,中华书局,1979 年。
(宋)贺铸撰,钟振振校注:《东山词》,上海古籍出版社,1989 年。
(宋)黄庭坚撰,(宋)任渊、史容、史季温注,刘尚荣校点:《黄庭坚诗集注》,中华书局,2003 年。
(宋)计有功:《唐诗纪事》,上海古籍出版社,1987 年。
(宋)姜夔撰:《白石道人诗集》,上海书局,1987 年。
(宋)蒋捷著,杨景龙校注:《蒋捷词校注》,中华书局,2010 年。
(宋)李清照著,王仲闻校注:《李清照集校注》,人民文学出版社,1979 年。
(宋)刘过撰,王从仁校点:《龙州词》,上海古籍出版社,1985 年。
(宋)刘克庄著,王秀梅点校:《后村诗话》,中华书局,1983 年。
(宋)柳永著,薛瑞生校注:《乐章集校注》,中华书局,1994 年。
(宋)陆游著,钱仲联、马亚中主编:《陆游全集校注》,浙江古籍出版社,2016 年。
(宋)罗大经撰,王瑞来点校:《鹤林玉露》,中华书局,1983 年。
(宋)梅尧臣著,朱东润编年校注:《梅尧臣集编年校注》,上海古籍出版社,1980 年。
(宋)欧阳修、姜夔,(金)王若虚著,郑文、霍松林等校点:《六一诗话 白石诗说 滹南诗话》,人民文学出版社,1983 年。
(宋)欧阳修、宋祁撰:《新唐书》,中华书局,1975 年。
(宋)欧阳修著,李逸安点校:《欧阳修全集》,中华书局,2001 年。
(宋)欧阳修撰,(宋)徐无党注:《新五代史》,中华书局,1974 年。

(宋)钱惟演著,胡耀飞点校:《钱惟演集》,浙江古籍出版社,2015年。

(宋)秦观著,周义敢、程自信、周雷编注:《秦观集编年笺注》,人民文学出版社,2001年。

(宋)苏轼著,张志烈、马德富、周裕锴主编:《苏轼全集校注》,河北人民出版社,2010年。

(宋)苏舜钦著,沈文倬校点:《苏舜钦集》,上海古籍出版社,1981年。

(宋)汪元量著,胡才甫校注:《汪元量集校注》,浙江古籍出版社,1999年。

(宋)王安石著,(宋)李壁笺注,高克勤点校:《王荆公诗笺注》,上海古籍出版社,2010年。

(宋)魏庆之著:《诗人玉屑》,中华书局,2007年。

(宋)文天祥撰,熊飞、漆起身、黄顺强校点:《文天祥全集》,江西人民出版社,1987年。

(宋)吴文英著,孙虹、谭学纯校笺:《梦窗集校笺》,中华书局,2014年。

(宋)辛弃疾著,邓广铭笺注:《稼轩词编年笺注》,上海古籍出版社,1978年。

(宋)薛居正等撰:《旧五代史》,中华书局,1975年。

(宋)严羽著,郭绍虞校释:《沧浪诗话校释》,人民文学出版社,1983年。

(宋)晏殊、晏几道著,张草纫注:《二晏词校注》,上海古籍出版社,2008年。

(宋)杨万里撰,辛更儒笺校:《杨万里集笺校》,中华书局,2007 年。

(宋)周邦彦著,罗忼烈笺注:《周邦彦清真集笺》,生活·读书·新知三联书店,1985 年。

(宋)朱敦儒著,洪永铿编著:《朱敦儒集》,浙江大学出版社,2005 年。

(金)元好问撰,姚奠中主编:《元好问全集》,山西人民出版社,1990 年。

(元)方回编:《瀛奎律髓》,上海古籍出版社,1993 年。

(元)脱脱等撰:《金史》,中华书局,1975 年。

(元)脱脱等撰:《宋史》,中华书局,1974 年。

(元)辛文房著:《唐才子传》,古典文学出版社,1957 年。

(明)高棅编纂:《唐诗品汇》,上海古籍出版社,1982 年。

(明)胡应麟著:《诗薮》,上海古籍出版社,1979 年。

(明)胡震亨著:《唐音癸签》,上海古籍出版社,1981 年。

(明)陆时雍著,李子广注:《诗镜总论》,中华书局,2014 年。

(明)宋濂撰:《元史》,中华书局,1976 年。

(明)王世贞著,罗仲鼎 校注:《艺苑卮言》,齐鲁书社,1992 年。

(明)许学夷著,杜维沫校点:《诗源辨体》,人民文学出版社,1987 年。

(明)杨慎著,王仲镛笺证:《升庵诗话笺证》,上海古籍出版社,1987 年。

(清)陈廷焯著,杜维沫校点:《白雨斋词话》,人民文学出版社,1983 年。

(清)陈衍编选,蔡义江、李梦生译注:《宋诗精华录译注》,上海古籍出版社,1999 年。
(清)纪昀总纂:《四库全书总目提要》,河北人民出版社,2000 年。
(清)李调元著,詹杭伦等校正:《雨村诗话校正》,巴蜀书社,2006 年。
(清)厉鹗:《宋诗纪事》,上海古籍出版社,1983 年。
(清)刘熙载著:《艺概》,上海古籍出版社,1978 年。
(清)彭定求编:《全唐诗》,中华书局, 2003 年。
(清)沈德潜著:《古诗源》,上海古籍出版社,1963 年。
(清)沈德潜撰,王宏林笺注:《说诗晬语笺注》,人民文学出版社,2013 年。
(清)王国维著:《人间词话》,上海古籍出版社,2009 年。
(清)吴之振、吕留良、吴自牧选,管庭芬、蒋光煦补:《宋诗钞》,中华书局,1984 年。
(清)叶燮著,蒋寅笺注:《原诗》,人民文学出版社,2014 年。
(清)赵翼著:《瓯北诗话》,人民文学出版社,1963 年。
(清)赵执信、翁方纲著,陈迩冬校点:《谈龙录 石洲诗话》,人民文学出版社,1983 年。
北京大学古文献研究所编:《全宋诗》,北京大学出版社, 1991—1998 年。
曹道衡、沈玉成编著:《南北朝文学史》,人民文学出版社,1991 年。
陈伯海主编,查清华、胡光波、文师华、刘晓平、傅蓉蓉、许连军编撰:《唐诗学文献集萃》,上海古籍出版社,2016 年。
陈伯海主编:《唐诗汇评》,浙江教育出版社,1995 年。
陈鼓应著译:《庄子今注今译》,中华书局,2009 年。

陈尚君辑校:《全唐诗补编》,中华书局,1992 年。

陈友琴编:《白居易资料汇编》,中华书局,1962 年。

程俊英、蒋见元注析:《诗经注析》,中华书局,2017 年。

丁传靖辑:《宋人轶事汇编》,中华书局,1981 年。

傅璇琮编:《黄庭坚与江西诗派资料汇编》,中华书局,1978 年。

高亨注译:《老子注译》,河南人民出版社,1980 年。

郭预衡主编:《中国古代文学史长编》,首都师范大学出版社,2000 年。

华文轩编:《杜甫资料汇编》(上编),中华书局,1964 年。

姜亮夫等编:《先秦诗鉴赏辞典》,上海辞书出版社,1998 年。

金涛声、朱文彩编:《李白资料汇编》(唐宋之部),中华书局,2007 年。

孔凡礼编:《元好问资料汇编》,学苑出版社,2008 年。

李剑国辑校:《唐五代传奇集》,中华书局,2015 年。

梁启雄注释:《荀子简释》,中华书局,1983 年。

刘文源编:《文天祥研究资料集》,中国社会科学出版社,1991 年。

刘学锴、余恕诚、黄世中编:《李商隐资料汇编》,中华书局,2001 年。

鲁国尧、马智强译注:《孟子全译》,江苏古籍出版社,1998 年。

逯钦立辑:《先秦汉魏晋南北朝诗》,中华书局,1983 年。

缪钺等编:《宋诗鉴赏辞典》,上海辞书出版社,1987 年。

倪进选注:《唐宋笔记选注》,上海教育出版社,2016 年。

裴斐、刘善良编:《李白资料汇编》(金元明清之部),中华书局,1994 年。

钱钟书:《宋诗选注》,人民文学出版社,1998 年。

钱钟书:《谈艺录》,中华书局,1984 年。

乔象钟、陈铁民、吴庚舜、董乃斌主编:《唐代文学史》,人民文学出版社,1995 年。

四川大学中文系唐宋文学研究室编:《苏轼资料汇编》,中华书局,1994 年。

孙望、常国武主编:《宋代文学史》,人民文学出版社,1996 年。

汤炳正、李大明、李诚、熊良智注:《楚辞今注》,上海古籍出版社,1996 年。

唐圭璋编:《全宋词》,中华书局,1965 年。

王守谦等译注:《战国策全译》,贵州人民出版社,1992 年。

王水照、熊海英:《南宋文学史》,人民出版社,2009 年。

王水照主编:《宋代文学通论》,河南大学出版社,1997 年。

王兆鹏,刘尊明主编:《宋词大辞典》,凤凰出版社,2003 年。

吴文治编:《韩愈资料汇编》,中华书局,1983 年。

吴文治编:《柳宗元资料汇编》,中华书局,1964 年。

吴小如等:《汉魏六朝诗鉴赏辞典》,上海辞书出版社,1992 年。

萧涤非等编:《唐诗鉴赏辞典》,上海辞书出版社,1983 年。

徐公持编著:《魏晋文学史》,人民文学出版社,1999 年。

杨伯峻译注:《论语译注》,中华书局,1980 年。

袁行霈主编:《中国文学史》,高等教育出版社, 2014 年。

袁珂编:《中国神话传说辞典》,上海辞书出版社,1985 年。

袁珂校注:《山海经校注》,上海古籍出版社,1980 年。

湛之编:《杨万里范成大资料汇编》,中华书局,1964 年。

张惠民编:《宋代词学资料汇编》,汕头大学出版社,1993 年。

褚斌杰、谭家健主编:《先秦文学史》,人民文学出版社,1998 年。

周汝昌等编:《唐宋词鉴赏辞典》,上海辞书出版社,1988 年。

周勋初主编,严杰、武秀成、姚松编:《唐人轶事汇编》,上海古籍出版社,2015 年。

周勋初主编:《唐诗大辞典》,江苏古籍出版社,1992 年。

后　记

“以诗论诗”是中国文学批评史中别具一格的传统。杜甫、司空图、戴复古、元好问、袁枚、赵翼等留下的论诗诗议论风发、见解精辟，妙趣横生，后人无不击掌叫好。我在给本科生讲授“中国古代文学史”时，自然也避免不了要涉及这些内容。读别人的论诗诗陶然忘情，心生企羡，怦然心动时不免手痒，于是就有了我的第一首类似之作《唐代诗人歌》。我在课堂上将它分享并让学生朗读，略显沉闷的课堂因之荡起阵阵涟漪。不少同学反映，读自己老师带有内容总结性质的诗歌，倍感亲切，容易激发兴趣点和兴奋点。更兼诗歌形式简明扼要，重点线索清楚，这就大大加深了学生对所学知识的印象，自然也方便记忆。正是基于这样的反馈，我忽然觉得，这样的文学史歌对于教学改革未尝不是一种有益的尝试。这就促使我下决心写一个系列作品，并以此作为预期成果之一，申报“古典诗词鉴赏与写作”课程校级教学改革项目。

我的创作目的既然是要助益教学，且希望借此激发学生以及古典文学爱好者的热情和兴趣，那就决定了我的诗篇是要做到叙事概括和感悟阐发相结合的。如果只是模仿古人的论诗绝句或司空图《二十四诗品》这样的表述方式，庶几能将自己的感悟写出一二，但毕竟如此短小的篇幅，很难承载更多实在的内容，无法给学生留下“知人论世”的完整印象，到头来就达不到服务教学的目的。为此，我决定选用歌行体这种形式来完成这一使命。起初，为了更贴近古意，在用韵上，我曾考虑用平水韵。但转念一想，古人之韵和普通话之间毕竟还是有不少差距，大部分本科生熟悉的还是今天普通话的押韵。于是，我果断决定采用中华诗词学会颁布的《中华新韵十八韵》，这个韵部距离古韵和今韵正合适，感觉有点类似于杜牧所言“不古不今”间。为了流畅好读，我采用了全诗中间不转韵，一韵到底以保持连贯的做法。在押韵上既已作出“合乎时宜”的妥协，这就要求在体式、诗法、风格、神韵等方面应有更严格的标准，使整首诗尽可能多地保留旧体诗的底蕴和风味，符合“押今韵，存古味”的初衷。我也努力效法白居易，响应其“文章合为时而著”的呼声，赞成这位诗魔提出的“辞致而径”“言直而切”“事核而体”“体顺而肆”的写作原则。但我始终坚持，文艺性要先于工具性。换言之，所作诸歌，首先是诗，然后才是工具，不希望仅为了教学的功利目的而变成“押韵之文”。“知我者，谓我心忧”，愿有更多读者略微放慢阅读速度，对诗歌本身稍加品味，明察我的良苦用心。若能如此，你我虽未谋面，但早已心期，谓为知音，亦未尝不可。

我将所作诸歌陆续发布在我的个人公众号“雅俗乐赏”上，引起了师友、同行、学生乃至古典文学爱好者的较多关注，收获了不少点赞、转发乃至溢美之词。有同行将拙诗作为教学备课之用，并热情推荐给学生阅读学习;有备考研究生的学生,以拙诗为基点,进行生发扩展,形成了清晰的要点归纳体系,以此将牵涉到的内容进行网络式记忆,收到了事半功倍的效果;有文学爱好者读了拙诗之后,增添了兴趣,激活了作诗兴致,从而对我国悠久的文学传统有了更切实的体认。当然也非常感谢微信圈中另一些朋友匡我不逮,提出了不少中肯的建议。

经过近两年的创作,这一文学史歌系列不知不觉积累到了88篇,元代之前能写的也似乎都写完,稍加修改,是该出本小书的时候了。本书体例由诗题、简介、诗歌和注解构成。简介或补充诗歌未曾写到的内容,或强调显著特色,或表明自己的看法,并不拘泥于统一的格式,起到类似于引言的作用。注解是对诗歌中牵涉到的典故、诗句或前人评论,注出其原文,一则便于理解诗意,知其来处;二则汇集相关资料,为深入学习者提供线索。注解以最契合诗意的原文为主,不刻意追求其最原始的出处。考虑到不同读者的需要,注解引书有意广泛些,某种程度上起到推荐阅读书目的功效。乐见读者朋友能见书名而生联想,受启发,进而去寻找阅读,让书籍真正成为我们的良师益友,成为人生的指引者。

"人事有代谢,往来成古今。"古典文学的时空场与现代社会"相去日已远",这导致现代的读者在学习过程中容易产生疏离感。用当代喜闻乐见的形式,拉近古人和今人的距离,以此来阐释穿越时空的永恒诗心,这是许多古典文学研究者和教学者一直在努力的方向。这本小书的面世,正是这种努力的尝试。小书充其量是抛砖引玉,希望能得到更多读者朋友的共鸣和喜欢。

业师肖瑞峰先生欣然赐序,感谢肖师一直以来对我学业和生活的关心。肖师挥毫作序时，正好在青海诗城德令哈的旅途中，古今诗意如此神奇地交汇，这真是既有缘又有趣。浙江农林大学文法学院院长王长金教授对本书体例提出了中肯建议，并热情鼓励和支持本书的出版。感谢“雅俗乐赏”公众号读者、微信朋友圈各位好友的抬爱和赞赏，你们是促成本书出版的重要精神力量。感谢爱人易春花女士辛苦操劳家务，让我能集中时间研究和写作。

本书出版得到浙江省级课堂教学改革项目“小班化背景下的‘中国传统文化概论’课程自主学习模式研究”、浙江农林大学教学改革项目“古典诗词鉴赏与写作”资金资助，尤其需要特别致谢！

中国古典文学博大精深，本人又才疏学浅，即便尽力补拙，错误之处亦是难以避免。“妆罢低声问夫婿，画眉深浅入时无”，此刻作者正像那忐忑的小媳妇，等待着读者朋友的裁判，期待能得到青眼相向。古人云：“闻过则喜”，真诚欢迎朋友们不吝批评指正。

彭庭松

2020 年 9 月于杭州

临安区林水山居

图书在版编目(CIP)数据

中国文学史歌. 先秦至两宋卷 / 彭庭松著. —杭州：浙江大学出版社，2021.4
ISBN 978-7-308-21240-3

Ⅰ.①中… Ⅱ.①彭… Ⅲ.①中国文学—古代文学史—先秦时代—宋代 Ⅳ.①I209.2

中国版本图书馆 CIP 数据核字(2021)第 058399 号

中国文学史歌(先秦至两宋卷)

彭庭松 著

责任编辑 徐凯凯
编辑校对 李瑞雪
封面设计 项梦怡
出版发行 浙江大学出版社
(杭州市天目山路 148 号 邮政编码 310007)
(网址：http：//www.zjupress.com)
排　　版 浙江时代出版服务有限公司
印　　刷 浙江省邮电印刷股份有限公司
开　　本 880mm×1230mm 1/32
印　　张 14.25
字　　数 369 千
版 印 次 2021 年 4 月第 1 版 2021 年 4 月第 1 次印刷
书　　号 ISBN 978-7-308-21240-3
定　　价 68.00 元

浙江大学出版社发行中心联系方式 (0571)88925591；http://zjdxcbs.tmall.com